琼 瑶
作品大合集

紫贝壳

琼瑶 著

作家出版社

琼瑶，本名陈喆，作家、编剧、作词人、影视制作人。原籍湖南衡阳，1938年生于四川成都，1949年随父母由大陆赴台生活。16岁时以笔名心如发表小说《云影》，25岁时出版首部长篇小说《窗外》。多年来笔耕不辍，代表作包括《烟雨蒙蒙》《几度夕阳红》《彩云飞》《海鸥飞处》《心有千千结》《一帘幽梦》《在水一方》《我是一片云》《庭院深深》等。

多部作品先后改编成为电影及电视剧，琼瑶也因此步入影视产业。《六个梦》系列、《梅花三弄》系列、《还珠格格》系列等，影响至深，成为几代读者与观众共同的记忆。

琼瑶以流畅优美的文笔，编织了众多曲折动人的故事。其作品以对于梦的憧憬和爱的执着，与大众流行文化紧密结合，风靡半个多世纪，成为华文世界中极重要的文学经典。

我為愛而生，我為愛而寫
文字裡度過多少春夏秋冬
文字裡留下多少青春浪漫
人世間雖然沒有天長地久
故事裡火花燃燒愛也依舊

　　　　　　　　　復穠

第一章

秋天。

窗外，有些瑟瑟的风，有些瑟瑟的雨，还有些瑟瑟的凉意。天色已经不早了，满院的树木浓荫，都被暮色糅成了昏暗的一片。窗子大开着，迎进屋子里的不只秋风秋雨，还有更多的暮色。那盏玲珑剔透的台灯竖立在桌子上，没有人去开亮它，衬着在风里飘荡的窗纱，像个修长的黑色剪影。室内的空气寂静而落寞，寒意和暮色在同时加重。

珮青蜷缩在一张长沙发里，身子埋在一大堆靠垫之中，原来握在手里的一本小说，早不知何时已滑落到地下。她的眼光无意识地望着窗子，一任暮色将她层层包裹，从午后天气就逐渐变凉，但她始终穿着件单薄的衣衫，这会儿已不胜其寒恻。可是，她无意于移动，也无意于加添衣服，只是懒懒地瑟缩在沙发里，像一只疲倦而怕冷的小猫，恨不得连头带脑都深藏起来。

一声门响,珮青不用回头,也知道进来的必定是吴妈,仍然不想动,只是把一个靠垫紧抱在怀里,似乎想用靠垫来抵御那满怀的寒冷。

"小姐!"进来的果然是吴妈,挪动着一双已行动笨拙的腿,她停在珮青的面前,"你还不准备呀?"

准备?准备什么?珮青皱皱眉,脑子里混混沌沌的,抓不住一丝一毫具体的东西。思想和暮色缠绕在一起,是一片模糊的苍茫。

"小姐,要快些了,先生回来又要生气的,"老吴妈焦灼地说,把一只手放在珮青的肩上,像哄孩子似的放软了口气,"告诉我,你要穿哪一件衣服,我去给你烫。"

是了!珮青的意识清楚了:今晚有宴会!和这意识同时来的,是她身体本能的瑟缩,她更深地埋进靠垫堆里,身子蜷成了一只虾,轻声吐出一句:"我不想去,我头痛哪!"

"小姐,"老吴妈不安地拍拍她,"去总是要去的,别招惹得先生发脾气,大家都不好受。我去给你烫衣服,烫那件浅紫色银丝的旗袍,好吗?我知道你最喜欢那一件。"

"噢!"珮青轻轻地叹息,"随便吧!"

吴妈去了,室内又静了下来。暮色更浓,寒意更深,窗外的细雨也更大了。时间过去了不知道多久,嘎然一声门响,一个声音突然劈开了凝滞的空气:"这是怎么回事?为什么不开灯?"

啪的一声,电灯大亮,苍茫的暮色从视窗遁去。珮青惊跳了起来,靠垫滚落到地下,她愕然地瞪视着面前的男人,像一个猛然从沉睡中醒来,还不能适应外界的人,整个眼睛里盛满了惊愕和迷茫。

"你是怎么了,珮青?你还一点儿都没有化妆呢!房间里灯也不开,坐在黑暗里做什么?我再三告诉你,今天的宴会是绝不能迟到的,你到现在还没有准备好,难道一定要给我塌台?"

迎接着这一大串责备,珮青满脑子的迷茫都被赶走了,垂下了眼帘,她只感到那份浓重的寒意。怯怯地,她口齿不清地说:"我——我不大舒服,伯南。我——我头——"

"头痛!是不是?"伯南盯着她,毫不留情地接了下去,"又该你头痛的时候了?嗯?每次要赴宴会的时候,你就头痛!嗯?珮青,别再跟我来这一套了,你马上到卧室里去换衣服、化妆,二十分钟之后我们出发!"

"伯南,我——我——"珮青恳求地望着伯南,"我能不去吗?"

"不去?"伯南把手里的一个公事皮包扔在沙发上,瞪视着珮青,好像她说了句什么不可思议的话,"你又怎么了,珮青?别考验我的耐心,赶快化妆去!"说着,他的眉梢已不耐地扎结了起来,怒气明显地写在他的脸上,提高了声音,他大声喊:"吴妈!吴妈!"

吴妈匆匆地赶了进来,带着一脸的惶恐。

"先生?"

"侍候太太化妆!"伯南大声说,"给她准备那件深红缎子的衣服!"

3

"红的?"吴妈犹豫了一下,"我已经准备了紫的,小姐……"

"我说红的!"伯南严厉地扫了吴妈一眼,"还有,我记得我告诉你好几次了,你得叫珮青太太,她不是结婚前,不是你的小姐,你现在是在我家做用人,你得叫她太太!"

"是的,先生!"吴妈看了看伯南,又不安地看了珮青一眼,"到卧室来换衣服吗?小……不,太太。"

珮青顺从地走进了卧室,洗了脸,换上那件红缎子的衣服,那是件大领口的洋装,胸前装饰着金色的花边,伯南在衣服方面,从不为她省钱。但是,这件衣服并不适合她,裸露的肩头和胸部只显得她瘦削得可怜。对着镜子,她凝视着自己,叹口气说:"噢,吴妈,我不喜欢这件衣服。"

"算了吧,小姐,先生喜欢呀!"吴妈说,拿着刷子刷着珮青的头发,那长垂腰际的头发,黑而柔软,无限慵懒地披散在她的背上,"要盘到头顶上吗,小姐?"

"不要。"珮青说,淡淡地抹上唇膏和脂粉,镜子里有张苍白的、畏怯的、无可奈何的脸。即使是深红色的衣服和闪亮的金边,也压不住那眉梢眼底的轻愁。拿起眉笔,她再轻轻地在眉际扫了扫,自己也明白,无论怎样装扮,她也无法和伯南那些朋友的夫人相比,她们雍容华贵,谈笑风生,自己呢?

"我是不属于那一群的。"她低低地自语,"我不知道我属于什么世界,多半是个古老而被人遗忘的世界吧!"

眉笔停在半空中,她瞪视着镜子,又陷进朦胧的凝思里,直到伯南恼怒的声音打断了她:"你要化妆到什么时候?明天早上吗?"

叮然一声,她的眉笔掉落在梳妆台的玻璃板上,她吃了一惊,看到镜子里反映出来的伯南的脸,那不满的神情和愠怒的眼睛让她更加心慌意乱,匆忙地站起身来,她抓起吴妈递给她的小手袋,急急地说:"我已经好了,走吧!"

"就这样走吗?"伯南瞪着她,把她从头看到脚,"难道我没有买首饰给你吗?你要让那些同事的太太批评我亏待了你?"

"哦,首饰!"珮青再望了镜子一眼,她多怕那些亮晶晶的东西呀,它们每次冰凉地贴在她脖子上,总使她有透不过气来的感觉。而且,过多闪亮的东西会使她迷失了自己,她是不会发光的,发光的只是首饰而已。但,她不想和伯南争执,低叹了一声,她戴上一串简单的珍珠项链,又在耳边的发际簪上一朵新鲜的小玫瑰花,最起码,玫瑰会带一点儿生命给她。望着伯南,她问:"行了吗?"

伯南没有放开眉头,从鼻子里轻哼了一声说:"好吧,算了,时间来不及了。我应该请一个化妆师来教你化妆,你居然连画眼线都不会!我从没有看过学不会化妆的女人!"

"你最好连呼吸都代我包办了,免得我麻烦呢!"珮青从喉头深处低低地叽咕了一句。

"你在说什么?"伯南警觉地问。

"噢,没——没有什么。"珮青慌忙说,披上一条狐皮披肩,把手插进伯南的手腕中,"我们去吧!嗯?"

伯南带着珮青走出门外，花园里的桂花正盛开着，香味弥漫在带着雨雾的、潮湿的空气里。大门外停着伯南那辆一九六二年的雪佛兰小轿车，珮青上了车，伯南发动了车子，向霓虹灯闪亮的街头疾驰而去。雨雾迷蒙地扑向车窗，发出纷纷乱乱的"叮铃"之声，珮青缩在座位里，下意识地拥紧了那条狐皮的披肩，瞪视着车窗外面那雨丝和灯光纵横交错的街道，朦胧地感到这一切都不属于自己，自己还留在一个遗失的世界里。

"又在想什么？"伯南斜睨了她一眼。

"唔——唔，没什么。"她羞涩地说，垂下了头。在车子里的，是她的肉体，回答伯南的，也是她的肉体，至于她的灵魂，正遨游于十八世纪埃及的什么废墟里。

"知道今天请客的是谁吗？"伯南冷冷地问，手扶在方向盘上。

"哦，是——是？"珮青徒劳地搜索着自己的记忆，古埃及废墟里的人物似乎是不请客的。

"是程步云夫妇，那个退休的老外交官。"伯南说，皱了皱眉，"我记得我告诉过你。"

"是的，我——我忘了。"珮青轻轻地咬了咬嘴唇。

"你记住的事情实在不多！"伯南揿了一下喇叭，闪过一辆三轮车，"我很幸运，娶了一个终日在梦游的妻子！"

珮青再次咬了咬嘴唇，这次咬得比较重，眼睛里有点什么潮湿的东西。雨水像小溪流似的沿着窗玻璃流下去，她把披肩围紧了脖子，仿佛那冰凉的雨水一直流进了她的衣领里。

坐在餐桌上，珮青神思恍惚地听着那些宾客的谈话，始终没有插过一句嘴。吃的是西餐，夫妇都被分开来坐，她左手是一位老先生，大概是主人以前的同事，对她备献殷勤，花白的眉毛下有对细长的眼睛，经常有意无意地盯在她袒露的胸前，不住地把番茄酱、辣酱油、胡椒粉全搬到她的面前来，使她手足失措而又不知如何是好。再加上他那颤抖的膝，常会不经意似的碰上了她的，引起她一阵寒战似的惊跳。她右手是一个年纪在三十五至四十五之间的男人，虽然服装整齐，却不像什么外交官，没有那份礼貌的殷勤，也没有加入那些高谈阔论，脸上一直带着个沉默的微笑。每当珮青因为膝部作战而惊跳的时候，他就弯下腰去为她拾起滑落到地下的餐巾——哦，那条倒霉的餐巾！

那顿饭是一个漫长的刑罚，珮青始终如坐针毡。缎子的衣服是那样滑，她奇怪是谁发明了餐巾这种累赘物。一次又一次，餐巾从她膝上滑落到地下，尽管拾起来的那位先生每次都给她一个温和的笑容，她却不能不窘迫得满脸通红。当餐巾第四次落到地下时，她接触到坐在她对面的伯南的眼光，带着严厉的警告的神色。她总是给他丢人的，甚至握不牢一条餐巾！她涨红了脸，从身边那位男士的手里接过餐巾来，他望着她，对她温柔地笑了笑，轻声说："很不科学，是不是？我是说餐巾。"

她有些惊慌，怕透了和陌生人攀谈，但他的神色宁静安然，这稳定了她不安的情绪。怯怯地，她非常不合地答了一句："我最怕人请我吃饭，我总是弄不惯这些东西，包括刀叉在内。"

那男人笑了,他有着宽宽的额角和浓浓的眉毛,一对略显深沉的眸子里掩藏着智慧,而且是善解人意的。拿起刀子,他切碎了一块牛排,微笑着说:"中国人吃东西是艺术,刀子是厨房里的玩意儿,外国人到底历史短些,还在当桌宰割的阶段。"

她答不上话来,只能对他腼腆地微笑,在应酬方面,她永远是那样迟钝和木讷。他并没有在意这些,掉过眼光,他回答了女主人的一句什么问话,不再注意她了。这使她舒服了很多,她是那样害怕成为别人注意的目标!但是,身边那只颤抖的膝又靠了过来,她再一次惊跳,那老先生立即把身子倾向她这边,故作关怀地问:"要什么吗,范太太?辣酱油?"

"哦,哦,不,不,谢谢。"珮青口吃地回答,差点儿碰翻了面前的酒杯。

"范太太还是第一次来我们家吧?"男主人的目光对她投了过来,那是个能干而且温和的长者,程步云在外交界是有名的老前辈。

"噢,"珮青失措地回答,"是的,我想是的。"她自己也觉得回答得颇不高明。

"伯南,"程步云转向了伯南,"你应该带你太太多出来跑跑,你们结婚几年了?"

"五年。"伯南笑着回答。

"五年?"程步云的眉毛抬高了,"这就是你不对了,伯南,怎么结婚五年了,我才第一次见到尊夫人呢?你不该把她藏在家里哦!"望着珮青,他上下打量着她,对她举起了酒杯:"来来,范太太,我该早就请你来玩的,现在,罚我一杯酒吧,我再敬你一杯!"他爽快地干了一杯酒,又斟满杯子,对珮青举了起来。

"哦,不,不行,"珮青还没喝酒,脸上已一片红晕,慌忙地说,"我——我不会喝酒。"

"那不成,"主人笑着说,"你非干了这一杯不可,梦轩,你帮我给范太太斟满酒杯。"珮青右手那位拾餐巾的男士遵命,拿起了酒瓶,斟满了珮青的酒杯,珮青急急地用手按住杯口,以致酒倒在她的手背上,左手的老先生立即用餐巾来擦拭,而男主人高举的酒杯还没有放下。一时,情况显得非常尴尬。伯南忍无可忍,冷冷地说:"珮青,你就干了那杯吧!"

"可是……可是……我真的不会喝酒!"珮青紧张地说,恳求似的望着伯南。

"我们全体一起敬吧!"不知道哪一个客人恶作剧,全席的人都对珮青举起了杯子,珮青惶惶然地四面环顾,一时恨不得有地洞可以让她钻进去,急得满面绯红。生平她不敢沾酒,她知道一杯酒下肚,足以让她当众失态,何况他们喝的是威士忌。但是大家都那样盯着她,带着好玩的、捉弄的神态,如果固执不喝,她如何下台?在这一刻,她那样希望伯南能帮她说一句什么,可是,伯南只恶狠狠地瞪着她,用颇不友善的声音说:"珮青,干了吧!别那么不大方!"

佩青又咬住了嘴唇,颤颤抖抖地举起了酒杯,但,身边有只手接去了她的杯子,用不轻不重的声音说:"别勉强女士们喝酒,换一杯果汁吧,这杯酒,让我代范太太喝了!"

仰着头,他将那杯酒一饮而尽,对佩青微微一笑。佩青可怜兮兮地看着他,说不出心里有多么感激。大家不再闹酒了,注意力也从佩青身上移到别处,他们谈起最近官场的一件趣闻,先生太太们都发表着议论,谈得好不热闹。佩青悄悄地把目光移向她身边那位男人的桌前,这时,才在那桌上竖立的座位名牌上,看到他的名字:"夏梦轩"。

散席后,大家聚在主人那豪华的客厅里,仍然高谈阔论不止,佩青瑟缩地坐在靠窗的一个角落里,只想躲开那群人,躲得远远的,甚至躲到宇宙的外面去。有个人影停在她的身边,一杯茶送到了面前,她抬起眼睛来,是夏梦轩。

"喝杯茶吧!"他微笑地说,嘴边有点鼓励的味道。

她接过茶杯来,给了他一个虚弱的笑。

"我们常常要应付一些自己并不喜欢的环境,"他轻声地说,背靠着窗子,握着茶杯的手稳定地晃动,那橙色的液体在杯里旋转着,冒出的热气弥漫在他的眼睛前面,"别为喝酒的事情难堪,他们都没有恶意。"

"我知道。"她仓促地说,想给自己的躲避找一个理由,"我只是不习惯,我好像完全不属于这里,我很怕——见到陌生的人,这使我紧张不安,许多时候,我都宁愿孤独,我想,我生来就不太合群。"

"是吗?"他深深地望着她,"孤独是每一个人都需要的,寂寞是每个人都不要的，但愿你有的是前者，不要是后者。"他笑了笑，喝了一口茶，"能够孤独还是有福的人呢，许多人，希望孤独还孤独不了。"

"你吗？"珮青问，感到自己紧张的情绪逐渐地放松了。面前的这个男人有种懒洋洋的松懈，斜靠在那儿，注视着那些高谈阔论的人，有股遗世独立的味道。"要孤独的男人很少，他们都是些入世者，要竞争，要为事业奋斗，要在人群里一较短长。"她轻声地说。

"确实不错，"他看了她一眼，"所以男人比女人难做，他们不能够很容易地获得片刻孤独。人往往都受外界的操纵，不能自己操纵自己，这是最可悲的事！"

"我有同感呢！"她低低地说，伸展着手臂，想起那间盛满暮色的小屋，她宁愿蜷缩在那沙发里，不愿待在这灯烛辉煌的大厅中。

"我和伯南见过很多次，他不常谈起你。"他说，在人群里搜索着伯南，"你们有孩子吗？"

"没有。"她轻声说。

"我有两个，"他喝了一口茶，愉快地笑着，眼睛里突然闪烁着光彩，"孩子是一个家庭里的天使，你们应该要孩子，那会使家庭热闹很多。"

"你太太没来？"她好奇地问。

"她不喜欢应酬。"

"我也是。"她叹息一声，似乎不胜疲倦，并不是每一个丈夫都要强迫太太出席宴会呀！

伯南远远地走来了，手里拿着珮青的披肩，对夏梦轩客气而疏远地点了点头，他夸张地把披肩披在珮青肩上，用不自然的温柔说："珮青，你身体不好，别坐在风口上，当心回去又要闹头痛了。"

珮青看了伯南一眼，什么都没说。她是了解伯南的，在人前，他总要做出一副温柔体贴的样子来，朋友们都认为他是"标准丈夫"！在家里呢？温柔体贴就都不必要了。珮青顺从地站起身来，跟着他向前走去，伯南暗中狠狠地捏着她的手臂，在她耳边悄悄地说："你该去和主人谈话，别和那个夏梦轩躲在一边，他只是个贸易行的老板而已！满身铜臭！那边那个白眉毛的老头是孟主任，在我们部里很有点力量，对我出国的事颇有助力。他对你的印象很好，去和他多谈谈！"

她愕然地看着伯南，他想要她和那个孟主任谈什么呢？孟主任！就是那个用膝盖碰她的老头！她的胃部一阵痉挛，身子就不由自主地僵硬了。

"不，伯南，我要回家。"她低声地说。

"什么？"伯南皱紧了眉，"你是什么意思？"

"我要回家。"珮青像孩子似的坚持着，"我要马上回家。"

"胡闹！"伯南捏住她的胳膊，"上前去！"

"不！"她向后退，用执拗而又委屈的眸子望着伯南，"我要回家，请你带我回家！"

怒气飞上了伯南的眉梢，他紧握着珮青的手臂，仿佛立即就要发作，但是，他又忍下去了，望着珮青那张小小的、坚决的脸，他明白她固执的时候，谁也没办法让她屈服。收起了怒容,他说:"好吧,我带你回家。"

到了主人面前,伯南的脸色已经柔和得像个最深情的丈夫,对程步云点了点头,他温柔地揽着珮青说:"对不起,内人有些不舒服,请允许我先告辞一步。"

主人夫妇一直送他们到门口,且送他们坐进汽车,伯南怜惜地把西装上衣披在珮青的身上,看得那个程太太羡慕不止,车子开走了好久,才回头对程步云瞪了一眼。

"你该学习。"

"算了!"老外交官咧嘴一笑,"人家是小夫小妻呀!"

这儿,车里的伯南已经变了脸,从反光镜里瞪着珮青,他厉声说:"你简直可恶到了极点,完全给我丢人!"

珮青缩在座位里,用披肩裹紧了自己,怯怯地说:"我——我很抱歉。对不起,伯南。"

"我不知道为什么娶了你!"伯南怒气冲冲地吼着,"倒了十八辈子的霉!"珮青咬住了嘴唇,每当她无以自处的时候,她就只有咬紧自己的嘴唇,好像一切难堪、哀愁、痛苦……都可以在这一咬里发泄了,或者说,因这一咬而被控制住了。可是,泪雾升了起来,她看不清车窗外的任何景致了。

"你永远学不会!永远长不大!永远莫名其妙!"伯南仍然咒骂不已,"我要你这样的太太做什么?只是养了一个废物!"

泪水滑下珮青的面颊,热热的、湿湿的。窗外的雨加大了,冷冷的雨水像是全灌进了她的衣领里。她把整个身子都缩了起来,仍然抵御不了那包围着她的一团冷气。

第二章

夜深的时候,夏梦轩才离开了程步云的家,他是全体宾客最后离去的一个。

站在程宅的大门外,他深吸了一口夜风,雨停了,他喜欢秋夜那种凉凉爽爽的空气。他那辆米色的道奇牌小汽车正停在街道旁边,上了车,他让车子滑行在人车稀少的街头。深夜开车是一种享受,稳稳地握着驾驶盘,不必和满街的车子、行人争先抢后。人生的驾驶也和开车一样,何时才能有一条康庄而平稳的大道,不需要在别人车子的夹缝里行驶,随时担心着翻车、抛锚和碰撞?摇了摇头,一种淡淡的、疲倦的感觉就对他包围了过来,燃起一支烟,他对着窗玻璃喷过去,百无聊赖地叹了一口气。

为什么在程家待得这么晚?他自己也不知道,只觉得在现在这种争名夺利的世界里,像程步云那么富于人情味的人已经不多了。他喜欢那对老夫妻,事实上,他和程步云还有一段不算小的渊源。十五六年以前，程步云曾经在他念的大学里面兼课，教他逻辑学，他们可以说是彼此欣赏。后来，程步云曾想把自己的一个大女儿嫁给他，千方百计地为他们拉拢过。但是，那位小姐太娇，夏梦轩又太傲，两人始终没有建立起感情来。接着没多久，程步云就外放到南美去了，他的那个大女儿也在国外结了婚。数年后，夏梦轩留学美国，还和她见了面，她已是个成熟的小妇人了，豪放、爽朗、热情地招待他，颇使他有些怏怏然的懊丧。而今，程步云年纪大了，退休了，儿女都远在异国，只剩下一对老夫妻孤零零地在台湾，他就和他们又亲近了起来，像个子侄一般地出入程家。老夫妻热情好客，他也常在座中帮忙招待。

今天，今天为什么要来呢？他加快了车行速度，耳边有着呼呼的风响。他记起那个范伯南对他那畏怯的小妻子说的几句话："别和那个夏梦轩在一起，他只是个贸易行的老板而已，满身的铜臭！"

范伯南以为他听不见吗？"满身的铜臭！"这对他是侮辱吗？其实，谁能离开金钱而生存？赤手空拳地闯出自己的事业，赚出一份水准以上的生活，这也算是可耻的吗？这社会真是滑稽而不可解的，讥笑贫穷，也同样嘲弄富有，焉知道贫穷与富有，都未见得是嘲笑的物件！这社会缺少一些什么呢？他刹住车，深思地喷出一口烟，注视着前面的红灯，给了自己一个答案："缺少一些真诚、一些思想和一些灵气！"

一个满身铜臭的人嫌这个社会缺少灵气？他不禁哑然失笑了。车子到了他那坐落在松江路的住宅门口，看看手表，已经快十二点了,美婵和阿英一定都睡了,别惊醒她们吧。下了车,他用钥匙打开车房的门,先把车子倒进了车库里,再打开大门走进去。

花园里的玫瑰开得很好,小喷水池的水珠在夜色里闪耀着,是一粒粒亮晶晶的发光体。他穿过花园,走进正房,客厅的灯光还亮着,地毯上散满了孩子的玩具和靠垫、报纸,电视机忘记关,空白的画面兀自在那儿闪烁,一瓶已残败了的花还放在茶几上面,在那儿放射着腐朽的浓香。他四面看了看,出于本能地关掉了电视,收拾了地下的书本和报纸,把靠垫放回到沙发上,叹口气,自语地说:"美婵是个安分守己的好太太,只是不大会理家!"

关掉了客厅的灯,走进卧室,他一眼就看到了美婵,短短的头发下是张讨人喜欢的、圆圆的脸,埋在枕头中,睡得正香。棉被有一半已经滑落到地下,双手都伸在棉被之外,却又蜷缩着身子,像是不胜寒冷。夏梦轩站在床边,默默地对她注视了几秒钟,奇怪她虽然已当了两个孩子的妈妈,却仍然保持着稚气的天真。把棉被拉了起来,他细心地把她的手塞进棉被里,就这样一个小动作,已经惊醒了她,睁开了一对惺忪的大眼睛,她给了他一个蒙眬的微笑,睡态可掬地说:"你回来了?我今晚跟孩子们玩得很开心,我是大老虎,他们是小老虎!"

怪不得客厅那样零乱!他想。美婵翻了一个身,闭上眼睛,立即又沉沉入睡了。梦轩转过身子,走到孩子们的卧室中,电灯同样亮着没有关,他先到六岁大的儿子小竹的床边,小竹熟睡着,一脸的黑线条,像个京戏中的大花脸,睡觉前显然没有经过梳洗。小小的身子歪扭着,仿佛睡得不太舒服,梦轩伸手到他的身子底下,首先掏出一把小手枪,继而又掏出一辆小坦克车,最后再拉出一只被压扁了的玩具小熊,小竹的身子才算睡平了。他怜爱地看着那孩子,诧异他怎能躺在那么多东西上面入睡。离开了儿子的床边,他再走到八岁的女儿小枫的床边,小枫是他的小珍珠,他说不出有多喜爱这个女儿。停在床边,他惊异地发现那孩子正强睁着一对充满睡意的眸子,静静地注视着他。

"嗨,小枫,怎么你还没有睡着?"他奇怪地问。

"我在等你呀,爸爸。"小枫细声细气地说。

"噢!"他弯下腰去,抚摸着那孩子粉扑扑的面颊,"我不是告诉过你么,爸爸事情忙,晚上回来得晚,你别等我,明天还要上学呢!"

"你没有亲我,我睡不着。"小枫轻声地说,突然伸出两只小小的胳膊,揽住梦轩的脖子。梦轩俯下头去,在她的额头、两边面颊上,都吻了吻,那温温软软的小手臂引起他衷心的喜悦和感动的情绪。怎样一个小女儿呀!为她盖好棉被,把脖子两边掖了掖,他宠爱地望着她,低声地说:"现在,好好睡了吧!明天我早早地回来陪你玩,嗯?"

孩子点点头,唇边浮起一个甜甜的笑。

"明天见,爸爸!"

"明天见!"梦轩退出房间,关了灯,带上房门。心底有层朦胧的温暖,什么快乐能比得上孩子所带来的呢?那是最没有矫饰的感情，最纯洁，也最真挚！

到浴室里洗了一个热水澡，换上睡衣，他觉得了无睡意。下女阿英早就睡了，他自己用电壶煮了一壶咖啡，到书房里坐了下来。书房是他的天下，也是全房子中最整洁雅致的一间，窗上有湖色的窗纱，窗下有一张大大的书桌和一张皮制的安乐椅。桌上，一架精致的台灯放射着柔和的光线，四壁有着半人高的书柜，上面陈列着一些小摆饰。燃起一支烟，握着咖啡杯子，他对着墙上自己的影子举了举杯，自我解嘲地说："再见吧！满身铜臭的夏梦轩！"

打开书桌中间的抽屉，他取出一沓稿纸，开始在夜雾中整理着自己的思想。中学时代的他，曾经发狂地想成为一个艺术家，徒劳地学过一阵子速写和素描。到了大学时代，他又爱上了音乐，狠狠地研究过一阵贝多芬和莫扎特。结果，他既没成为艺术家，也没成为音乐家，却卷入了商业界，整天在金钱中打滚，所幸还保留了看书的癖性。到近两年，他竟开始写作了。他曾用"默默"为笔名，自费出版过一本名字叫《遗失的年代》的小说，这本书和他的笔名及书名一样，在文坛上连一点儿涟漪都没有搅起来，就"默默"地"遗失"在充斥于市面上的、五花八门的文艺著作中了。他并没有灰心，对于写作，他原只是一种兴趣和寄托，说得更明白一点，他只是在找寻另一个自己，另一个几乎要"遗失"了的自己。所以，尽管没人注意到他，他在夜深人静时，却总要写一些东西，而从这一段时间里，获得一种心灵的宁静与平和。

啜了一口咖啡，又喷出一口烟，他沉思地望着那在窗玻璃上漫开的烟雾,思想有些紊乱而不集中。为什么?总不应该为了范伯南那一句不相干的话而沮丧呀!只是,那个女孩会对他怎么想呢?女孩?她已经不是女孩了,她结婚都已五年。但是,她怎么还会有处女一般的畏怯和娇羞?如果不用那过分艳丽的红缎子把她包起来,她会是一副什么样子?

吐出一个烟圈,再吐出一个烟圈,两个烟圈缠绕着,勾画出一个模模糊糊的脸庞来——一张似曾相识的脸,有怯怯的眼睛和惶恐的神情,谁惊吓了她?

早晨,是夏家最紊乱的一个时刻,两个孩子起了床,小的要上幼稚园大班,大的在读小学二年级,漱口、洗脸、穿衣服、书包、铅笔、练习本,闹得一塌糊涂。这时的夏梦轩一定还在床上,阿英在厨房里忙早饭,美婵则夹在孩子的尖叫声中尖叫,她的尖叫声往往比孩子还大。

"哦呀,小枫,你的书包带子断了,怎么办呢?快叫阿英去缝!"

"糟糕!小竹,你的围兜呢?去问阿英!手帕?老师说要带手帕?带点卫生纸算了!不行?不行怎么办?去问阿英要手帕!"

"什么?小枫,你饿了?阿英!阿英!赶快摆饭出来呀!"

"慢慢来,慢慢来,小竹,你要什么?你的剪贴簿?谁看到小竹的剪贴簿了?"

"哦呀!你们不要吵,当心把爸爸吵醒了!"

"什么?小枫,你不吃饭了?来不及了?那怎么行?阿英!阿英!饭好了没有?"

"怎么了，小竹？别哭呀！剪贴簿？阿英！小弟的剪贴簿哪里去了？"

梦轩翻了一个身，把棉被拉上来，盖在耳朵上。昨夜睡得晚，疲倦还重压在眼皮上。但是，外面闹成一团，却怎样也无法让人安睡，孩子的吵声哭声，美婵的尖叫声，和阿英跑前跑后的咚咚咚的脚步声。好不容易，小竹被三轮车接走了，小枫也吃了饭了，外面安静了下来，他把棉被拉下来，正想好好入睡，一阵小脚步声跑进了屋里，一只小手摸住他的脸，一张小嘴凑在他的耳边，悄悄地说："爸爸，别忘了你答应我的，晚上要早早回来陪我们玩哦！"

再也忍不住，他用力地张开了眼睛，望着小枫说："一定！"

孩子堆了一脸的笑，背着书包跳跳蹦蹦地走了，到了房门口，还旋转身子来叫了一声："再见！爸爸！"

终于安静下来了，梦轩裹好了棉被，这下可以好好地睡一觉了。但是，美婵走了进来，在床沿上坐下，她找了一把小锉刀，一面锉着指甲，一面说："梦轩，你是睡着的还是醒的？如果你是睡着的，我就不吵你。"

梦轩不哼声，表示自己是睡着的，可是，美婵自顾自地又说了下去："你昨天几点钟睡的？我一点儿都不知道，我是十点钟不到就睡了，昨天电视里有《宝岛之歌》，那个矮仔财真把人笑死了。喂！梦轩，你听到我吗？"

她要告诉他的就是这个吗？梦轩不耐地翻了一个身，打鼻子里哼了一声，这一声已经够了，美婵热心地接着说："你是醒着的,是吗,梦轩?你答应今晚带孩子出去玩,是不是?我们去看场电影吧,我好久都没有看电影了,我们去看《棒打鸳鸯》好不好?是根据绍兴戏改编的。"

《棒打鸳鸯》?这是个什么鬼电影?他听都没听说过,也懒得开口搭腔。美婵并不需要他说话,她依然一个劲儿兴致勃勃地说着。美婵最大的优点,就是永远能够自得其乐。以前贫穷的时候,她把家里弄得乱七八糟,然后坐在厨房里,对着一锅焦饭发笑。孩子刚出世,她把尿布放到饭桌上去了,奶瓶塞进了自己的嘴里(她永远是那样手忙脚乱的),等到发现了错误,就对着孩子哈哈大笑。她好像永不会忧愁、烦恼和紧张,对于好消息,她一概轻易接受,并且欢天喜地地渲染它。如果是坏消息,她有一种消极的抵抗法,就是根本不接受。她会皱皱眉说:"哪有这样的事?你在骗我吧!别告诉我,我不相信这些!"

这就结了,随你再跟她怎么说,她都不听你的。可是,一旦她非接受不可的时候,她会手足失措得好像世界末日一样,眼泪鼻涕全来了,满屋子转着喊:"不要活了!"她就是这样一个天真、善良,而头脑简单的女人。梦轩对她了解很深,因此从不把外界的烦恼,或者公司的业务讲给她听,知道她既无兴趣也听不懂。他们的经济情况好转之后,美婵也十分容易地接受了,而且立即倚赖起下女来。但是,她并不像一般女性那样,学得浮华、虚荣,或者在牌桌上磨去时间,她还是原来那个她,懒懒散散的、随随便便的、快快乐乐的。

"《棒打鸳鸯》!"她还在继续她的话题,"这准是一部好片子，我告诉你。它融歌唱、爱情、打斗于一炉，报上登的。还香艳、刺激、哀感、缠绵……哎！一定好看极了。广告上还说，要太太小姐们多带手帕呢！"

他体会过无数次和她一起看电影的滋味，知道"多带手帕"真是件重要的事情，她自己是个乐天派，偏偏喜欢看些哭哭啼啼的片子，而且，每次她都比剧中人更伤心，哭得稀里哗啦像黄河泛滥，常常引得前后左右的观众都宁可放弃电影而来看她，使坐在一边的梦轩面红耳赤，如坐针毡。何况，她的泪闸是不能开的，一开就收不住，等到散场之后，她还会伏在前面椅背上号啕不止。所以，对于陪美婵看电影，梦轩则一向视为畏途。

"怎么样？"美婵把指甲刀丢到梳妆台上，没有丢准，落到地板上去了，她也就由它在地板上躺着，"我们就说定了，晚上你回家吃晚饭，我们看七点钟那场《棒打鸳鸯》！"

这可不是能够说定的事情！《棒打鸳鸯》？谁要看什么《棒打鸳鸯》！但是，他太倦了，晚上的事，晚上再说吧！他现在只想好好地睡一个早觉。蠕动了一下身子，他把头深深地埋进枕头里，嘴里含糊地"唔"了一声。

美婵从床沿上站了起来，轻松地说："好了，我不吵你睡觉。"向房门口走了两步，她又站住了，忽然想起一件事情，"哦，顺便告诉你一声，昨天我姐夫来了，他很急，说是缺一笔款子，等着要还人，他家的彬彬又生病了，贤贤的脚摔伤了，怪可怜的！他急着要跟我们挪一笔钱用，我找了半天，还好你没把书桌抽屉钥匙带走，刚好里面有一张签好字的支票，我就给他了！"

"什么？！"梦轩吃了一惊，突然醒了过来，从床上跳了起来，瞌睡虫全跑到窗外去了，"你说什么？什么支票？"

"你签好字的支票呀！"美婵张大了眼睛，"你这么紧张干吗？"

"票面是多少钱？"

"唔，我想想看，是……一万五千五百，不对不对，是两万一千五百……"

"我知道了，"梦轩打断她，"是一万五千两百元，是不是？有没有抬头的？"

"抬头？"美婵愕然地问，"什么叫抬头？你知道我对支票是根本不懂的，我拿给姐夫看，他说好极了，就拿走了。"

梦轩从鼻子里重重地呼出一口气来。

"美婵，你算是有钱了？一万五千元就随便给人？连问都不问我一声？你的手面也未免太大了吧？"

"怎么，"美婵的嘴唇噘了起来，"他是我的姐夫嘛，难道要我见死不救？"

"我知道他是你的姐夫，可是他们可没有到要死的地步，你那个姐姐穿得比你漂亮多了，家里用上两个用人，却到处借钱过日子，算哪一门？你知道我这笔钱是今天马上要付出去的，我并不是有一大笔钱可以放着不动，我的钱要周转，你懂不懂？"

"不懂！"美婵的嘴翘得半天高，"他们都知道我们现在有钱了，有钱就不要穷亲戚了！"

"胡说！美婵！"梦轩不耐地说，"你知道这一个月他在我们这里拿走了多少钱？月初拿五千，月中又是三千，现在再拿去一万五，一个月就拿走了两万多，我再阔也养不起你这门穷亲戚！"

"他又不是不还，他不过是借去用一用，有钱就还我们，你那么小气做什么？"

"哦？我还算小气？"梦轩有了三分火气，"美婵，你讲讲理行不行？你姐夫拿走的钱什么时候归还过？如果数位小倒也罢了，数字越来越大，我是凭努力挣出来的事业，禁不起他们拖累，你懂不懂？而且，他们救得了急，也救不了穷，你的姐夫整天游手好闲，酒家、妓院里钻来钻去，难道要我们养他们一辈子？他好好的一个男子汉，为什么不去找工作做呢？"

"他也做过呀，"美婵喏喏地说，"他倒霉嘛，做什么事就砸什么事，人家不像你这么运气好嘛！"

"运气？"梦轩气冲冲地说，"假如我和他一样，整天生活在酒家里，看我们的运气从哪里来！"

起了床，他开始满怀不快地换衣服，碰到美婵，根本就是有理说不清，她待人永远是一片热情，但是，随随便便把支票给人的习惯怎能养成！"总之，美婵，你以后不许动我的支票！"

美婵的睫毛垂了下来，倚着梳妆台，她用手指在桌面上画着，像孩子般把嘴巴翘得高高的。梦轩不再理她，到浴室里去漱口洗脸之后，就拿起公事皮包，早饭也没吃，往门外走去。美婵追了出来，扶着车门，她又满脸带笑了，把支票的事硬抛开不管了，她笑着喊："记住晚上陪我们去看《棒打鸳鸯》啊！"

"鬼才陪你们去看《棒打鸳鸯》！"梦轩没好气地大声说，立即发动了车子，车子冲出了车房，他回头看看，美婵正呆呆地站在那儿，满脸委屈和要哭的神情。他的心软了，刹住车子，他把头伸出车窗喊："好了！晚上我回来再研究！"

重新发动了车子，向中山北路的办事处开去。他忍不住长长地叹了一口气，女人！谁能解释她们是怎样一种动物？

第三章

午后。珮青忽然从梦中惊醒了,完全无缘由地出了一身冷汗,从床上坐了起来,她怔忡地望着窗子。室内静悄悄地迎了一屋子的秋阳,深红色的窗帘在微风中摇荡。眨了眨眼睛,她清醒了,没有祖父,没有那栋在台风里呻吟的老屋,没有贫穷和饥饿,她也不是那个背着书包跋涉在学校途中的女孩。她现在是范太太,一个准外交官的夫人,有养尊处优的生活,爷爷在世会满足了。但是,爷爷,爷爷,她多愿意依偎在他膝下,听他用颤抖的声音说:"珮青哦,你是爷爷的命哩!"

现在,没有人再对她讲这种话了,爷爷走的时候,什么都没有给她留下,只留下了看着她长大的老吴妈和一屋子被虫所蛀坏了的线装书。那些书呢?和伯南结婚的时候,他把它们全送上了牯岭街的旧书店,她只抢下了一部古装的《石头记》和一套《元曲选》,对着扉页上爷爷的图章和一行签字:"墨斋老人存书",她流下了眼泪,仿佛看到爷爷在用悲哀的眼睛望着她,带着无声的谴责。多么残忍的伯南呀,他送走了那些书,也几乎送走了老吴妈,如果不是珮青的眼泪流成了河,和老吴妈赌咒发誓地跟定了她的"小姐"的话。但是,跟定了"小姐"却付出了相当的代价,现在的"小姐"阔了,老吴妈的工作却比以前增加了一倍都不止,珮青不忍心地看着那老迈的"老家人"跑出跑进,刚轻轻地说一句:"我们再用一个人吧,吴妈的工作太重了!"

那位姑爷的眼睛立刻瞪得比核桃还大:"如果她做不了,就叫她走吧!"

老吴妈不是巴结着这份工作,只是离不开她的"小姐",她那吃奶时就抱在她怀里的"小姐",那个娇滴滴的、柔柔弱弱的小姑娘。何况,她在珮青家里几十年了,跟着珮青的爷爷从大陆到台湾,她没有自己的家了,珮青到哪儿,哪儿就是她的家,再苦也罢,再累也罢,她可离不开她的"小姐"!

珮青下了床,天晴了,秋天的阳光是那样可爱!梳了梳那披散的长发,系上一条紫色的发带,再换上一身紫色的洋装,她似乎又回到没有结婚的年代了,爷爷总说她是一朵紫色的菱角花。她依稀记得童年的时候,西湖的菱角花开了,一片的浅紫粉白。小时候,妈妈给她穿上一身紫衣服,全家都叫她"小菱角花来了!"曾几何时,童年的一切都消逝了,妈妈、爸爸、西湖和那些菱角花!人,如果能永不长大有多好!

走出了卧室,迎面看到老吴妈捧着一沓烫好的衣服走进来,对她看了一眼,吴妈笑吟吟地说:"想出去走走吗,小姐?"

"不。"珮青懒懒地说。

"太阳很好。你也该出去走走了,整天闷在家里,当心闷出病来。"

"先生没有回来吗?"她明知故问。

"没有呀!"

"我做了一个梦,"她靠在门框上,带着一丝淡淡的忧愁,"吴妈,我梦到爷爷了。"

"哦?小姐?"吴妈关怀地望着她。

"我们还在那栋老房子里,外面好大的风雨,爷爷拿那个青颜色的细瓷花瓶去接屋顶的漏水,噢!吴妈,那时候的生活不是也很美吗?"

"小姐,"老吴妈有些不安地望着她,"你又伤心了吗?"

"没有。"珮青摇了摇头,走进客厅里,在沙发中坐了下来。阳光在窗外闪耀着,她有些精神恍惚,多好的阳光呀!也是这样的秋天,她和伯南认识了,那时爷爷还病着,在医院的走廊上,她遇到了他。他正在治疗胃溃疡。他帮了她很多忙,当她付不出医药费的时候,他也拿了出来,然而,爷爷还是死了,她呢?她嫁给了他。

到现在她也不明白这婚姻是建筑在什么上面的,从爷爷去世,她就懵懵懂懂、迷迷糊糊的,爷爷把她整个世界都带走了,她埋在哀愁里,完全不知该何去何从,伯南代表了一种力量,一种坚强,一种支持。她连考虑都没有,就答应了婚事，她急需一对坚强的手臂，一个温暖的"窝"。至于伯南呢？她始终弄不清楚，他到底看上了她哪一点？

电话铃蓦地响了起来，搅碎了一室的宁静。珮青吃了一惊，下意识地拿起听筒，对面是伯南的声音，用他那一贯的命令语气："喂，珮青吗？今晚孟老头请客，去中央酒店消夜跳舞，你一定要去，我晚上不回家吃晚饭，十点钟到家来接你，你最好在我回来以前都准备好，我是没有耐心等你化妆的！"

"哦，伯南，"珮青慌忙地接口，"不，我不去！"

"什么？"伯南不耐的声音，"不去？人家特别请你，你怎么能够不去？你别老是跟我别扭着，这是正常的社交生活，请你去是看得起你！"

"我不习惯，伯南，你知道我又不大会跳舞！"

"你所会的已经足够了，记住，穿得华丽一点，我不要人家说我的太太一股寒酸相！"

"我——我不要去嘛，伯南，我可以不去吗？"

"别多说了，我十点钟来接你！"

毫无商量的余地，电话挂断了，珮青怅怅然地放下了听筒，无精打采地靠进沙发里。窗外的阳光不再光彩，室内的空气又沉滞地凝结了起来。宴会！应酬！消夜！跳舞！这就是伯南那批人整日忙着的事吗？为什么他总喜欢带着她呢？她并不能干，也不活跃，每次都只会让他丢人而已，他为什么一定要她去呢？

不去，不去，我不要去！她在心里喃喃地自语着。她可以想象晚上的情形,灯光、人影、枯燥的谈话、不感兴趣的表演,和那些扭动的舞步,抖抖舞、扭扭舞、猎人舞……每当这种场合,她就会打哈欠,会昏然欲睡,会每个细胞都疲倦萎缩起来。不去,不去,我不要去!她把手放在电话机上,打电话给伯南吧,我不去,我不要去!拿起听筒,她竟忘了伯南办公室的电话号码,她是经年累月都不会打电话给伯南的。好不容易想了起来,电话拨通了,接电话的是一个陌生的口音:"你找谁?范伯南先生?哦!"嘲弄的语气,"你是维也纳的莉莉吧?我去找他来,喂!喂……"

听筒从她手里落回到电话机上,她挂断了电话,不想再打了,坐回到沙发里,她分析不出自己的感觉和情绪。没什么严重,这种误会并不是她第一次碰到,伯南在外面的行为她也很了解,他虽然在家里不提,但是他也从不掩饰那些痕迹,什么口红印、香水味和小手帕等。这不是什么了不起的事情。她呆呆地坐着,并不感觉自己在感情上受到了什么伤害,可是,那属于内心深处的某一根触角,却被碰痛了。某种类似自尊的东西,某种高雅的情操,某种纯洁宁静的情绪,如今被割裂了,被侮辱了,被弄脏了。她站起身子,有股反叛的意识要从她胸腔里跃出来,我不去!我晚上绝不去!

"吴妈!"她喊,"吴妈!"

"来啦,小姐!"吴妈站在房门口,"你要什么?一杯浓浓的、酽酽的茶?"

"不,吴妈,给我一件风衣,我要出去走走!"

"哦?"吴妈的嘴张成了一个"O"形,满脸不信任的表情。

"你不是要我出去走走吗?太阳那么好!我不回家吃晚饭,先生也不会回来的,你一个人吃吧!如果先生打电话来,告诉他我出去了。"

"不过——小姐,你要去哪里呢?"

"随便哪里,去走走,去——逛逛街,去买点东西,假如先生比我早回来,你说不知道我去哪里好了。"

"不过——小姐,"老吴妈最喜欢用的词就是"不过","刚刚不是先生打电话回来吗?晚上有人请客吧?"

"我不去了,吴妈,我太累了。"

吴妈困惑而担忧地望着她,她不能了解小姐"太累了"为什么还要出去走,但是,这是反常的,假如小姐违拗了那位先生啊,天知道会有什么风暴发生!

"不过——小姐……"她又开了口。

"好了,吴妈,"珮青温和地叹了口气,"你别管了吧,给我风衣,那件紫色碎花的!"

街上的阳光很温和,射在人身上有一股暖洋洋的醉意,天上的云薄得透明,风又柔得迷人。于是,全台北市的人都出了笼,街上不知道从哪儿跑来这么多人,挤满了人行道,挤满了商店,挤满了十字路口。

珮青沿着中山北路向台北市中心走,没有叫三轮车,也没有坐计程车,慢慢地走过那拥挤的火车站前,沿着重庆南路,转入了衡阳路。她并不知道自己要到哪里去,也不知道自己要做什么，只是有那么一大把的时间，她必须把它打发掉。衡阳路上，五光十色的商店林立着，店员站在店门口，对行人报以固定的微笑。她看了看手表，差十分四点，她怎么能从现在走到深夜？

衡阳路就只这么短短的一条，一会儿就已从头走到了尾，建新百货公司门口停着一架体重机，磅磅体重吧，不为什么，也算一件工作。四十二公斤！上次磅体重大概是一年前了，仿佛还有四十四公斤呢！整日待在家里，饱食终日，无所用心，怎么还越来越轻飘飘了呢？到建新公司里无意识地转了一圈，买点儿什么吧！可是，又有什么是需要买的呢？

绕出了建新公司，新生戏院门口挤满了人，看场电影吧，反正没地方可去！一场电影最起码可以打发掉两小时，看完了这场电影，可以到附近小馆子里去吃一点儿东西，然后再去看一场七点钟的电影，之后，还可以再赶一场九点钟的，三场电影下来，应该是夜深了吧！伯南会说什么？管他呢！

买了一张票，跟着人群走进了戏院，迷迷糊糊地看完了一场电影，是部间谍爱情打斗片，流行的调调儿。不过，她完全没弄清楚那些间谍关系，只是被银幕上那些打斗打得昏昏沉沉。出了电影院，她开始感到头痛了，这是老毛病，医生叫它"神经痛"，反正查不出病源的病都可叫神经痛，或者叫"精神病"！她已惯于忍耐这种痛苦了。用手揉揉额角，她站在街口犹豫了几分钟，街上的人似乎更多了。华灯初上，夜幕初张，到处都是行人、汽车和闪亮的霓虹广告，何等繁荣的城市！

穿过了街，到了成都路，找一家饭馆吧，虽然并不饥饿，吃饭总是人生必需的事情。转了一个弯，国际戏院刚刚散场，人潮涌了出来，怎么台北会有这么多人呢？马来亚餐厅里高朋满座，对于一个单身女子，似乎不是什么很适合的地方，小一点儿的馆子吧，大东园？不，不好，更热闹了。前面是"红豆"，去吃一碗馄饨面也罢。她再揉揉额角，从人群里穿了出去。

嘎然一声，一辆小汽车突然停在她的身边，一张似曾相识的脸从车窗里伸了出来。

"范太太，是你吧？"

她有些困惑，有些迷惘，有些畏缩。这是谁？

"你不认识我了？我是夏梦轩，上车来如何？你去哪儿？我送你去！"

他打开了车门，似乎没有让她考虑的余地，这儿是不能停车的地方，她不能让人等着，在被动的情况下，她上了车，对夏梦轩腼腆地笑笑。

"谢谢您。"她轻声地说。

"去哪儿？"梦轩发动了车子。

去哪儿？她茫茫然地望着车窗前面的街道。去哪儿？她不知道要去哪儿。

"我……我……"她结舌地说，"我正要找地方吃饭。"仓促里，她说出的总是实话。

夏梦轩看了她一眼，带着种难以抑制的、本能的兴趣。事实上，他早就发现她了，当她杂在散场的人群里，无所适从地呆站在新生戏院门口的大街上时。她那茫茫然的神情和那一脸的迷失落寞吸引了他的注意力。他不自觉地开车跟踪着她,眼看着她在街上百无聊赖地荡来荡去,也看着她从马来亚餐厅门口退下来,在人群里像个无主的游魂般走着。他再也无法控制自己的好奇——或者,比好奇更带着点感情成分的那种情绪——于是,他开车过来,在她身边停了下来。

"找地方吃饭?"他说,"正好,我也要找地方吃饭,我知道一个比较安静的地方,我们去吧!"

"我——"珮青有些犹豫。

"我知道你不喜欢吃西餐,找个安静一点儿的地方吃中餐吧!"梦轩打断了她,有些无法自解的急促,不想让她把拒绝的话说出来。加快了车子的速度,他向南京东路的方向疾驰而去。

车在一条她所不熟悉的路边停下来,这家餐厅高踞于八层楼上,近两年来,台北的进步太大,观光旅社也一幢一幢地竖立了起来,这儿也是其中之一。因为这儿距离梦轩的家比较近,所以他常常在这儿请客,喜欢它的宁静整洁,最可喜的,还是客人稀少。

找了一个僻静的位子,他们坐了下来,面临着两扇落地的大玻璃窗,静静地垂着深蓝色的窗帘。梦轩没有怎么征求珮青的意见,就自顾自地点了菜。珮青脱下了风衣,一身淡淡的紫色裹着她,和那夜在程家的宴会里所见到的她大相径庭。梦轩注视着她,有点不能自已的眩惑。她那几乎没有施脂粉的脸庞细致沉静,在那一团紫色中显得特别清幽。那默默的眼神，仿佛总在做一种无言的倾诉，这是怎样的一个女性？他看不透她，认不清她，却直觉地感受到她身上所散发的一种淡淡的幽香。

"这里如何？"他问。

"很好。"她轻声回答。

"记得我了吗？"

"是的，"她有些脸红，"夏先生。"

"怎么一个人出来？"他问了，立即觉得自己问得不太高明。

"找寻一些东西，"她微笑地说，望着他，"孤独吧！我记得我们谈过这个题目。"

"不错，"他为她倒上一杯果汁，有些莫名其妙的紧张和心跳，十几年来，他都没有过这种感觉了，他胸怀中突然涨满了某种欲望：想探索，想冒险，想深入一个神秘地带，"可是，为什么到人堆里去找呢？"

"有个作家说过一句话，'越在人群中，你越孤独，当你真正一人独处时，可能是你最丰满的时刻。'"

"是吗？"他的心跳加速了，某种兴奋的因素注入了他的血管，"我好像在哪里看过这几句话，你很喜欢看书吗？"

"日子是很长的，你知道，"她饮了一口果汁，眼睛里有抹虚虚渺渺的落寞，"每天有二十四小时呢！"

"看些什么书？"

"不一定，什么都看。"

"你看得很细心，否则你不会记住里面的句子！"

"当它吸引你的时候,你会记住的。你也看书吗?"

"是的,很爱看。"

菜上来了,他们的谈话滑入一条顺利的轨道。珮青不明白自己是怎么回事,竟头一次摆脱了那份羞涩和腼腆,反而像个被拘束已久的人,突然解放了,他们不知不觉地谈了很多东西,许多言语都从她嘴里自然而然地滑了出来。陌生感从饭桌间溜走了。

"我刚刚谈起的那个作家,你一定不知道他,他是没有名的,我看过他一本《遗失的年代》,你知道这本书吗?"她问。

"是的,"他抑制了心跳,凝视着她,"我也看过。"

"哦,"她有些惊讶,"那你一定会记住他书里的几句话,他说:'我们这一生遗失的东西太多了,有我们的童年,我们那些充满欢乐的梦想,那些金字塔,和那些内心深处的真诚和感情,还有什么更多的东西可遗失呢?除了我们自己。'记得吗?"

"记得,"他眼前那个淡淡的紫影子像一团雾气,他呼吸急促地想捉住这一团雾,怕它会突然融解了,消失了,"你也遗失过那些东西吗?你也有这种感触吗?"

"怎么没有呢?"她叹息,细细的牙齿咬住一只明虾的尾巴,"我是连自己都遗失了呢!"

"这是人类的悲剧,对不对?"他深深地望着那团紫雾,"当我们遗失了太多的东西之后,我们也就跟着丧失了许多本能,甚至于欢笑和哭泣。"

"嗨!"她的眼睛里绽放着光辉,明虾从她的嘴上落进了盘子里,"你也记得!你也同样喜欢这本书,是不是?"

"我怎么会忘记呢?"他的血液在体内奔窜着,那些灯下的凝思,那些夜深时的呓语,忘记!他怎么会忘记呢!"不过,那并非一本名著,你怎么会看到呢?"

"我买的,我收购一切新作家的作品,好久没再看到他的作品了,那位作家并不勤奋啊!"

"或者是被铜臭所遮了!"他低声地说,又抬起眼睛来,"那小说写得怎样,你认为?"

"片段的句子很好,思想深刻,最弱的是组织,太乱了!一般人不会欣赏的,他应该把那些思想用情节来贯穿,用对白来表达,并不是每一个读者都能接受思想,很多都只接受故事。"

"曲高和寡,或者他愿意只为能欣赏他的作品的那几个人而写作。"

她摇摇头,一绺长发拂在胸前,紫色的衣服上缀着白色的花边,她看来像一朵浮在晨雾里的睡莲。

"我不懂写作,但是,艺术该属于群众的,否则,画家不必开画展,作家也不必把作品出版。"她轻声说。

他注视着她,觉得浑身细胞里都充实着酸楚的喜悦,带着激动的情绪,他热心地和她谈了下去。珮青呢?她忘怀了很多东西,自从爷爷去世后,她没有谈过这么多这么多的话,那些久埋在她心里的东西,都急于蹿出来,她不大确知面前这个人物是怎样的人,只沉浸在一种发泄的浪潮里,因为这个人——他显然能了解她所说的话。而已经有那么长的一段时间，她以为自己的语言，是属于恐龙时代或者火星上的，在地球上不可能找到了解的人了。

时间不知不觉地很晚了，穿着白衣的侍者在他们面前晃来晃去地打哈欠，他们惊觉了地站了起来，两人都有无限的讶异。

"我今天是怎么了？"珮青用手摸摸发烫的面颊，难道果汁里也有酒吗？

"怎样的遇合！"梦轩想着，眩惑地望着面前那紫色的影子。

下了楼，坐进汽车，梦轩把手扶在驾驶盘上。

"还不到十一点，我们再找个地方谈谈好吗？"

"哦，我——"现实回来了，珮青咬住了嘴唇。

"别拒绝我，人难得能找回片刻的自己，我实在不忍心让今夜'遗失'。"梦轩急急地说，带着点恳求的味道。

伯南还不会回家，或者他正流连在那个莉莉的身边，珮青胡思乱想着，脑子中有些紊乱。

他们去了国宾饭店的陶然亭，在那儿谈到午夜一点钟。

回家的途上，两个人都沉默了，一个完全意外的晚上！谈了过多的话，而现在，只有深秋的夜风和离别的惆怅。车子滑过了寂静的大街，停在珮青的家门口。

"再见！"珮青低低地说，打开了车门。

"等一下，"梦轩望着驾驶盘，"我还能不能见你？"他低问。

什么发生了？不要！我不要！珮青在心里喊着，迅速地武装了自己的感情。

"见我？或者在下一个宴会上。"

"当你打扮得像一个木娃娃的时候？"

"是的。"

一段沉默，然后，珮青钻出了车子，梦轩把头伸出车窗，低声说："再等一下，你走之前，我要告诉你一件无关紧要的事。"

"什么？"珮青站住了。

"我觉得那遗失的年代找回来了，"他轻声地说，"我就是默默。"

什么？他就是默默？就是那个无名的作者？她愕然地站着，目送那车子急速地消失在夜色里。她昏乱了，迷惘了，像梦游一般地走进了屋子里。当伯南狠狠地攫住了她的手臂，对着她的面孔大吼大叫的时候，她只是轻轻地想拂开他，就像想拂开一面蛛网似的，嘴里喃喃地说："别闹我，让我想一想。"

"我会把你关到疯人院里去！"伯南愤怒地大喊。

她没有听见，也没有注意，她的知觉在沉睡着。清醒的，只是某种感情，某种梦境，某种——属于《遗失的年代》里的东西。

第四章

　　一连几日,她的知觉都在沉睡,每日生活的、移动的,只是她的躯体,她的心灵飘浮于一个恍惚的境界里。好几天之后,她才从这种情况中醒觉过来,而一经醒觉,她就觉得自己像是已经经过了一段长长的冬眠,现在苏醒了,复活了,又有了生机和期盼的情绪。她在每间房间中绕着步子,走来走去,走去走来,呼吸着一种完全崭新的、带着某种紧张与刺激的空气。她的每根神经、每个细胞,都在潜意识中等待着,等待一些她自己不知道是什么的东西。

　　伯南冷眼看着她,这是一个他完全不能了解的小妇人,五年前,她用一种哀愁的、凄苦的、无告的柔弱把他折倒了,竟使他发狂般地想得到她,占有她,把她拥抱在他男性的怀抱里。可是,没有多久,他就感到像是受骗了,她的哀愁、无告对他失去了刺激性,而且,一个妻子不是一个精工雕刻的艺术品,要人来费神研究、欣赏和了解。她竟是个全然不懂现实、不会生活的女人，终日只是凝思独坐，仿佛生活在另一个世界里。

"她身上连一丝一毫的热气都没有！"他喃喃地诅咒，"她哪里是人，根本是个影子！"

看到她突然有了某种改变，看到她喜欢来来往往地踱步，看到她脸上会忽然涌上一阵红晕，他感到有份不耐烦的诧异，谁知道这个人是怎么了？当初娶她的时候，真该研究一下她的家族血统，是不是有过疯狂或白痴的病例？

"我看你需要到医院去检查一下！"他瞪着她说。

"我？"她愕然地注视他，"为什么？"

"你完全不正常！你的脑子一定有毛病！"

她倚窗而立，用种古怪的眼光望着他，他不喜欢这种眼光，带着抹令人费解的微笑。

"你也不能完全代表正常呀！"

他有些惊讶，何时她学会辩嘴了？但是，别跟她认真吧，唯女子与小人为难养也！

"今晚我不在家吃饭，明天晚上胡经理请客，你别再临阵脱逃，人家请的是先生和夫人一起！知道吗？"

"为什么你要带我一起去呢，伯南？你明知道我不会应酬，为什么还一定要我去？"

为什么？伯南自己并没有好好分析过珮青不是个美女，又不善于谈话。但是，他很早就发现她有种吸引人的本能，尤其是男人。她的柔弱和羞涩就是她的本钱——一如当初她吸引他似的。好的妻子是丈夫的大帮手，假如她能聪明一点！

"你该学习!世界上的名人都有一个能干的妻子,如果你学得聪明懂事一些,对我的事业就可以帮助很多,例如孟老头,你为什么不到他家里多跑跑,拜他做干爹,让他帮我在上面说说话!"

珮青咬住了嘴唇,她的眼光定定地停在他的脸上,一层困惑和迷惘染上了她的眼睛,她轻声地说:"哦,我懂了。"

"懂了,是吗?"伯南沾沾自喜,"你早就该懂了!人活在这个世界上,就得学聪明一点!"

珮青垂下了头,她不想说什么,望着窗外,花园里花木扶疏,一对黄蝴蝶在蔷薇丛中飞来飞去。这不该是个人吃人的世界哦!树木茁长,蓝天澄碧,白云悠然,这世界多少该留下一些不泯灭的灵性。

伯南上班去了,珮青仍然站在那儿,用手托着下巴沉思。每次对伯南多认识一些,她就觉得自己瑟缩得更深一些,人与人之间的距离,有时会比两个星球间的距离还遥远。但是,她不再有受伤的感觉,长时期的相处,没有给人带来了解,反而带来感情的麻木。

室内仍然那样静,针掉在地下都可以听出来。她久已习惯于安静,反而不习惯伯南的声音。静静的,静静的,就这样静下去吧!她可以捕捉许许多多飘浮的思绪。

电话铃蓦地响了起来,在安静中显得特别惊人,珮青吓了一跳,走过去,她拿起了听筒,伯南又有什么新鲜花样了?

"喂!"对方的声音低而沉,"是你吧?"

她的心脏猛地狂跳起来,浑身的肌肉都紧张了。她的声音颤抖而不稳定:"是的,我是珮青。"

"我告诉你,我在你家门口的电话亭里,我看到他出去的。"顿了顿,他的语气急促,"我能见你吗?"

"我——"她的手心发冷,紧紧地咬住了嘴唇。

"我用我最大的努力克制过,"他的语气更加迫切,"我必须见你!你出来好吗?我的车子就在巷口。"

她握着听筒,不能说话。

"喂喂!"对方喊,"你听到我了吗?"

"是的。"她轻轻地说。

"我只想和你谈谈,你懂吗?请你!我在车里等你,如果你不出来,我就一直等下去!"

电话挂断了,她放下了听筒,愣愣地站着。为什么她的心跳得那样迅速?为什么她的血液奔流得那样疯狂?为什么她控制不住脑子里的狂喜?为什么她有不顾一切的冲动?回过身子,她一眼看到默默地站在那儿的老吴妈,正用怀疑的眼光注视着她。

"快!"她急急地说,"吴妈!给我那件紫风衣!"

"哦,小姐,"吴妈在围裙上搓搓手,"你要做什么呀?"

"我要出去!马上要出去!我可能不回来吃饭!"

"小姐……"老吴妈欲言又止,迟疑了一下,就到卧室里去取来了风衣。珮青随便地拢了拢头发,穿上风衣,立即毫无耽误地走出了大门。迎着门外扑面而来的秋风和寒意,她深吸了一口气,觉得有股焚烧般的热力,涨满在她的胸腔里。

梦轩的车子停在巷口,他的眼睛焦灼地集中在车窗外面。

看到了她,他一言不发地打开了驾驶座旁边的门,她钻了进去,坐在他的身边。两人四目相瞩,有好长好长的一段时间,都只是静静地对视着,谁也不说话。然后,梦轩发动了车子,他的手颤抖地扶在驾驶盘上,血管从肌肉下面凸了出来,神经质地跳动着。

车子滑出了台北市区,向淡水的方向驶去。珮青靠在椅背上,凝望着车窗外飞驰的树木和原野。她没有问梦轩要带她到哪里去,也不关心要到哪里去,她的心脏仍然在不规律地狂跳着,有种模糊的犯罪感压迫着她,心头热烘烘地发着烧。而在犯罪感以外,那喜悦的、热烈的切盼及期待的情绪就像浪潮般在她胸头卷涌着。

车子穿过了淡水市区,沿着海边的公路向前行驶,海风猛烈地卷了过来,掠过车子,发出呼呼的响声。珮青从口袋里掏出一块浅紫色的纱巾,把长发系在脑后,深深地迎着海风呼吸。海浪在沙滩和岩石间翻滚,卷起成千上万的白色浪花。

终于,车子停了下来,眼前是一个由岩石组成的、天然的拱门,大概是几千万年前,被海浪冲击而成的,由拱门望出去,大海浩浩瀚瀚,明波万顷。

"这里是哪儿?"珮青问。

"这地方就叫石门,因这一道天然的拱门而命名的。"梦轩说,熄了火,掉转头来望着珮青,"我们下车去走走吧!"

珮青下了车,海风扑面卷来,强劲而有力,那件紫色的风衣下摆被风所鼓满,飞舞了起来,她的纱巾在风中飘荡。

梦轩走过去，用手揽住了她的腰。

"不冷吧？"他低声问。

"不，不冷。"珮青轻声回答。

他们并肩从石门中穿出去，站在遍布岩石的海岸边缘，沙子被海风卷起来，细细碎碎地打在皮肤上面，有些疼痛，远处的海面上，在视力的尽头，有一艘船，像一粒细小的黑点。

"你不常出来？"梦轩说，像是问句，又不像是问句。

"几乎不。"

"我喜欢海，"他说，"面对大海，可以让人烦恼皆忘。"

"你懂得生活，"她说，"而我，我还没有学会。"

"你会学会的，"他望着她，眼光热烈，"只要你肯学。"

她凝视他，眼光里带着抹瑟缩和畏惧，嘴唇轻颤，小小的脸庞柔弱而惶惑。他握住了她的手，那双手苍白冰冷，带着微微的痉挛。

"你在发抖，"他说，觉得喉咙喑哑，嘴唇干燥，"为什么？冷吗？"

"不，"她咬了咬嘴唇，"我怕。"

"怕什么？怕这个海风会吹翻了你，还是怕海浪会卷走了你？"他用手轻轻地捧起了她的脸颊。

她的眼光阴晴不定。

"我怕你。"她轻声地说，坦白地，楚楚可怜地。

"别怕，"他润了润嘴唇，"你不该怕一个人，这个人由你才认识了生命——一种再生，一种复活，你懂吗？"

她的睫毛轻扬,眼珠像一粒浸在水里的黑葡萄。

"我懂,但是——你不该来找我,你不该带我出来。"

"我不该认识你。"他低声说,用大拇指轻轻地抚摸她的面颊,"不该参加程家的宴会,也不该在新生戏院门口认出你来。"他的眼光停在她的唇边,那儿有一道齿痕,"你是那样喜欢咬嘴唇吗?你的嘴边有你的牙痕……"他注视着,注视着,然后,他的嘴唇盖了上去,盖在那齿痕上,盖在那柔软而颤抖的唇上。

"不要,"她呻吟着,费力地挣扎开来,"请你不要!"她恳求的语气里有令人不能抗拒的力量,"别招惹我,好吗?放开我吧,我那样害怕!"

"怕我吗?"

"是的,也怕我自己。别惹我吧,我这里面有一座活火山。"她把手压在自己的胸前,"它一直静伏着,但是,它将要爆炸了,我那么怕……一旦它爆炸了,那后果就不可收拾。"

"你是说——你的感情?"

"是的。"

"如果那是活火山,它终有一天要爆发的。"

"我不要,我害怕。我会被烧死。"

"你在意那些世俗的事情,是吗?"他有些生硬地问,用脚踢着地上的石块。

"我们离不开世俗的,不是吗?"她反问,脸上有天真的、疑问的神色。

"或者——是的。"他不能用谎言欺骗自己,或欺骗她。

自己是骗不了的，骗她就太残忍了。拉住她的手，他说："我们走吧！这里的范围太小了。"

重新上了车，他发动了车子，他们没有往回去的路上走，而是一直向前，沿着海岸的公路疾驰。

"现在去什么地方？"珮青问。

"金山。"他头也不回地说，把车行的速度加到时速八十公里。他内心的情绪也和车速一般狂猛。

金山距离石门很近，二十分钟之后，他们已经到了青年育乐中心的广场上。把车子开到海滨的桥边，停下车来，他们在辽阔的沙滩上踱着步子。她穿着高跟鞋，鞋跟不住地陷进沙里去。

"脱下鞋来吧！"他怂恿着。

她真的脱了下来，把鞋子放在车里，她赤着脚走在柔软的沙子上。他们沿着海边走，两组脚印在沙滩上留了下来，她的脚细小而白皙，在海浪里显得特别单薄。

这是深秋，海边只有海浪的喧嚣和秋风的呼号，周遭辽阔的海岸，找不到一个人影。他的手挽着她的腰，她的长发在海风中飘飞。

"你怎么嫁给他的？"他问，不愿提起伯南的名字。

"不知道。"她迷惘地说，"那时爷爷刚死。"

"你原来和你祖父在一起的吗？"

"是的，我六岁的时候，爸爸离家出走了，他爱上了另一个女人。九岁的时候妈妈改嫁了，我跟爷爷一直在一起，我们相依为命，他带我来台湾，然后，五年前，他也去了。"

"哦！"他握紧她的手，站住了，注视她的眼睛，喊着，"你是那样一个小小的女人，你怎么接受这些事情呢？"

她微笑，但是泪珠在眼里打着转转。

"爷爷死了，我觉得我也死了。他帮我办丧事，丧事完了，我就嫁给他了，我觉得都一样，反正，我就好像是死了。"

"这个家并不温暖，是不是？"

"一个很精致的坟墓，我埋了五年。"

"却拒绝被救？"

"怕救不出来，再毁了别人。"

"但愿与你一起烧死！"他冲动地说，突然揽住了她，他的唇灼热地压住她的唇，手臂箍紧了她，不容许她挣扎。事实上，她并没有挣扎。那压迫的炙热使她晕眩，她从没有这样被人吻过。他的唇贴紧了她的，战栗地、烧灼地吮吸转动，那股强劲的热力从她唇上奔窜到她的四肢、肌肉、血管，使她全身都紧张起来。终于，他抬起头来，捧住她的脸凝视她，然后，他把她的头揽在胸前，温柔地抱着她。她的耳朵贴着他的胸口，那心脏正疯狂地擂击着。

"第一次看到你，我就知道我完了。"他低语，"我从来没有动过这样强烈的感情。"

"包括你的她？"她问，感到那层薄薄的妒意，和海浪一般地淹了过来。

"和她的爱情是平静的、稳定的、顺理成章的。"他说。

"你们的感情好吗？幸福吗？愉快吗？"

"看——从哪一方面讲。"

"你在回避我,"她敏感地说,叹息了一声,"但是,我已经了解了。"

"了解什么了?"

"你们是幸福的。"她低语,"她很可爱吗?"

"何必谈她呢!"梦轩打断了她,"我们往前走走吧!"

他们继续往前面走去,他的手依然挽着她的腰,两组脚印在沙滩上蜿蜒地伸展着。珮青低着头,望着自己的脚,那样缓慢地一步步地踩在那柔软的沙子上。等到涨潮的时候,那些足迹全会被浪潮所带走了。一股怆恻的情绪涌了上来,酸酸楚楚地压在她的心上,喜悦和激情都跟着浪潮流逝。人生不是每件事都能公平,有的人生来为了享福,有的人却生来为了受苦。

"你不高兴了。"他低回地说,叹了口气。

她有些吃惊,吃惊于他那份敏锐的感应能力。

"我一向生活得非常拘谨,"她说,在一块岩石上坐了下来,"我不习惯于——犯罪。"

"你用了两个奇怪的字,"他不安地说,"爱情不是犯罪。"

"看你用哪一种眼光来看,"她说,"许多东西是我们回避不了的,你也知道,对吗?"

是的,他也知道,知道得比她更清楚。来找她的时候,所凭的只是一股激情,而不是理智。他没有权利搅乱她的生活,甚至伤害她。低下头,他沉默了。有只寄居蟹背着一个丑陋的壳从潮湿的沙子里爬了出来,蹒跚地在沙子上踱着步子。珮青弯腰把它拾了起来,放在掌心中,那青绿色的壳扭曲而不正，长着薄薄的青苔。那只胆怯的生物已经缩回了壳里，躲在里面再也不肯出来。

"看到了吗？"珮青不胜感伤，"我就像一只寄居蟹，不管那壳是多么丑陋和狭小，我却离不开那个壳，我需要保护，需要安全。"

"这壳是安全的？"梦轩问，"你不觉得它脆弱得敌不住任何打击，轻易就会粉碎吗？"

"可能，"珮青抬起眼睛来，"但是，总比没有好，是不是？而且，你不该做这个敲碎壳的人哪！"

他为之结舌，是的，尽管这壳脆弱、狭小、丑陋，他有什么权利去敲碎它？除非他为她准备好了另外一个美丽而安全的新壳，他准备了吗？注视着珮青悲哀的眼睛，他懂了，懂得她的意思了。握住她的双手，他诚挚地、无奈地而凄楚地说："我想我懂你的意思了，我会很小心，不去敲碎你的壳，除非……"他咽住了，他没有资格许诺什么，甚至给她任何保证和希望。她是一只寄居蟹，另外一个女人也是，他同样没有权利去敲碎另外一个壳！

她把她纤细的小手放在他的肩膀上，她微笑地注视着他的脸。

"我们都没有防备到这件事的发生，是不是？我丝毫都不责备你，在我这一生，从没有像现在这样充实过，我还求什么呢？我终于认识了一个像你这样的人，你聪明，你智慧，你热情，所以你要受苦。我是生来注定就要受苦的，因为我属于一个遗失的年代，却生活在一个现实的社会里。让我们一起受苦吧,如果可以免得了……别人受苦的话。"

他望着她,好长好长的一段时间,他就这样子望着她。那不是一个柔弱的小女孩,她有见识,有度量,有勇气!在她面前,他变得渺小了。他们对视良久,然后手牵着手站了起来,今天,虽然没有很好的阳光,但总是他们的,至于明天……他们都知道,所有的明天都是破碎的、阴暗的,他们没有明天。

离开了沙滩,他们走向草地和松林,在一棵松树下坐了下来。她被海水所浸过的脚冰冰冷,他脱下西装上衣,裹住了她的脚。(他多么想永远这样裹住她,给她保护和温暖!)他们依偎着,谈云,谈树,谈天空,谈海浪,只是不再谈彼此和感情,当他们什么都不谈的时候,他们就长长久久地对视着,他们的眼睛谈尽了他们所不谈的东西:彼此和感情。

黄昏的时候,他们回到了台北。在一家小小的餐厅里,他们共进了一顿简单的晚餐,时间越到最后就越沉重,他们对视着,彼此都无法掩饰那浓重的怆恻之情。

"刚刚找到的,就又要失去了。"他说,喝了一点儿酒,竟然薄有醉意。

"或者没有失去,"珮青说,牙齿轻咬着杯子的边缘,"最起码,在内心深处的某一个地方,我们还保有着得到的东西。"她对他举了举杯,"祝福你!"

他饮干了杯子里的酒。

离开了餐厅,他送她回到家门口,停下了车子,他拉住她的衣角。

"在你走以前,告诉我一件事,"他说,"你的全名叫什么?姓什么?"

"许。"她说,他们认识得多深刻,而又多陌生!"许珮青。爷爷在世的时候,叫我——,也叫我青青。有的时候,他叫我紫娃儿和小菱角花。"

"许珮青。"他低低地念着,一朵飘浮在雾里的、紫色的睡莲!

她走了,紫色的影子消失在夜雾里,他坐在那儿,没有把车子开走。燃起一支烟,他在每一个烟圈中看到那抹淡淡的紫。附近人家的收音机里,飘出了迷离的歌声:

"……如今咫尺天涯,一别竟成陌路……"

是他们的写照吗?何尝不是?

第五章

　　永远是这样的日子，千篇一律的，金钱、数位、表格、进口、出口……以及那些百般乏味的应酬，国宾、统一、中央酒店……日子就这样流过去了，这是生活，不是艺术。一天的末尾，拖着满身的疲倦（岂止满身？还有满心！）回到家里，孩子的笑容却再也填不满内心的寂寞。那蠢动的感情，一旦出了轨，仿佛千军万马也拉不回来，整日脑子里飘浮的，只是那一抹浅紫，在海边的，在松林里的，在餐厅中的，那亭亭玉立的一抹浅紫！

　　手放在驾驶盘上，他的眼光定定地望着前面的街道，他看着的不是行人和马路，而是一团紫色的光与影，胸中焚烧着一股令人窒息的欲望，她怎样了？

　　车子到了家门口，时间还算早，不到十点钟，美婵和孩子们不知睡了没有？但愿他们是睡了！把车子倒进车库，他只想一个人待着，一个人好好地想一想。

用钥匙开了大门，满屋的喧哗声已溢出门外，一个女高音似的声调压倒了许多声音，在夜色里传送得好远好远："美婵，你不管紧一点儿啊，将来吃亏的是你，你别狗咬吕洞宾，不识好人心吧！"

梦轩站在花园里，下意识地皱紧了眉头，他知道这是谁来了，美婵的姐姐雅婵，而且，从那闹成一团的孩子声中，他猜定他们是全家出动了，那三个有过剩的精力而没有良好管束的孩子一定已经在翻天覆地了。走进客厅的门，果然，陶思贤夫妇正高踞在客厅中最好的两张沙发上，他们的三个孩子，一溜排下来，呈等差级数，是十二岁的男孩贤贤，十岁的女孩雅雅，和八岁的男孩彬彬，现在正把小枫、小竹的玩具箱整个倒翻在地上，祸害得一塌糊涂。即将考中学的贤贤，还拿着把玩具手枪，在和他的弟弟展开警匪大格斗。雅婵酷肖她的母亲，有张喜欢搬弄是非的嘴巴和迟钝的大脑。这时正坐在地毯上，把小枫的三个洋娃娃全脱得一丝不挂，说是组织天体营，小枫则张着一对完全莫名其妙的大眼睛，好奇地望着她。小竹是孩子们中最小的，满地爬着在帮那两个表哥捡子弹和手榴弹。全房间闹得连天花板都快要塌下来了，而美婵安之若素地坐着，好脾气地听着雅婵的训斥，思贤则心不在焉地跷着二郎腿，把烟灰随便地弹在茶几上、花瓶里和地毯上。

梦轩的出现，第一个注意到的是小枫，丢下了她的表姐，她直奔了过来，跳到梦轩的身上，用她的小胳膊搂紧了梦轩的脖子，在他的面颊上响响地亲了亲。

"爸爸,你这么晚才回来!"软软的童音里,带着甜甜的抱怨。

"今天还晚吗?你看,你们还没睡呢!"梦轩说,放下了小枫,转向陶思贤夫妇,笑着说:"什么时候来的?叫美婵把谁管紧一点儿?"

"你呀!"美婵嘴快地说,满脸的笑,完全心无城府而又天真得近乎头脑简单,"姐姐说,你这样常常晚回家是不好的,一定跟那些商人去酒家谈生意,谈着谈着就会谈出问题来了,会不会,梦轩?"

"美婵,你……哎呀呀,谁叫你跟他说嘛!"雅婵不好意思地红了脸,再没料到美婵会兜着底抖出来,心里暗暗地咒骂着美婵的无用,在梦轩面前又怪尴尬的不是滋味,梦轩心中了然,只觉得这一切都非常无聊,奇怪她知道来指导美婵,怎么会管出一个花天酒地的陶思贤来?笑了笑,他不介意似的说:"美婵,别傻了,你姐姐跟你开玩笑呢!"

"是呀!"雅婵立即堆了一脸的笑,"我和你开玩笑说说嘛,你可别就认真了,像梦轩这样的标准丈夫呀,你不知道是哪一辈子修来的呢!"

梦轩在肚子里暗暗发笑,奇怪有些女人的脑筋真简单得不可思议,在椅子中坐了下来,陶思贤立即递上了一支烟,并且打燃了打火机。梦轩燃着了烟,望望陶思贤说:"你的情况怎么样?"

"还不是要你帮忙,"陶思贤说,"我们几个朋友,准备在瑞芳那边开一个煤矿,这是十拿九稳可以赚钱的事情,台湾

55

的人工便宜，你知道。现在，什么都有了，就短少一点儿头寸，大家希望你能投资一些，怎样？"

"思贤，"梦轩慢吞吞地说，"你知道如今混事并不容易，我那个贸易行是随时需要现款周转的，那样大一个办公厅，十几二十个人的薪水要发，虽然行里是很赚钱，但是，赚的又要用出去，生意才能做大，才能发达，我根本就没办法剩下钱来……"

"得了，得了，梦轩，你在我面前哭穷，岂不是等于在嘲笑我吗？"思贤打断了他，脸上露出不愉快的神情来，"谁不知道你那个贸易行现在是台北数一数二的？我们从大陆到台湾来，亲戚们也没有几个，大家总得彼此照应照应，是吧？梦轩，无论如何，你多少总要投资一点儿吧？"

梦轩深深地抽了一口烟，心里烦恼得厉害。

"你希望我投资多少？"

"二十万，怎样？"陶思贤干脆来个狮子大开口。

"二十万？"梦轩笑了，"思贤，不是我不帮你，这样大的数目，你要我从何帮你呀？"

"哎哟，妹夫呀，"雅婵插了进来，"只要你肯帮忙，还有什么帮不了呢？就怕你大贵人看不起我们呀！"

"姐姐，"美婵不好意思地说，"你怎么这样说呢？梦轩，你就投资一点儿吧，反正是投资嘛，又不是借出去……"

"是呀，"雅婵接了口，"说不定还会大赚特赚呢，人总有个时来运转的呀，难道我们陶家会倒霉一辈子吗？何况，沾了你们夏家的光，也沾点你们的运气……"

"这样吧！"梦轩不耐地打断了她，"这件事让我想一想，如何？思贤，你明天把这煤矿的一切资料拿到我办公室去，我们研究研究，怎样？"

"资料？"思贤愣了一下，"你指的是什么？"

"总得有一点儿资料的呀。"梦轩开始烦躁了起来：这一切是多么多么让人厌倦！"这煤矿的确定地点、地契、矿藏产量、已开采过的还是尚未开采、合伙人是谁、手续是否清楚……这种种种种的资料，我不能做个糊里糊涂的投资人呀！"

"我懂了，"陶思贤慢条斯理地说，"你不信任我，你以为我在骗你……"

"妹夫呀，你也太精明了，"雅婵尖锐的嗓子又插了进来，"想当初，美婵还跟着我们住了好多年呢，你家小枫的尿布还是我家破被单撕的，我们现在环境不好，妹夫不帮忙谁帮我们……"

"好了，好了，"梦轩竭力地按捺着自己，"如果你们缺钱用，先在我这儿挪用吧，我不投资做任何事情，我的钱全要用在自己的事业上！"

"我们不是来化缘的，"思贤一脸怒气，"梦轩，你似乎也不必对自己亲戚拿出这副脸孔来呀！"

"是呀！"雅婵夫唱妇随，"打狗也还要看看主人是谁呢！"

"梦轩，"美婵一脸的尴尬，"你今天是怎么了？谁给你气受了吗？"

梦轩深吸了一口烟，烦躁得想爆炸，孩子们又吵成了一团，在一声尖叫里，小竹被彬彬的手枪打到了眼睛，突然哭

57

了起来,小枫的一个洋娃娃被折断了手臂,抽抽噎噎地向父亲求救。梦轩一个劲儿地抽烟,只听到孩子的叫声、哭声、吵声、美婵的责备声、雅婵女高音的诉说声、陶思贤愤愤不平的解释声……他忍无可忍,突然站起身来,大声地说:"我累了,我要安静一下!"

"你是在逐客吗?"思贤嚷着,立即大声喊,"雅婵,还不识相,我们带孩子走!"

"思贤,讲点理,"梦轩勉强地忍耐住了火气,"我今天情绪不好,一切我们明天再谈,怎样?你需要多少钱?数目不大的话,我先开给你!"

"那么,"思贤一副网开一面的样子,"你先给我一万吧,算我借的,我有钱就还你!"

梦轩立即掏出支票簿,签了一张支票给他。然后,在一阵混乱之后,思贤夫妇总算告辞了,留下一地的玩具、烟灰和果皮。美婵一等到他们出门,马上就唠唠叨叨地说了起来:"梦轩,你变了,金钱熏昏了你的头吗?你怎么可以这样对我姐姐、姐夫说话呢!人家知道你有钱嘛,这样下去,你要让我的亲戚都不敢上门了,你想想看,我爸爸死后,我还在姐姐家里吃了好几年饭呢,你现在阔了,就看不起他们了……"

"好了,好了,你能不能不说了?"梦轩喊着说,"我花了一万块钱,就想买一个安静,你就让我安静安静好吧?"说完,他再也无法在那零乱的客厅里待下去,离开了美婵,他走进自己的书房里,砰然一声关上了房门。沉坐在椅子里,他用手捧住要爆炸的头颅。

门被轻轻地推开了,有细碎的小脚步声来到他的身边,一只小手攀住了他的胳膊,他抬起头来,接触到小枫怯怯的大眼睛。

"爸爸,你不生气,好不好?"

"哦,小枫。"他低喊,把那个小脑袋紧紧地抱在怀里,"爸爸没有生气,爸爸是太累了。你该去睡了,是不是?明天还要上学呢!"

"你还没有亲我,爸爸。"

他抱起孩子来,吻了她的两颊和额角,孩子满意地笑了,回转头,她给了父亲响响的一吻,跳下地来,跑到门外去了。

夜深的时候,周围终于安静了下来,梦轩把自己埋在椅子的深处,一动也不动地坐着。面前的烟灰缸里堆满了烟蒂,他无法摆脱那缠绕着自己的渴望的情绪,闭上眼睛,他喃喃地自言自语,自己也不知道说些什么,睁开眼睛,他拿起笔来,在稿纸上乱画,画了半天,自己看看,全是些支离破碎、毫无意义的字。纵的,横的,交错的,重叠的,布满了整张纸。叹了口气,他把稿纸揉成了一团,低低地说:"我是疯了。"

或者,他是真的疯了,在接下去的几天中,他什么事都不能做,他弄错了公事,签错了支票,拒绝了生意,得罪了朋友,和手下人又发了过多的脾气。然后,这天黄昏,他驾车一直驶到金山海滨。

站在海边上,他望着那海浪飞卷而来,一层一层,一波一波,在沙滩上此起彼伏。他似乎又看到了那纤弱白皙的小脚,在海浪中轻轻地踩过去,听到她柔细的声音,低低地谈着寄居蟹和遗失的年代。他的心脏紧迫而酸楚，一股郁闷的压迫感逼得他想对着海浪狂喊狂歌。沿着海水的边缘，他在沙滩上来回疾走，他的脚步忙乱地、匆遽地、杂沓地留在沙滩上面。落日逐渐被海水所吞噬，暗淡的云层积压在海的尽头，他站住了，茫茫然地望着前面，自语地说："我们所遗失的是太多了，而一经遗失，就连寻回的希望都被剥夺了。"

在他旁边，有一个老头子正在钓鱼，鱼丝绷紧着垂在海水中，他兀自坐在那儿像老僧入定，鱼篓里却空空如也。尽管梦轩在他身边走来走去，他却丝毫都不受影响，只是定定地看着面前的浩瀚大海。梦轩奇怪地望着他，问："你钓了多久了？"

"一整天。"

"钓着了什么？"

"海水。"

"为什么还要钓呢？"

"希望能钓到一条。"

"有希望吗？"

老头看了他一眼，再看向大海。

"谁知道呢？如果一直钓下去，总会钓到的。"

梦轩若有所悟，站在那儿，他沉思良久，人总该抱一些希望的，是吗？有希望才有活下去的兴趣呀！他为什么要放走珮青呢？她并不快乐；她也不会快乐，或者，她在等待着他的拯救呢？为什么他如此轻易地连钓竿都送进了大海？与其陷入这种痛苦的绝望中，还不如面对现实来积极争取，他一向自认为强者,不是吗?在人生的战场上,他哪一次曾经退缩过?难道现在就这样被一个既成的事实所击败?在他生命里,又有哪一次的愿望比现在更狂热?他能放弃她吗?他不能!不能!!不能!!!

"谢谢你!"他对那老渔人说,"非常谢谢你!"

转过身子,他狂奔着跑向他的汽车,发动了车子,他用时速一百公里的速度向台北疾驶。

他停在台北市区里,他所遇见的第一个电话亭旁边。拨通了号码,他立刻听到珮青的声音:"喂,哪一位?"

"珮青,"他喘着气,"我要见你!"

对面沉寂了片刻,他的心狂跳着,她会拒绝,她会逃避,他知道,她是那样一个规规矩矩的女孩!可是,他听到她哭了,从电话听筒中传来她低低的、压抑的啜泣和抽噎之声。他大为惊恐,而且心痛起来。

"珮青,珮青!"他喊着,"你怎么了?告诉我,我不该打电话给你,是不是?可是我要发疯了珮青,你听到没有?你为什么哭?"

"我……我以为……"珮青哽塞地说,"我以为再也听不到你的声音了!"

"哦——珮青!"他喊,心脏痉挛痛楚,怜惜、激动、渴望,在他心中汇为一股狂流,"我马上来接你,好吗?我们出去谈谈,好吗?"

"好……的,是的,我等你。"她一迭连声地说。

他驾了车,往她家的方向驶去,一路昏昏沉沉,几乎连闯了两次红灯。他什么思想都没有,只是被又要见到她的狂喜所控制。那小小的珮青啊,他现在可以全世界都不要,只要她,只要她一个!

车子拐进了她家那条街,驰向他所熟悉的那个巷口,猛然间,他的脚踩上了刹车,他看到了另一辆车子先他拐进了那条巷子,另一辆他所认得的车子——深红色的雪佛兰小轿车。而且,他清楚地看到伯南正坐在驾驶座上。车子刹住了,他停在路当中,这是一盆兜头泼下的冷水,他的心已从狂热降到了冰点。他的手握紧了驾驶盘,似乎想将那驾驶盘一把捏碎。现实,现实,这就是放在他面前的现实,他如何去和它作战?

把车子开到街边上,他熄了火,燃起一支烟,等待片刻吧,说不定那个丈夫会出去呢!一支烟吸完了,他再燃上一支,接着又是一支,一小时过去了,那辆车子不再开出来。

他叹了口气,那种绝望的心情又来了,除了绝望,还有痛楚,珮青在等待他,而他不能直闯进去,对那个丈夫说:"我来接你的妻子出去!"

他不能!他所能做的,只是坐在汽车里抽掉一包香烟。

夜深了,他还没有吃晚饭,但他一点儿也不饥饿,事实上,他根本就忘记了吃饭这回事。当他终于弄清楚今晚是不可能把她约出来时,已是深夜十一点钟。发动了车子,他无目的地开上街去,心中沉淀着铅一般的悲哀。

前面有个电话亭,他把车子开了过去,打个电话给珮青吧,最起码,让她知道是怎么一回事,拨了号码,他祷告着,希望接电话的是珮青本人,而不是其他的什么人。

"喂!找谁呀?"接电话的是个男人,换言之,是伯南。

他一句话都没有说,立即挂断了电话。

站在电话亭里,他把额头颓然地靠在电话机上,闭上了眼睛,好久好久,他就一直这样站着。

第六章

佩青在接到梦轩的电话的时候,就情不自已地哭了出来,挂上了电话,她仍然倚着茶几唏嘘不已。她弄不清楚自己为什么要哭,是悲哀还是喜悦?只觉得一股热浪冲进了眼眶里,满腹的凄情都被勾动了。她是那样地不快乐,自从上次和他分手之后,她就那么地不快乐,整天都陷在"思君忆君,魂牵梦萦"的情况里,她那么神魂不定,那么渴望见他,她以为自己会在这种情绪里死掉了。但是,他的电话来了,那样一声从肺腑里勾出来的语句:"佩青,我要见你!"

充满了激动的、痛苦的思慕,使她灵魂深处都战栗了。还顾虑些什么呢?她是那样那样地想他呵!哪怕为了这个她会被打入十八层地狱,哪怕她会粉身碎骨,永劫不复!她什么都不管了,只要见他!

老吴妈趔趄着走了过来,愣愣地望着她。

"小姐,你这两天是怎么了呀!"她担忧地问,"动不动就这样眼泪汪汪的。是先生打回来的电话吗?他又不回家了吗?好端端的怎么又哭了呀?"

"不,不是先生,"珮青哭着说,向卧室里走去,"我要出去,吴妈。"

"小姐,"老吴妈满面狐疑之色,"你要到哪里去呀?当心先生回来看不到人要生气呢!"

"反正,他看到人也是要生气的!"珮青拭去了脸上的泪痕,急促地说了一句,就走到卧室里去换衣服。打开衣橱,她迟疑了一下,找出一件紫色的衬衫和窄裙,换好衣服,对镜理妆,才发现自己竟然那样憔悴了。淡淡地涂上一层浅色的口红,她听到两声汽车喇叭声,口红从她手里猝然地落到梳妆台上。她扶着梳妆台站起身来,一时竟有些摇摇欲坠,那不是他的汽车,是伯南的——伯南回来了,偏偏在这个时候回来了!

她听到伯南沉重的脚步声走进花园,走进客厅,大声地要拖鞋和没好气的呼喊声:"吴妈!吴妈!太太哪里去了?"

"在——在——"吴妈莫名其妙地有些嗫嚅,"在卧室里!"

"睡觉了吗?"伯南不耐烦的声音,"总不至于现在就睡觉了吧?"

"没——没有睡觉。"吴妈不安地说。

"给我倒杯茶来!晚报呢?"伯南重重地坐进沙发里,"看看这个家,冷冰冰的还有一点儿家的样子吗?我回来之后,连一个温暖的问候都没有!我打赌,她是巴不得我永远不要回来呢!"扬起声音,他大喊:"珮青!珮青!"

65

珮青机械化地把自己"挪"向了客厅门口，还没有走进客厅，已经闻到一股触鼻的酒气。靠在客厅的门框上，她用一种被动的神色望着他，脸色苍白而毫无表情，黑黑的眼珠静静地大睁着。

"哦，你来了！"伯南有种挑衅的神情，珮青那近乎麻木和准备迎接某种灾祸似的样子使他陡然冒了火，"你给我过来！"

珮青瑟缩了一下，没有动。

"你听到没有？我吃不了你！"

珮青慢吞吞地走了过来，站在他的面前。

"你为什么这样从来没有笑脸？"伯南瞪着她问，"为什么每次看到我都像看到蛇蝎一样？我虐待过你吗？欺侮过你吗？我娶你难道还委屈了你吗？"

"是——"珮青低低地说，"委屈了你。"

"哼！"伯南打鼻子里重重地哼了一声，"你别跟我逗口舌之利，我知道你心里怎么想的，你大概并不欢迎看到我吧？你一直是个冷血冷心肠的怪物！"

珮青咬住嘴唇，保持沉默。

"喂喂，你为什么不说话？"珮青的沉默使伯南更加冒火，像一拳头打到面粉团上，连一点儿反应都没有，"你哑了吗？"

"你要我说什么？"珮青静静地问，"我从来没有说话的余地呀！"

"听你这口气！"伯南怒气冲天，"什么叫没有余地？我不许你说话了吗？我拿纸条封住你的嘴了吗？"

珮青抬起眼睛来，一抹泪影浮在眼珠上。

"伯南，"她幽幽地说，"你在哪儿喝了酒，回家来发我的脾气？我实在不妨碍你什么的，何苦一定要找我麻烦呢？"她的心在流泪了，那个人在巷口等着她，他会一直等下去的，因为他不敢到她家里来，也没有权利来。而她，婚姻的绳子把她捆在这儿，幽囚在这儿，受着慢性的折磨，等待着有一天干枯而死。"我从不找你麻烦的，不是吗，伯南？我从没有为莉莉、小兰、黛黛那些人跟你生气，我从没有拿你衣服上的口红印来责问你，也不过问你的终宵不回家，是不是？只求你让我安静吧，伯南。"

"哦？"伯南翻了翻眼睛，"原来你在侦察我呀！原来你像个奸细一般地窥探着我！是的！我和莉莉她们玩，因为她们身上有热气！不像你是一块冰！一块北极的寒冰，冻了几千几万年的冰！永远不可能解冻的冰！和你在一起使我感到自己变成一块冻肉！"

珮青的嘴唇颤抖，半天才嗫嗫嚅嚅地说出一句话来："你——不一定要和我在一起嘛。"

"你是什么意思？"伯南眯起了眼睛，"你要我在家里养活一个像你这样的废物！我娶太太到底为了什么？既不能帮助我的事业，又不能给我丝毫温存，你甚至连个儿子都生不出来！我娶你到底有什么用处？你说！你自己说！"

"如果——如果——"珮青含了满眶的眼泪说，"你这样不满意我，我们还是分开吧！"

"你说什么？"伯南大为惊异，不信任地瞪着珮青，以为自己的耳朵听错了,"你的意思是说要离婚?"

"你希望这样的,是吗?"珮青拭去了泪,注视着他,"你不过要逼我先行开口而已。"

离婚?事实上,伯南从没有想过这个问题,但是,现在,这却像闪电一般地提醒了他。是的,要这样的妻子有什么用?感情早已谈不上了,若干年来,她只是一个累赘、一个包袱。对他的事业,她也丝毫帮不上忙,何况,医生说过她不能生育,这是一个百无是处的女人!对了,离婚,为什么以前想不到呢?只是,她那么方便就会同意离婚吗?他斜睨着她。"嗨,"他说,"你有一个很好的提议,我们不妨都想想看!你要多少钱?"

"钱?"珮青愕然片刻,然后才明白过来,他的意思是要和她离婚了。眼泪滚下了她的面颊。五年夫妻,他没有了解过她的一根纤维,而现在,他还要来侮辱她,伤害她。他以为她嫁给他是为了他有钱吗?她抽噎着回过头去,轻声地说:"我不要钱。"

"唔,"他完全误会了她的意思,"我知道你不会这么轻易放手的,好吧,让我想一想,不过,放聪明一点儿,离婚是你提议的,你休想我会给你多少钱。反正,你还年轻,你还可以再嫁!天下没有年轻女人会饿肚子的!"

珮青凝视着他,微微地张开了嘴,不信任他会说出这篇话来。接着,那受伤的自尊和感情就尖锐地刺痛了她,用手蒙住了嘴,她陡地哭了出来。转过身子,她奔向了卧室,把自己关在房间里,用手蒙住脸,痛苦地、无声地啜泣了起来。

这儿，伯南有种模糊的怜悯的感觉，他把珮青的流泪解释作舍不得他，为此，他又有一种薄薄的、男性的胜利感。在他的心目里，珮青是那样一个弱者，一种附生的植物，离开他是根本无法生活的。但是，摆脱她的念头一经产生，就变成牢不可破的观念了。可以给她一点儿钱，当然，不能太多，钱是很有用的东西呢。无论如何，这是一个好提议，能摆脱一个终日眼泪汪汪、冷冷冰冰的妻子总是件好事，他宁可娶莉莉或者小兰，不不，舞女当然不能娶来做太太的，不过，听说程步云的小女儿要回来了，那小妮子虽然年龄不小，但仍待字闺中呢！程步云将来对他的事业帮助很大，这倒是个好主意！燃起一支烟，他抱着手臂，开始一厢情愿地做起梦来。

　　珮青仰躺在卧室的床上，望着那一片苍白的天花板，心底是同样苍白的空虚。今夜，她不会出去了，那个人可能仍然为她餐风饮露，伫立中宵，但是，她又为之奈何！五年的婚姻生活，换来的只是心灵的侮辱，人与人之间，怎能如此残酷与无情？如今回忆起来，她奇怪自己怎么可能和伯南共同生活了五年，而真正与她心灵相契合的人，却咫尺天涯，不能相近！

　　清晨，珮青起床的时候，伯南已经出去了，客厅的桌子上，有伯南留下的一张纸条，上面写着：

　　　珮青：我将与律师研究离婚方式，必不至于亏
　　　待你，晚上回家再谈。

　　　　　　　　　　　　　　　　　　　伯南

她把纸条揉碎了，丢进字纸篓里，觉得自己的五脏六腑也一起揉碎了，这么容易就将结束一段婚姻生活吗？她几乎不能相信这是事实。坐在梳妆台前面，她梳着那黑而细的长发，心境迷惘得厉害。如果爷爷还在，会发生这些事情吗？爷爷，爷爷，她多想抱着爷爷，一倾五年的哀愁！自己到底什么地方错了？她要问问爷爷，到底是她错了，还是老天爷错了？

吴妈走了过来。"小姐，有客人来了！"

客人？珮青的心脏怦然一跳！是他来了！是梦轩来了！他终于直闯了进来。她的嘴唇发颤了："是男客还是女客？"

"是男的，带了东西来。"

"请他在客厅里坐吧，我马上来。"

匆匆换掉了睡衣，穿上一件紫色的旗袍，她走了出来，在客厅门口一站，她的心沉进了地底，是放了心，还是失望？她分不出来。来客不是梦轩，而是程步云。

"哦，范太太。"程步云从沙发上站了起来。

"噢，是——是您，程先生。"珮青的神志还没有恢复，半天，才平静下自己的心跳，"请坐，程先生。"

"伯南不在家？"程步云问，望着面前这娴静优雅的小妇人，她看来那样纯洁清丽，纤尘不染，心中暗暗为她抱屈，嫁给伯南，未免太委屈她了。

"是的，他——一清早就出去了。"珮青说，坐在他的对面。

程步云也坐了下来，有样东西在沙发上，他顺手掏出来，是一本书，他下意识地看了看封面，是《遗失的年代》，他知道这本书，也欣赏这本书，它的作者是他所钟爱的夏梦轩。

伯南会看这本书吗？他不相信，那么，看这本书的是眼前这个轻柔似水的女孩了。

"噢，一本好书。"他笑笑说，"你在看？"

"是的，"她陡然脸红了，更增加了几分女性的妩媚，"看了好几遍了，我喜欢它。"

"知道作者是谁吗？"

"是的，"她轻轻地说，"我在您家里见过他。"

程步云有些意外，奇怪她竟知道"默默"和夏梦轩是同一个人，这事连梦轩很接近的朋友都不知道。但是，这与他来访的目的无关，犯不着去研究它。望着珮青，他说："我有点事想告诉伯南，既然他不在，就请你转告他吧！"

"是的，程先生。"

"他昨天来我家，送了一份重礼来，希望我帮他和上面的主管疏通一下。但是，我退休已经两年了，和上面的人也无深交，而且，无功不受禄，伯南这份礼我实在不敢收，所以今天特地退回来，你留下来自己用吧。至于伯南的事，我只怕帮不上忙。"

珮青望着桌上程步云所退回的礼物，是一只火腿，另外有一个精致的首饰盒，准是送给程太太的。她明白了，伯南想贿赂程步云！这是他一贯的登龙之术！她的脸又红了，为伯南感到羞耻，他以为每个高居上位的人都可以用钱买通吗?都和他是一样的材料吗?

"好的,程先生,"她嗫嚅地说,"您放在这儿吧,我会转告他。"

程步云看出了她的难堪和尴尬,那涨红的面颊是动人的。他喜欢这个年轻的女子!

"总之,我很抱歉……"他想缓和她的难过。

"该抱歉的是伯南,不是吗?"她立即接口说,"他一直会做些诸如此类的事。"

他笑笑,她的境界和伯南差别了十万八千里!

"到我们家来玩,怎样?我们老夫妻有时是很寂寞的。恕我问得不礼貌,你今年几岁?"

"二十六。"

"你和我的小女儿同年,"程步云愉快地说,"真的,有时间到我们家来玩吧,我太太自从上次见过你,就常常问起你呢!我的小女儿下个月回来,你们可以做做朋友,怎样?等她回来之后,我请你吃饭,一定要来,嗯?"

"好的。"珮青顺从地说,心底却有无限的凄苦,下个月,下个月的自己会在何处?伯南要和她离婚,茫茫前途,自己尚不知何所依归。

程步云站起身来告辞了,珮青送他到大门口。程步云走出了那条巷子,迎面有一辆小汽车开来,他一怔,那是梦轩的车子!他站住,汽车也刹住了,梦轩的头从车窗里伸了出来,他和程步云同样地诧异。

"程伯伯,"他一直称程步云为程伯伯,"您从哪儿来?"

"范家,范伯南家里。你要到哪里去?"

"也是范家。"梦轩说,他的气色不好,神情有些奇怪,"范伯南在家?"

"不,他不在,他太太在。"

"那么,我就找他太太。"梦轩说,语气十分急促。他有什么要紧的事吗?程步云看了他一眼,心中有些迷惑,什么事会使他脸色这样苍白,神色这样不定,还是自己过分的敏感了?

"那就去吧!"程步云说,"很要紧的事?"

"不,不,并不要紧,"梦轩的神情更不自然,还有些惨淡,"我先送您回去吧!程伯伯。"

"不用了,梦轩,去办你的事吧,我走出去就可以叫计程车。"程步云说,对梦轩挥挥手,"常来玩玩,梦轩,再见!"

走出了巷子,他向大街上走去,心底有种朦胧的不安,听到梦轩的车子滑进那条巷子,他摇了摇头,梦轩是个稳重的人,但是,有什么事不对了?

珮青在程步云走了以后,就把桌上那些退回的礼物收进了卧室。那首饰盒里是一串日本出产的养珠项链,伯南对事业上的钻营向来很舍得花钱,幸好他有个遗留了庞大财产的父亲。用手托着额,她呆呆地坐在梳妆台前面,知道伯南回来后,一定会为了她收回这些礼物而大发脾气,她几乎已经看到他怎样暴跳如雷地责骂她毫无用处。但是,让他骂吧!反正他要和她离婚了!

吴妈又站到房门口:"小姐,又有客人,我已经请他到客厅里来了。"

又有客人？今天何其热闹！

珮青心神恍惚地走到客厅门口，一个修长的男人站在那儿，正翻弄着桌上那本《遗失的年代》。珮青站住了，用手扶住了门框，那男人也已闻声而抬起头来。他们两人静静地对视着，谁也不说话，两人的脸色都那么苍白，两人的眼睛都燃烧着火焰。天与地都在这对视中化为虚无，是两个星球相撞的刹那，有惊天动地般的震撼与爆发！

"珮青！"他沙哑地喊。

她奔了过来，投进了他的怀里，他紧紧地揽住了她。他的唇饥渴地寻着了她的，像要吻化她似的紧压着她。她的胳膊缠着他的脖子，身子贴紧了他的。两人缠绕着，喘息着，挤压着，仿佛都想在这一瞬间吞噬了对方，让两人会合为一个。

"昨夜我在你门口等到午夜，"他一面吻她，一面喘息地低语，嘴唇在她的唇边和面颊上摩擦，"我看到他回家，我没有办法来找你。"

"我知道，"她也喘息着，嘴唇迎接着他，"我猜得到。"

"我曾打过一个电话来，"他说，"是他接的，我挂断了。"

"是吗？"

"哦，珮青，"他用嘴唇揉着她，战栗地喊，"我多么多么地爱你！"

"我也是，梦轩，我也是。"她急切地回应着他。

"我们出去吧，好吗？"

"好的，好的，好的。"她一迭连声地回答，但是手臂仍然缠在他的脖子上。

老吴妈捧着一杯茶走了出来,才到客厅门口,她就被眼前的景象吓呆了。这位好心的老妇人以为自己的视线出了毛病,颤颤抖抖地把茶杯放在桌上,她揉了揉眼睛,再瞪大眼睛看了看,就双腿一软,倒进了沙发里,嘴里像中了邪般喃喃地叫着:"我的老天爷!我的老天爷!"

珮青离开了梦轩的身边,回过头来,老吴妈还在自言自语地说:"我们小姐发疯了,我的老天爷,我们小姐发疯了!"

珮青走了过来,笑着拥抱了老吴妈,带着个老吴妈五年都没有见到过的,那么甜蜜,那么喜悦,那么陶醉的表情,兴高采烈地说:"我的好吴妈,我是那么地快活!给我拿件风衣来吧,我要出去!"

"小姐呵,"老吴妈哆哆嗦嗦地说,"你在做些什么呵!"

"别说!吴妈!"珮青调皮地用手蒙住了吴妈的嘴,她又是老吴妈那个顽皮可爱的小姑娘了。老吴妈眼眶湿润,多久多久没有看到她的小姐这样开心了,站起身来,她走进了卧室,说什么呢?她的小姐这样高兴呵!

"不要拿那件黑色的,也不要红的……"珮青嚷着,话还没有说完,老吴妈走了出来,手里捧着那件紫的。

"哦,"珮青笑了,"你真是我最知心最知心的好吴妈。"

吴妈眼眶发热,想哭。望着面前那个男人,那么温存,那么诚恳,她奇怪命运是怎样的东西,它为什么不把面前这个男人安排做她那好小姐的丈夫呢?这个人能让珮青笑,那个丈夫只能让她哭呵!

"吴妈，再见！"珮青再拥抱了她一下，把面颊靠了靠她，就跟着梦轩走出了门外。吴妈目送他们消失，关上了门，她的理智回来了。跌坐在沙发里，她忧心忡忡地发起愁来："这可是要闯大祸的呀！我的好小姐呀！"

　　但是，昨夜那个丈夫曾经说什么来着？老吴妈不喜欢偷听，可是有关小姐的事不能不听呀！那个丈夫说要和珮青离婚，不是吗？离婚，现在的人都作兴离婚的！离婚？离婚又有什么不好呢？如果离了婚，她那好小姐就可以嫁给现在这个人了。嘿，离婚吧，小姐如果嫁给这个人呵，就不再会那样眼泪汪汪了。她兴奋了，用手抱住膝，她坐在一窗秋阳的前面，为她的好小姐一心一意地设想起来。

第七章

　　海岸边耸立着巨大的礁石，礁石与礁石之间，是柔细的沙滩，海浪扑打着岩石，发出裂帛般的呼啸，沙子在海浪的前推后拥下被带来又被带走。珮青抓着梦轩的手臂，赤着脚在海浪中一步步地走着，那些白色的浪花在她脚背上化成许许多多的小泡沫。她抬起头来，对梦轩喜悦地微笑，高兴地说："我是那么那么地爱海！它真神奇，不是吗？"

　　"和你一样，"梦轩捧起她的脸来，"那样千变万化的——我从不知道，你是这样地爱笑！"他放低了声音，柔情万种地说，"多笑笑，珮青，你不知道你笑起来有多美！"

　　珮青低下头去，脚趾在海浪中动来动去，像一条白色的银鱼。

　　"爷爷在世的时候，"她低低地说，"我很喜欢笑。"叹了口气，她望了望无垠的大海："我原来那么喜爱这个世界，几年来，我变得太多了！"

77

"现在呢?"梦轩问。

"像你说的,"她望着他,"一种再生,一种复活。"

他揽住她的腰,他们在海滩上并肩而行。一个海浪卷上来,差点溅湿了她的衣裙,她尖叫着,笑着跑上岸去,站在海浪所不及的地方大笑,没缘由地笑着,仿佛只为了她想笑而笑,风衣下摆上全被海浪所湿透。绕过一块岩石,她忽然失去了踪迹,梦轩追了过去,刚刚看到一抹紫色的背影,她就又绕向了另一边。梦轩再追过去,她又隐在另一块岩石的后面了。就这样,他们在岩石与岩石之间兜着圈子,沿着海岸线向前奔跑。那紫色的影子忽隐忽现,忽前忽后,夹带着难以压抑的轻笑,像一朵飘浮的、淡紫色的云。梦轩脱下了鞋袜,把它们远远地踢在沙滩上,就放开脚步,从后面冲过去捕捉她。她大笑着,不再和他捉迷藏,而向沙滩上狂奔,他跑过去,抓住了她,两人一齐滚倒在沙滩上面,喘着气,笑着,叫着。然后,一下子,两个人都不再笑了,只是深深地、深深地凝望着对方。梦轩把她的双手压在沙子里,身子倒在沙滩上,她的脸离他只有一寸之遥,黑黑的眼珠浸在蒙蒙的雾里,他的喉咙发痛,心脏收紧,半天半天,才低低地说了一句:"珮青,我爱你爱得心都痛了。"

俯下头去,他用额头顶着她的额头,眼睛对着她的眼睛。"什么时候学得这么顽皮?"他问。

"不知道。"

"我要罚你。"

"罚什么?"

"闭起眼睛来。"

"我不，你会使坏。"

"不会，你放心。"

她合上眼睛，他凝视着她，然后轻轻轻轻地把嘴唇落在她的睫毛上，又滑下来，停在她的唇上。

一吻之后，他们安静了，并坐在沙滩上面，他们低低地谈着话。她握了满手的沙子，再让它从指缝里流下去，她身边就这样用沙子堆了一个小沙丘。没有抬起头来，她轻声说："他要和我离婚了。"

"什么？"他一惊，没有听清楚。

"伯南要和我离婚。"她把沙丘再堆高了一层。

"真的？"他有些发愣，这消息太突然，一时间，他无法整理自己的思想，也无法分析这消息带来的是喜悦还是忧愁。

"为什么？他知道我们的事了？"

"不是，他只是不满意我，我们从结婚那天起，就像处在地球的两极，我想，他早就对我不耐烦了。"

"他说要离婚？"他有些不信任。

"早上他留条子说，去找律师了，他是不会开玩笑的。"

梦轩用手抱住膝，面对着大海沉思起来，海浪滔滔滚滚，汹汹涌涌，他心中的思潮也此起彼伏，忽喜忽忧。终于，他握住了她的手臂，让她面对着自己，对她说："听着，珮青，这是个好消息。"

"是吗？"她怀疑地望着他。

"和他离婚吧，珮青，"他陡地兴奋了起来，"每次想到你生活在他的身边,他有权利接触你,看着你,甚至于……我就嫉妒得要发狂。和他离婚,珮青,然后,我要得到你,我要娶你。"

"娶我?"她的眼光闪了闪,"做你的小老婆?做你的姨太太?"

"珮青!"他责备地喊。

但是,她从沙滩上跳了起来,奔跑到岩石旁边,脚踩在海浪里,用手掬了海水,她望着海水从指缝里流下去,就像刚刚玩沙一样。梦轩追了过来,喊着说:"珮青!你以为……"

"别说了吧!"她抬起头来,一绺长发飘荡在胸前,紫色的衣衫迎风飞舞,有种说不出来的飘逸和高洁,"我们暂时别谈那问题,好吗?难得有这样一天,像在梦里一样,何必去破坏它呢?真实的岁月里,有那么多的无可奈何呵!"

他不能再说什么了,他知道这紫色的小仙女虽然柔弱,却不愚蠢,除非他能拿出具体的办法来,否则,等于只是欺骗她罢了。走过去,他们手牵着手,沿着海浪走,两人的脚步踩碎了海浪。

"看这海浪,"珮青说,"像是给沙滩镶上了一条白色的木耳花边。"

"看!"梦轩突然在涌上来的海浪中发现了什么,"那儿有一粒紫色的贝壳!和你一样美!"伸出双手,他对迅疾上卷的海浪扑了过去,两手捧了一大把沙子、海水和贝壳的碎片站起来,胸前的衬衫全被海浪所湿透,他望着手中的东西,他没有抓住那粒紫贝壳。"它不在,它又被海浪带走了。"他怅怅然地望着海水。

"别傻了,"珮青用一条小手绢,徒劳地想弄干他身上的水,"你把浑身都弄湿了。"

"你不知道那有多美,一粒小小的紫贝壳,就像你!"梦轩说着,猛然又大叫了起来,"在那儿,在那儿,海浪又把它带上来了,你看!"

真的,迎着日光,一粒紫色的小贝壳在海浪中呈现出诱人的颜色,几乎像星星般发着光,一颗紫色的小星星,跟着海浪卷上了沙滩,梦轩再度扑了过去,他必须和海浪比快,如果不能及时抓住它,它又会被海浪带回大海里去了。他几乎栽进了海水里,那"呼"的一声涌上来的大浪把他的袖子、肩膀、裤管……全淹了过去,连他的头发和鼻尖上全沾了海水,但是,当他直起腰来的时候,他手中的一大把沙里,像宝石般嵌着那粒莹莹然的紫贝壳,在阳光下,那紫贝壳上的水光闪烁着,仿佛那颗贝壳是个紫颜色的发光体。

"噢!"珮青惊喜地望着他掌心中的紫贝壳,"多么美呀!世界上竟有这么美丽的东西!"

"这就是你,你知道吗?"梦轩神往地说,感到自己像掉进一个童话似的梦里,"你就是这颗紫贝壳,所有你身边的人,全像这些沙子,我也是沙子中的一粒。"

"噢!你不是沙子!"珮青稚气地喊。

"那么,我是这个,"梦轩从沙子中挑出一粒小石子,"比沙子稍微大一点点。"

"不,你是这个,"珮青把他的手掌合拢,握住他的手说,

"你是那只握着紫贝壳的手。"

他深深地望进她的眼底。

"你肯让我这样握着吗?"

"是的。"

"永远?"

"永远。"

"哦,珮青!"他低喊,揽紧了她,"我怎么会这样发狂地爱你!跟你在一起,我好像才重新认识生命了。"

"我也是。"

两人对视良久,都默默不语,一任海水在他们脚下喧嚣呼啸,推前攘后。他们不再注意任何东西了,他们的世界就在对方的眼底。然后,梦轩把那粒小小的紫贝壳放在珮青的手中,说:"送给你,是今天的纪念。"

珮青把那粒紫贝壳放在掌心中,衬着她白皙的皮肤,那粒小小的贝壳更显得柔弱动人。贝壳是椭圆形的,背部隆起来成为一圈紫色,中心最深,越到边缘颜色越淡,最旁边的一圈已淡成了纯白色,像是有意加上的白色花边。珮青看着看着,两滴泪珠滚落了下来,滴在掌心中,滴在贝壳上。他轻轻地拥住她:"怎么了?好好的又哭了?"

珮青把头靠在他为海水所湿的肩膀上,低低地说:"有一天,我会真的变成一颗紫贝壳。"

"你在说什么呵!"梦轩温和地打断她,"我知道,你的小脑袋里又在胡思乱想一些怪念头了。记住,珮青,你在我的手心里,我不会让你漂流到别的地方去。"

珮青轻轻叹息了一声。

"这一刻，我真满足，"她说，"只是……"

"只是什么？"

"只恐小聚幽欢，翻作别离情绪！"她低低地说，握紧了手里的紫贝壳。

珮青回到家里的时候，已经是深夜了，一走进大门，她就直觉地感到气氛有些不对，给她开门的老吴妈，在她耳畔匆匆地说了一句："先生下午就回来了，因为你不在家，他大发了脾气，我没有说你是和别人一起出去的。"

走进了客厅，伯南正沉坐在沙发里，满房间烟雾氤氲，伯南一脸怒容，用阴阴郁郁的眼光迎接着珮青，咧开嘴，他冷冷地说："回来了？玩得痛快吗？"

珮青吃了一惊，心虚地望着伯南，难道……难道他已经知道了？伯南丢掉了手里的烟蒂，慢吞吞地再燃上了一支烟，阴沉地说："你说出来吧，到哪里去了？"

"只是……"珮青嗫嚅着，"只是……出去走走。"

"出去走走？"伯南的眼睛眯了眯，目光尖锐地审视着她，然后，突然间，他一翻手捉住了她的手臂，用力地抓紧了她，从齿缝里低低地说，"你别在我面前玩花样，你给我说出来吧，那个男人是谁？"

"什么男人？"珮青惊吓地想抽出自己的手来，但伯南把她扣得死死的，她胆怯地望着他，后者的眼光阴郁而残忍。"我不知道你在说什么？"她勉强地说。

"不知道?"伯南把香烟撤灭了,用手托起珮青的脸来,强迫她面对着自己,注视着她说,"珮青,你知道吗?你是不善于撒谎的,你的眼睛和表情,掩藏不住丝毫的秘密,你去照照镜子吧!你的脸为什么发红?你的眼睛为什么发光?你周身都不对劲了。你怕我吗?为什么像个受惊的小猫似的要把自己蜷起来?现在,说吧,你这个小淫妇,那个男人是谁?"

珮青的眼睛前面蒙上一层泪雾,不为了恐惧,不为了怕揭穿事实,只为了伯南那"小淫妇"三个字,她突然发现,即使是最清高的感情,也需要世俗的承认。她再也逃避不了侮辱与损伤了。

"你放开我吧,好吗?"她哀求似的说,"你并不注意我,你也不在意我,而且……你想打发我走的,不是吗?你何必管我呢?你要离婚,我们就离婚吧,我不要你一个钱。别再折磨我了吧!"

"嘿,离婚?"伯南脸色变得更难看了,是的,他并不喜欢她,也不错,他是准备跟她离婚。但是,她竟会有另外一个男人!他并不能肯定她会有男友,谁知一套问之下,她居然不否认,那么,她是真的有男友了!怪不得她要离婚呢!他不能容忍这个,他忍不下这口气!珮青,这么个怯生生、笨兮兮的女人,居然会在他的面前玩花样!简直是太欺侮人了,没想到他范伯南竟会栽在这个一向被他藐视的妻子手里!离婚?他这么便宜就和她离婚?他要查出那个男人来,他要弄得他们粉身碎骨,死无葬身之地!瞪着珮青,他无法压制自己的怒火,而且,而且,一旦恋爱之后,这张平凡的小脸竟会焕发出那样的光辉来,几乎是可恶地美丽了!他拧折着她的手腕,咬牙切齿地说:"离婚!你想跟我离婚对吧?离了婚你可以和那个男人双宿双飞,是不是?我告诉你,没有这么便宜!你现在趁早给我说出来,那是谁?!"

他扭转她的手臂,痛得她叫了起来,含着眼泪,她挣扎地说:"我没有做过什么坏事,真的,伯南,你饶了我吧!你又不爱我,你从来就没有爱过我!哎哟!你放了我吧!如果你是男子汉,你不要打我!"

"我不爱你!我是不爱你!"伯南大吼,把她的手臂更加扭折过去,"但是,我也不许别人爱你,你想给我戴绿头巾,你就给我死!原来你浑身没有丝毫热气,是因为你另外有男人!"越想越气,他劈手给了她一耳光,"你今天不给我说出来,我就不放你,你说不说?说不说?"

珮青的手臂尖锐地痛楚起来,她从没料到伯南会用暴力来对付她,而且,又把她和梦轩的感情讲得那么秽亵,情感上的痛楚和肉体上的痛楚双方面袭击着她,她哭叫了起来,徒劳地和伯南挣扎:"你放开我!哎哟!你不能打我!哎哟!"

冷汗从她额上滚落,痛楚使她的脑子昏沉,她不是爷爷面前那个柔柔弱弱的小菱角花,她也不是梦轩怀抱里那颗梦似的紫贝壳。如今,她是块俎上肉,任凭宰割。她啜泣着,羞于向伯南乞怜,也不屑于向他解释。老吴妈闻声而至,哆哆嗦嗦地跑了过来,她一把抓住伯南的手臂,气喘吁吁地嚷着说:"啊呀,先生,你可不能这样呀!你不能打人呀,先生!先生!快放手呀!"

伯南用手臂格开了吴妈,破口大骂地说:"滚你的蛋!吴妈,今天你就给我收拾东西走路!太太偷人,八成是你这个老王八在帮她忙!你说是不?"一把抓住吴妈胸前的衣服,他吼着,"这是我的家,你懂不懂?你说,太太跟谁出去了?你不说,你就马上给我滚!"把吴妈狠狠向前一送,吴妈老迈龙钟,差点摔了一大跤,踉跄站定。

珮青已经用哀声在喊:"吴妈!"

吴妈知道珮青的意思,她不要她说出那男人来,事实上,她也不知道那男人是何许人呀!

"没有男人嘛,我告诉你没有嘛,就小姐一个人!"

"放屁!"伯南喊,又给了珮青一个耳光,盯着珮青说,"你不会讲出来,是吧?但是我会查出来的,查出来之后,我告你和他通奸!我要让他好看!"

"我没有,"珮青哭着说,"我没有做任何坏事,伯南,你相信我吧!你饶了我吧!何苦呢?我同意离婚,你何必再折磨我呢?"

"离婚?"伯南冷笑了,狠狠地扭转她的手臂,痛得她大叫,然后,他把她摔倒在地下,说,"我现在不和你离婚了,我们还要继续做夫妻呢!做一对最恩爱的夫妻,哼!"他满面阴狠之色,"我不会舍得你的,这样一个娇滴滴的小姑娘,永远像个处女般娇羞脉脉,嗯?我不和你离婚,珮青,你放心!"

珮青倒在地下,心惊胆战,她不知道伯南是什么意思,不知道他肚子里有些什么鬼主意。但是,她明白以后的日子不会好过了。

"吴妈!"伯南厉声喊,"过来!"

吴妈战战兢兢地走了过去。

"收拾你的东西,我给你算工钱,你马上滚!"

"先生!"吴妈颤抖地喊。

"伯南,"珮青抓住了伯南的衣服,跪在地下,哽咽地说,"求求你!伯南,留下吴妈吧!求求你!"

"先生,"老吴妈双腿一软,也跪了下来,忍不住老泪纵横了,"我不要工钱,我什么都不要,你让我伺候我的小姐吧!我什么都不要!"

"不行!"伯南毫不留情地说,"我叫你滚!"

珮青勉强地站了起来,摇摇欲坠地扶着墙,咽了一口口水,咬咬嘴唇说:"好吧,吴妈,这里是住不得了,我们一起走吧!"

"你敢!"伯南把她拉了回来,"你是我的太太,你得留在我的家里!"

"吴妈走,我也走,"她的嘴唇发颤,不知道是从哪里冒出来的勇气,"你留不住我,我也要去法院告你,告你虐待和伤害,我身上有伤痕为证!"

"嘿嘿,"伯南冷笑,"那我会说出你的丑事,你和别人通奸!"

"我没有,"珮青说,"你也没有证据,法院不会听你的一面之词!而我有你和舞女酒女来往的证据!好吧,我们走,吴妈!"

"回来!"伯南拉住了珮青,脑子里风车一般地转着念头。

是的,珮青说的倒是实情,他没有她任何的证据,而他却劣迹昭彰。嘴边浮起一个阴阴沉沉的微笑,他说:"好吧!吴妈,你就留下,以后你再和太太串通好了来蒙骗我,你就当心!"拉着珮青向卧室走去,他仍然带着那个不怀好意的微笑,说:"跟我来!"

"你要干什么?"珮青防备地站在卧室里。

"享受丈夫的权利!"伯南冷冷地说,解着她的衣纽。

"伯南!"她喊,想跑,但是她跑不掉。望着伯南那阴沉的笑脸,她的心化为水,化为冰,化为碎片。她知道,以后她将要迎接和面对的,只是一长串的凌辱。

第八章

范伯南不是一个笨人,相反地,他非常聪明,也有极高的颖悟力和感应力。和珮青生活了五年,他对于她的个性和思想从没有深研过,但是,对于她的生活习惯却非常了解。他知道她是一只胆怯的蜗牛,整日只是缩在自己的壳里,见不得阳光也受不了风暴。他也习惯于她那份带着薄薄的倦意似的慵懒和落寞。因此,当珮青的触角突然从她的壳里冒了出来,当她的脸上突然焕发着光彩,当她像一个从冰天雪地里解冻出来的生物般复苏起来,他立刻敏感到有什么事情不对了。起先,他只是怀疑,并没有兴趣去深究和探索。可是,她的眼睛光亮如星了,她学会抗议和申辩了,她逗留在外,终日不归了……他知道那是怎么一回事,他有被欺骗和侮辱的感觉。是的,他并不喜欢珮青,不过,这是一样他的所有物,如果他不要,别人捡去就捡去了,他也不在乎。而在他尚未抛弃以前,竟有人要从他手里抢去,这就不同了。他那

"男性的自尊"已大受打击,在他的想象里,珮青应该哭哭啼啼地匍匐在他脚下,舍不得离开他才对,如今她竟自愿离婚,而且另有爱人,这岂不是给他的自尊一个响亮的耳光?他,范伯南,女性崇拜的偶像,怎能忍受这个侮辱?何况侮辱他的,是他最看不起的珮青!"我要找出那个男人来,"他对自己说,"我要慢慢慢慢地折磨她,一直到她死!"

珮青有一个被泪水浸透的、无眠的长夜,当黎明染白了窗子,当鸟声啼醒了夜,当阳光透过了窗纱,她依然睁着一对肿涩的眼睛,默默地望着窗棂。身边的伯南重重地打着鼾,翻了一个身,他的一只手臂横了过来,压在她的胸前。她没有移动,却本能地打了个冷战,起了一身的鸡皮疙瘩。他的手摸索着她的脸,嘴里呓语呢喃地叫着莉莉还是黛黛,她麻木地望着窗纱,太阳是越爬越高了,鸟声也越鸣越欢畅,今天又是个好晴天。

她的脸蓦然被扳转了过去,接触到伯南清醒而阴鸷的眸子,使她怀疑刚刚的鼾声和呓语都是他装出来的。咧开嘴,他给了她一个狞恶的笑,戏弄地说:"早,昨夜睡得好吧?"

她一语不发,静静地望着他,一脸被动的沉默。

"你并不美啊!"他望着她,"早晨的女人应该有清新的媚态,你像一根被晒干了的稻草!"解开了她的睡衣,他剥落她的衣服。

"你,你到底要干什么?"她忍无可忍地问。

"欣赏我的太太啊!"他嘲弄地说,打量着她的身体。

她一动也不动,闭上了眼睛,一任自己屈辱地暴露在他的面前，这是法律给予他的权利呵！两颗大大的泪珠沿着眼角滚下来，亮晶晶地沾在头发上。他撇开了她，站起身来，心中在暗暗地咒骂着，见鬼！他见过比这个美丽一百倍的胴体，这只是根稻草而已！但是，那两颗泪珠使他动怒，他发现她依然有动人的地方，不是她的身体，而是她……她的不知道什么，就像泪水、娇弱和那沉默及被动的神情。他为自己那一线恻隐之心而生气，走到盥洗间，他大声地刷牙漱口，把水龙头放得哗哗直响。

珮青慢慢地起了床，系好睡衣的带子。今天不会有计划，不会有诗，不会有梦。今天是一片空白。她不知道面前横亘着的是什么灾难，反正追随着自己的只有一连串的愁苦。伯南换好了衣服，在客厅里兜了几圈，吃了早餐，他对珮青冷冷地笑笑，嘲讽地说："别想跑出去，你顶好给我乖乖地待在家里，还有吴妈，哼，小心点吧！"

他去上班了，珮青瑟缩地蜷在沙发里，还没有吃早餐。吴妈捧着个托盘走了进来，眼泪汪汪地看着珮青，低低地喊了声："小姐！"

"拿下去吧，"珮青的头放在膝上，一头长发垂下来，遮住了半个脸，"我什么都不要吃！"

"小姐呵！"老吴妈把托盘放在茶几上，走过来挨着珮青坐下，拂开她的长发，望着那张惨白的、毫无生气的脸庞，昨天她还曾嬉笑着像个天真的孩子呢！"东西多少要吃一点，是不是呢？留得青山在，不怕没柴烧呵！"

"生命的火已经要熄灭了，全世界的青山也没用啊！"珮青喃喃地说。

"来吧,小姐,"吴妈抓住珮青的手,"有你爱吃的湖南辣萝卜干呢!"接着,她又叫了起来:"小姐,你的手冷得像冰呢,还不加件衣服!"

珮青把睡袍裹紧了一些,坐正了身子,觉得自己的思想散漫,脑子里飘浮着一些抓不住的思绪。握着吴妈的手臂,她愁苦地说:"先生走了吗?"

"是的,早走了。"

"我要——"她模糊地说,"我要做一件事情。"

"是的,小姐?"吴妈困惑地望着她,把她披散的头发聚拢来,又拉好了她的衣服,"你要做什么呢?"

"对了,我要打个电话。"她记得梦轩给过她他办公厅的电话号码,走到电话机旁,她拨了号,没有打通,接连拨了好几次,都打不通,她才猛然明白过来,伯南书房里有一架分机,一定是听筒被取下来了,走到书房门口,她推了推门,如她所料,门已经上了锁,这是伯南临走所做的!她呆呆地瞪着电话机,然后,她反而笑了起来,抓住吴妈,她笑着说:"他防备得多么紧呵!吴妈!他连电话都封锁了呢!"把头埋在老吴妈那粗糙的衣服里,她又哭了起来,啜泣着喊:"吴妈!吴妈!我怎么办呢?"

"小姐,小姐呵!"老吴妈拍着她的背脊,除了和她相对流泪之外,别无他法。她那娇滴滴的小姐,她那曾经终日凝眸微笑,不知人间忧愁的小姐啊!

珮青忽然站正了身子,走到门边,又折了回来,匆匆地说:"他封锁得了电话,他封锁不了我啊,我有脚,我为什么不走呢?"

老吴妈打了个冷战,她没念过书,没有深刻的思想。但她比珮青多了几十年的人生经验,多一份成熟和世故。拦住了珮青,她急急地说:"小姐,这样是不行的,你走到哪里去呀?"

珮青呆了呆,走到哪里去?去找梦轩?找到了又怎样呢?

吴妈拉住了她的衣袖,关怀地问:"那位先生,可是说过要娶你呀?"

他说过吗?不!人家有一个好妻子,有一对好儿女!他没有权利说!他也不会说!吴妈注视着她,继续问:"你这样走不了的呀,好小姐,先生会把你找回来的,他会说你是……是……是什么汉奸呀!"

是通奸!是的,她走不了!她翻不出伯南的手心,冒昧从事,只会把梦轩也拖进陷阱,闹得天翻地覆。她有何权去颠覆另外一个家庭呢?是的,她不能走,她也走不了!坐回到沙发里,她用手蒙住了脸。

"好小姐,"吴妈嗫嚅着说,"还是……还是……还是吃一点儿东西吧!"

"我不想吃,我也不要吃!"

"唉!"吴妈叹了口气,喃喃地说,"造孽呀!"

珮青蜷在沙发深处,禁不住又泪溢满眶了,头靠在沙发扶手上,她神志迷茫地说:"吴妈,还记得以前吗?还记得西湖旁边我们家那个大花园吗?那些木槿,那些藤萝,还有那

93

些菱角花。"

是的,菱角花!吴妈不自禁地握着珮青的手,悠然神往了,那些花开起来,一片紫色,浮在水面上。小姐穿一身紫色的小衣裤,在湖边奔跑着,也像一朵菱角花!珮青长长地叹息一声,说:"吴妈,人为什么要长大?如果我还是那么一点点大多好!"

有样东西在沙发上,她摸了出来,是梦轩写的那本《遗失的年代》,随手翻开来,那上面有她用红笔勾出的句子:"我们这一生遗失的东西太多了,有我们的童年,我们那些充满欢乐的梦想,那些金字塔,和那些内心深处的真诚与感情,还有什么更多的东西可遗失呢?除了我们自己。"她望着望着,一遍又一遍,心底有某种感情被勾动又被碾碎了,梦轩那对深思的眸子,梦轩那份沉静的神态,还有,他的智慧和思想……像海浪一样,涌上来,涌上来,涌上来……而又被带走了,带走了……带走得那样遥远,她脑中只剩下一片白色的泡沫。

提起一支笔来,她在那书页的横眉上写下一阕前人的词:"恹恹闷,沉沉病,小楼深闭谁相询?冷多时,暖多时,可怜冷暖于今只自知!一身长寄愁难寄,独夜凄凉何限事?住难留,去谁收?问君如此天涯愁么愁?"

写完,她再思前想后,就更忍不住泪下如雨了。

中午的时候,出乎意料地,伯南回来了。他不是一个人回来的,他带了一个三十余岁的、瘦削的、眼光锐利的女佣回来。把那女佣带到珮青的面前,他一脸阴鸷的笑容:"珮青,我给你物色了一个贴身女佣,她夫家姓金,就叫她金嫂吧!金嫂,这就是太太。"

"太太。"金嫂弯了弯腰,眼睛却肆无忌惮地在珮青脸上、身上打量着。

"女佣?"珮青愣了愣,愕然地说,"我不需要什么女佣,有吴妈就足够了。"

"胡说!"伯南武断地说,"吴妈已经老了,让她做做厨房工作吧!至于金嫂,她专管伺候你,饮食起居啦,化妆衣服啦,她的人细巧,一定做得不错。是不是,金嫂?"

"是的,先生。"金嫂恭敬地说,她的皮肤十分白皙,姿色也还不弱,上嘴唇上有一道疤痕,珮青不喜欢那疤痕,那使她看来阴沉难测。

"好吧,就这样了,"伯南说,"金嫂,你下午就去把东西搬来。珮青,让吴妈搬出来,把房间让给金嫂住。"

"那——吴妈住到哪儿去?"

"吴妈?"伯南打鼻子里哼了哼,"让她在厨房里搭帆布床吧!"

"伯南!"珮青喊了一声,又咽住了,她知道,这就是伯南的第一步,这个金嫂不是她的女佣,而是她的监视者,这以后,他还会玩出什么花样来?可怜的老吴妈!她坐回沙发里,低着头默默无语。伯南,他是怎样一个硬心肠的人,他完全知道,怎么做可以伤害她!

下午,这个金嫂就搬进了吴妈的房间,吴妈被赶进了厨房。立即,金嫂就有一番改革工作,她先把珮青的衣橱整个翻了身,所有衣服都以华丽的程度分了等级,而有一批服装,被认为过分陈旧的,都堆在一起,金嫂很有道理地说:"像太太这样有钱,穿这种衣服是失面子的!"

"留下来!"珮青冷冷地说,那几乎全是她心爱的服装,紫色的衬衫、长裤,紫色的小袄、洋装,紫色的风衣、旗袍!

"赏给你!"伯南对金嫂说。

"伯南!"珮青喊。

"你不缺钱,你可以再做新的!"伯南打断了她。

"这是——残忍的!"珮青说。

"哈哈!"伯南冷笑,"你别做出那股小气样子来,让下人看不起你!"

"她不会——看得起我的。"珮青低声说,把头转向一边。泪水又往眼眶里冲了上来,不为那些紫色的衣服,为丧失的自尊。

"晚上我们去赴宴会,"伯南不轻不重地说,"程步云家里每星期六晚上都有定期的餐聚,以后我们每次都去。"

"不!"珮青本能地一惊,她了解伯南的用意,他想在聚餐中找出那个男人来,他已经敏感地推测到她唯一接触外界的机会就是赴宴,那个男人必定是她在宴会中结识的,他不笨,他很聪明! "我不去,他没有请我们!"

"程家的宴会是不需要请就可以去的,而且,去的也都是你认识的人!"

"我不去!"她软弱地说。

"你非去不可!"伯南命令地说,"金嫂,给太太准备赴宴会的服装!"

"是的,先生。"金嫂那尖细的声音立即响了,她像个影子般站在珮青的身后。

珮青去了,她不能不去。在程家的大客厅里,她如坐针毡,时刻都担心着梦轩的出现,却又有一种下意识的期盼。吃的是自助餐,来的客人还真不少,起码有二十个人以上。伯南周旋在客人之间,仿佛和每个人都熟,和每个人都亲热。珮青端着她的盘子,瑟缩在客厅的一个不受人注意的角落里,她不愿别人发现她,也不愿和任何人攀谈,只想把自己藏起来,深深深深地藏起来。

程步云走了过来,在她的身边坐下了,他没有忽略她,事实上,他注意她已经好一会儿了。那忧郁的眼神,那寂寞的情绪,那份瑟缩和那份无可奈何,都没有逃过他的眼睛。这小妇人何等沉重啊!他坐在她身边,温和地说:"你吃得很少,范太太。"

"不,"珮青仓促地回答,"已经很多了。"

"别骗我,"程步云笑了笑,"你几乎什么都没有吃。"

"我——我吃不下。"珮青低低地说,说给自己听。

"不合胃口吗?"

"不,不是的,"珮青的脸红了,"我一直都吃得很少。"

"别太客气,嗯?"程步云和蔼地望着她,他喜欢这个娇娇怯怯的小妇人,"很多年轻人都把我这儿当自己的家一样,你如果常常来,也一定会发现我们老夫妻是不会和人客套的。"

"我——知道。"珮青扬起睫毛来,用一对坦白的眸子看着他,带着股近乎天真的神情,"我……只是很不习惯于到人多的地方来。"

"你应该习惯呵,"程步云笑着,"你还那么年轻呢!年轻人都应该是爱热闹的、活泼的、嘻嘻哈哈的!告诉你,范太太,"他热心地说,"在能够欢笑的年龄,应该多多欢笑。"

珮青笑了,不是欢笑,是苦笑。

"只怕已失去了欢笑的资格。"她低声地说,说给自己听。

"你不对,范太太,"程步云摇着他满是白发的头,"没有人会失去这个资格,或者你的生活太严肃了……"他还想说什么,一眼看到门口的一个人,就喜悦地站了起来:"哈!他总算来了,这孩子,好久没露面了。"

珮青看了过去,她的心立刻化为云,化为烟,化为轻风,从窗口飞走了。她的手发冷,胸口发热,头脑发昏,眼前的人影杯光全凝成了薄雾。好久好久,她不知道自己置身何地,不知道自己在做什么,没有世界,没有宇宙,也没有自我。当她的意识终于恢复,已经不知道时间溜走了多久,那个"他"正挨近她的身边。

"我不知道你会来。"他用很低的声音说,坐在她的身边,他燃起打火机的手泄露秘密地颤抖着。

"你最好走开,"她也低声说,不敢抬起头来,"他已经怀疑到了,他在侦察我。"

"他不是要离婚吗?"

"现在他不要了,你走开吧!"珮青恳求地说。

"不行,我要见你,"他的声音平平板板的,但是,带着炙人的痛苦,"你家的电话打不通,这两天,几千百个世纪都过去了。"

"他防备得很严,你懂吗?别再打电话来,也别再找我了,好吗?"

"你是说这样就结束了?"

"是的。"

"你以为可以吗?"他猛抽了一口烟,嘴角痉挛了一下,"你的丈夫过来了。"

真的,伯南停在他们的面前,眼光锐利地望着珮青。

"在谈什么?"他嬉笑着问,"你们谈得很开心哦?"

"没什么。"珮青的喉咙干干的,"我们可以回去了吗?伯南,我不大舒服。"

"你又不舒服了?"伯南转向梦轩,"我这个太太是个小林黛玉,风吹一吹都会不舒服的。"

梦轩想挤出一个笑容,但是,他失败了,他甚至讲不出一句话来,只感到胃里像爬满了虫子,说不出来有多难过。伯南仍然堆满了一脸笑,脑子里却在急速地转着念头,是这个人吗?夏梦轩?满身铜臭的小商人?不!似乎不太可能!但是,这是珮青整晚所讲过话的第二个人,总不会是头发都白了的程步云吧!

伯南挨着珮青的另一边坐了下来,用手摸摸她的额,故作关怀地说:"怎么了?没有发烧吧?"

珮青缩了缩身子,他的手从她头上落下来,盖在她的手背上，立即惊讶地说："真的，你是在生病了，你的手怎么冷得像冰一样？"望着梦轩，他说："我太太就是身体不大好！"又转向珮青："你一定穿少了，你的披肩呢？"拿起披肩，他殷勤地为她披上，一股呵护备至的样子。梦轩猝然地站了起来，脸色非常苍白，正想走开，程步云带着一位客人走了过来，满脸高兴的笑容，对那客人说："让我介绍你认识一个人，夏梦轩。你别小看梦轩，他写过一本书呢，《遗失的年代》，你看过吗？"

《遗失的年代》！伯南像触电了一般，立即把眼光尖锐地射向珮青，珮青一听到程步云提起那本书，就知道什么都完了，伯南的眼光残酷而森冷，她脑中轰轰然地响着，四肢软弱而无力，眼前模糊，冷汗从背脊上冒了出来。伯南站起来了，他的声音像钢锯锯在石头上一般刺耳："噢！夏先生！原来你就是《遗失的年代》的作者，这对我可是新闻啊！我对你真该刮目相看呢！"

珮青虚弱地低低地呻吟了一声，身子就不由自主地往沙发下溜去，伯南和梦轩都本能地一把扶住了她，她面如白纸，嘴唇是灰色的，冷汗聚在额上。两个男人彼此看了一眼，两人的脸色也都十分难看。然后，伯南挽住了珮青，程步云已及时送上一杯白兰地，关切地说："试一试，伯南，酒对于昏晕一向有效。"

喝了一点儿酒，珮青似乎稍微恢复了一些，伯南帮她把披肩披好，体贴地抱着她的腰，对程氏夫妇说："我必须告辞了，内人身体一向不好，我需要送她回去休息。"

"是的，是的，"程太太说，"可能是贫血，你该请医生给她看看。"

伯南半搂半抱地把珮青扶了出去，微蹙着眉，似乎无限焦灼。程太太目送他们的汽车开走，叹了口气，对程步云说："这对小夫妻真难得，感情很不坏啊。"

"是吗？"程步云沉思地说，"我看正相反呢！"折回客厅，他用研究的眼光望着夏梦轩，心底有一个锁链，正一个环节一个环节地套了起来。什么因素让梦轩那样激动不安？他太阳穴的血管跳动得那样厉害！

"客人散了之后，你留下来，梦轩，我有话和你谈。"他说。

梦轩看了那个老外交官一眼，沉默地点了点头。

第九章

对珮青而言,这段突发的感情像生命里的一阵狂飙,带来的是惊天动地的骤风急雨。凭她,一朵小小的、漂浮在池塘中的小菱角花,风雨飒然而至,似乎再也不是她微弱的力量可以承担的了。

伯南带着她沉默地回到了家里,整晚,他就坐在沙发里一支接一支地抽着烟,一句话也不说。空气里酝酿着风暴,珮青寒凛地、早早地就上了床,仿佛那床薄薄的棉被可以给她带来什么保护似的。伯南很容易地找到了那本《遗失的年代》,也立即发现了珮青题在上面的那阕词,事实很明显地放在他的面前,他一直以为自己娶了一个不解世事的圣女,如今,这圣女竟把他变成个被欺骗的丈夫!大口大口地喷着烟,他一时之间,除了强烈的愤怒之外,想不出该如何来处理这件事。

午夜的时候,他走进卧室,一把掀开了珮青的棉被。珮青并没有睡着,虽然合着眼睛,但她每个毛孔都是醒觉的,她知道伯南不会放过她,而在潜意识地等待着那风暴的来临。棉被掀开了,珮青小小的身子在睡衣中寒颤,伯南冷冷地望着她,把烧红的烟头揿在她胸前的皮肤上面。珮青直跳了起来,她没有叫,只是张着大大的眼睛,恐惧而又忍耐地望着他。这目光更加触怒伯南,好像他在她眼睛里是一只非洲的猩猩或是亚马孙河的大鳄鱼。

"你做的好事!"伯南咬着牙说。那烧着的烟头在她白皙的皮肤上留下一个清楚的灼痕。举起手来,他给了她两个清脆而响亮的耳光,珮青一怔,禁不住发出一声轻喊。他再给了她两个耳光,打得她头昏眼花。拥住棉被,她啜泣了起来。她知道,他以后将永远习惯于打她了。"滚出去!滚到客厅里去睡!"他吼着说,"你这个肮脏、下流的东西!"

珮青一语不发,含泪抱起了棉被,走进客厅里。老吴妈已闻声而至,站在客厅门口,她愕然地说:"小、小姐!"

伯南走了过来,对吴妈厉声说:"滚回厨房里去!我告诉你!以后你不许离开厨房。"抬高了声音,他喊:"金嫂!金嫂!"

金嫂穿着件睡衣,慵慵懒懒地走了过来:"是的,先生!"

"以后房里的事都归你管,吴妈只许待在厨房里,你懂吗?"

"懂,先生。"

"好了,都去睡!"

吴妈和金嫂都退了出去。坐在炉子前面,吴妈流泪到天亮。同样地，珮青在沙发上蜷了一夜，也流泪到天亮。苦难的日子来临了，第二天是星期天，伯南一早就出去了，金嫂寸步不离地守在珮青的身边，当电话铃响了起来，金嫂抢先接了电话，珮青只听到她说："范太太？对不起，范太太不在家！"

珮青张大眼睛望着她，金嫂只是耸耸肩说："先生交代的！"

没有什么话好说，珮青默默地承受着一切。

中午，伯南回来了，他带回一个体态丰满、穿着件大红色紧身缎子衣服的女人。红大衣，配着个黑皮领子，粗而黑的眉毛下有对大而媚的眸子，鼻梁很短，厚厚的嘴唇性感丰润。走进客厅，伯南挽着她的腰，高声地喊："珮青，珮青！我们有客人！"

珮青望着面前这个女人，心底迷迷惘惘的。

"你不来见见？这就是黛黛，我的老相好！"他放肆地对那女人面颊上吻了吻，女的向后躲，发出一连串的笑声。伯南说，"你别介意我太太，她顶大方了，绝不会对你吃醋！是不是，珮青？"

珮青难堪地别转头，想退到卧室里去，但，伯南一把拉住了她的手腕："别走！珮青！来陪我们一起玩！"

珮青被动地停住了脚步，伯南拥着黛黛坐进沙发里，强迫珮青也坐在他们的身边，扬着声音，他喊来金嫂。

"告诉吴妈，今天中午要加菜，五个菜一个汤，做得不合胃口当心我拿盘子砸她！"

金嫂下去了,这儿,伯南干脆把黛黛抱在膝上,肆行调笑起来,黛黛一边笑着,一边躲避,一边娇声嚷:"不行!不行!你太太要笑的!"

"她才不会呢!"伯南说着,把头埋进了黛黛的衣领里,黛黛又是一阵喘不过气来的、咯咯咯咯的笑声。珮青如坐针毡,有生以来,她没有面临过这样难堪的局面。当他们的调笑越来越不成体统的时候,珮青忍不住悄悄地站了起来,可是,伯南并没有忽略她,一把拉下她的身子,他一边和黛黛胡闹,一边说:"你别跑!让黛黛以为你吃醋呢!"

他吻过黛黛的嘴唇凑向了她,她跳了起来,哀求地说:"伯南!"

"怎么,别故作清高哦!"伯南说,用手摸索着她的衣领,"你打骨子里就是个小淫妇!"

珮青的牙齿深深地咬进了嘴唇,耻辱的感觉遍布她的全身,她眼前凝成一团雾气,四肢冰冷,头脑昏昏然。她依稀听到黛黛那放浪的笑声,依稀感到伯南的手在她身上摸索,依稀觉得周遭的秽语喧腾,她脑子里嗡嗡作响,像几百个蜜蜂在头脑里飞旋⋯⋯然后,她听到吴妈哭着奔进了客厅,嚷着说:"小姐!我这里的事不能做了,真的不能做了!"

她愕然地望着吴妈,无法集中脑子里的思想,伯南厉声斥骂着:"谁许你跑到客厅来!一点儿规矩都没有,滚出去!"

老吴妈擦着眼泪,哭着说:"我吴妈是老妈子,我伺候我的主人,可不伺候老妈子!那个金嫂太欺侮我了!我是小姐的人,不是金嫂的老妈子呀!"

"你就是金嫂的老妈子!"伯南冷冷地说,"她要你干什么,你就得干什么,不愿意做,你可以走哦!"

"是的,是的,我可以走!"吴妈拿围裙蒙着脸,哭着喊,"我的小姐呀!"

"他妈的!"伯南把桌子狠狠地一拍,"你在客厅里哭叫些什么?金嫂!金嫂!把她拉出去!她不做,叫她滚!"

金嫂走了进来,拉着吴妈就向外面拖,吴妈甩开了她,挺直了背脊,说:"我走,我就走,不要你碰我!小姐,我可是不能不走了呀!"

珮青脑子里那些蜜蜂越来越多了,眼前的一切也越来越模糊,用手捧着她那可怜的、要炸裂般的头颅,她喃喃地说:"吴妈!不!吴妈!"

"滚滚滚!"伯南喊,"马上给我滚!"

吴妈哭着向后面跑去,珮青伤心欲绝,跟着走了两三步,她向前面伸着手,软弱地喊:"吴妈!你到哪里去?吴妈!"

"别丢人了!"伯南把她拉了回来,"一个老妈子,走就走吧,别扫了我们的兴!"

那个黛黛又在咯咯咯地笑了,每一个笑声都像一根针一般刺进珮青的脑子里。那淫亵的笑语、那放浪的形骸,人类已经退化到茹毛饮血的时代了,珮青呻吟了一声,终于笔直地倒在地板上,晕倒了过去。

珮青醒来的时候,已经是半夜了,她发现自己孤独地躺在客厅的沙发上。茶几上一灯荧然,窗外繁星满天。她的意识仍然是蒙眬的,只觉得浑身滚烫,而喉咙干燥。掀开棉被,她试着想起来，才发觉自己身软如绵，竟然力不从心，倒在沙发上，她喃喃地唤着："吴妈！吴妈！"

这才想起，吴妈好像已经走了。走了？吴妈怎么会走呢？在她的生命里，从有记忆起，就有吴妈，可是，吴妈走了，被伯南逼走了。伯南，伯南做了些什么？于是，她听到卧室传来的声音了，亵语、笑浪，隔着一扇薄薄的门，正清晰地传了出来。那个黛黛居然还没有走，置她的生死于不顾，他们仍然寻找他们的快活！

珮青麻木了，好像这对她已不再是什么耻辱，伯南是有意用黛黛来凌辱她的，又有什么关系呢？她的地位本来就不比黛黛高，黛黛是被伯南用钱包来的，她是被他用婚约包来的，这之间的差别是那么微小！她只是伤心吴妈的离去。伤心自己失去了太多的东西：那些曾经爱护过她的亲人，那些对人生的憧憬和梦想，那些对爱情的渴求，那些自尊……全体丧失了！

没有泪，没有哭泣，但她的心在绞痛，在流血。她周身都在发着烧，手心滚烫，渴望能有一杯水喝，但是没有。她翻身，觉得自己每根骨头都痛。咬着牙，她不愿意呻吟，因为没有人会来照顾她。望着天花板，那些纹路使她头昏，沙发上有粒石子，她摸了出来，不是石子，是一粒小小的紫贝壳，从她的袋里滚出来的紫贝壳！她的紫贝壳！握着紫贝壳，她仿佛又看到了海浪、潮水和沙滩！她终于哭了，捧着她的紫贝壳哭了。而卧室里，那两个人已经睡着了，他们的鼾声和她的哭声同时在夜色里传送。

早晨,她昏昏沉沉地蒙眬了一阵子,然后,她听到他们起床了,金嫂给他们倒洗脸水,送早餐进卧室里去吃,笑语喧哗,好不热闹。她的头重得像铁,无法抬起来,喉咙更干了,心中燃烧着。接着,大门响,有人在敲门,是谁?金嫂去开了门,一阵争执在大门外发生,伯南蹿到了门口,没好气地大声问:"是谁?"

"吴妈,她又回来了。"金嫂说。

"叫她滚!"伯南嚷着。

"我不吵了,我什么都做,"吴妈哭泣的声音,"我只是……只是……离不开我那苦命的小姐呀!"

"你没有小姐!你趁早给我滚!"

大门砰然一声碰上了。珮青费力地把自己的身子支了起来,嘶哑地喊了两声:"吴妈!吴妈!"

噢,她那可怜的老吴妈呀!倒回到枕头上,她又昏然地失去了知觉。

梦轩有一两天神思恍惚的日子,像梦游症的患者一样,终日不知道自己在做些什么。他所有打到珮青那儿去的电话,都被一个恶声恶气的女人所回绝了。他自己也知道,即使电话通了,也不能解决问题。但是,他放不下珮青,他每根神经,每个意识,每刹那的思想,都离不开她。在程家目睹她晕倒,他的手无法给她扶持,眼看她憔悴痛苦,他也无法给她帮助,一个男人,连自己所爱的女人都不能保护,还能做什么呢?

为什么是这样的?谁错了?每当他驾着车子在街上驰行,

他就会不断地自问着。社会指责一切不正常的恋爱,尤其是有夫之妇与有妇之夫的恋情,这是"畸恋"!这是"罪恶"!但是,一纸婚书就能掩蔽罪恶吗?多少丈夫在合法的情况下凌辱着妻子!多少妻子与丈夫形同陌路!婚约下的牺牲者有千千万万,而神圣的恋情却被指责为罪恶!但是,别管它吧!罪恶也罢,畸恋也罢,爱情已经发生了,就像被无数缠缠绵绵的丝所包裹,再也无法突围出去了。那天晚上,他曾经向程步云坦陈这段恋爱,他记得程步云最后叹息着说的几句话:"法律允许她的丈夫折磨她,但是,不允许你去爱她或保护她,梦轩,这是人的社会呵!"

人的社会!人制定了法律,它保障了多少人,也牺牲了多少人!保障的是有形的,牺牲的是无形的。

"不过,人还是离不开法律呀!"程步云说。

当然,人离不开!法律毕竟维护了社会的安定,人类所更摆脱不掉的,是一些邪恶的本性和传统的观念!

程家宴会后的第三天,梦轩的焦躁已经达到了极点,一种疯狂般的欲望压迫着他,他无法做任何一件事情,甚至无法面对妻子和孩子,他要见她!在那强烈的、焦灼的切盼下,他发现自己必须面对现实了。

晚上,他驾车到了伯南家门口。在那巷子中几经徘徊,他终于不顾一切地按了范家的门铃。

来开门的不是吴妈,是一个下巴尖削的年轻女佣。

"你找谁?"金嫂打量着他。

"范先生在家吗?"他问。

"是的。"

"我来看他!"

"请等一等。"

一会儿之后,伯南来到了门口,一眼看到他,伯南怔了怔,接着,就咧开了嘴,冷笑着说:"哈哈!是你呀,夏先生!真是稀客呢!"

"我能不能和你谈一谈?"梦轩抑制着自己,痛苦地说。

"当然可以,但是,我家里不方便。"

"我们找个地方坐一坐。"

"好吧!"

到了附近一家"纯吃茶"的咖啡馆,叫了两杯咖啡,他们坐了下来。梦轩满怀郁闷凄苦,一时竟不知道如何开口,伯南则一腔愤怒疑惑,冷冷地等待着梦轩启齿。两人对坐了片刻,直到第二支香烟都抽完了,梦轩才委曲求全地、低声下气地说:"我想,你也明白我的来意,我是为了珮青。"

"哦?"伯南故意装糊涂,"珮青?珮青有什么事?"

梦轩用牙齿咬紧了烟头,终于,废然地叹了一口气,开门见山地说了出来:"伯南,你并不爱她,你就放掉她吧!"

"什么?"伯南勃然变色,"你是什么意思?"

"放掉她,伯南!"梦轩几乎是祈求地望着伯南,生平没有对人如此低声下气过,"她继续跟着你,她会死去的,伯南。她是株脆弱的植物,需要人全力地爱惜呵护,别让她这样憔悴下去,她会死,别让她死,伯南。"

"你真是滑稽!"伯南愤愤地抛掉了烟蒂,"你来找我,就是为了告诉我这个吗？"

"是的，"梦轩忍耐地说，"和她离婚吧，这对你并没有害处，也没有损失。"

"笑话！你有什么资格来管这档子闲事！"伯南瞪着他，"我生平没有见过想拆散别人婚姻的朋友！"

"我没有资格，"梦轩仍然沉住气，只是一个劲儿猛烈地抽着烟，"只因为我爱她。"

"哈哈哈哈！"伯南大笑，指着梦轩说，"你来告诉一个丈夫，你爱他的妻子？你大概写小说写得太多了！"把脸一沉，他逼视着他，严厉地说："我告诉你！夏梦轩，你别再转我太太的念头，如果我有证据，我就告你妨害家庭！珮青是我的太太，她活着有我养她，她死了有我葬她，关你姓夏的什么事？要我离婚？我想你是疯了，你为什么不和你太太离婚呢？"

夏梦轩被堵住了口，是的，他是真的有点疯了，竟会来祈求伯南放掉珮青！望着伯南那冷酷无情的脸，他知道他绝不会放过珮青了。他的来访，非但不会给珮青带来好处，反而会害她更加受苦，这想法使他背脊发冷，额上冒出了冷汗，猛抽了一口烟，他仓促地说："还有一句话，伯南，那么，你就待她好一点儿吧！"

"哈哈哈哈！"伯南这笑声使梦轩浑身发冷，他那小珮青，就伴着这样一个人在过日子吗？"夏先生，你管的闲事未免太多了！"

伯南抛掉了烟蒂，站起身来，扬长而去，对梦轩看都不再看一眼。梦轩呆在那儿，有好一会儿，只是懵懵懂懂地呆坐着。然后，他就深深地懊悔起自己的莽撞来，找伯南谈判！多么滑稽的念头！爱情使他做出怎样不可思议的傻事来！现在，他该怎么办呢？

回到珮青的家门口，他在那巷子里徘徊又徘徊，夜静更深，街头的灯火逐渐稀少，寒风瑟瑟，星星在夜色里颤抖。他不知道这样徘徊下去有什么用处，只是，那围墙里关着珮青，他却被隔在墙外！

一辆计程车滑了过来，车子中走下一个装着入时的少女，浓艳照人，一看而知是那种欢场女子。她径直走向范伯南的家门口，立即，她被延请了进去。梦轩站在那儿，满腹惊疑，可是，门里传出了笑语，传出了欢声，隔着围墙，梦轩都几乎可以看到他们的戏谑！

"天哪！"梦轩踉跄地退回了汽车里，把头伏在方向盘上。

"这是残忍的！"他那个柔弱的珮青，他那个易于受伤的珮青！他那个纯洁雅致的珮青呵！现在，她到底在过着怎样的日子呢？

发动了车子，他没有回家，他没有心情回家，他满心战栗，满怀怆恻。不知不觉地，他把车子停在程步云的家门口，那是个智慧而经验丰富的老人，或者，他有办法处理这件事！无论如何，他现在渴望能面对一个人，好好地谈一谈。

下了车，他按了程家的门铃。

第十章

珮青病得很厉害,有两三天,她根本就神志昏昏,什么都蒙蒙眬眬的。唯一清晰感觉出来的,是那份孤独。这两三天里,她始终就躺在沙发上,在高烧下昏然静卧。伯南白天都不在家,晚上也很少在家,在家的时候就和那个黛黛缠在一起。他知道珮青生病,不过,他并不重视,他认为她在装死,在矫情。有时,他会狠狠地在她身上拧一下,说:"如果你想对我撒娇,那你就错了,我可不吃你这一套!你趁早给我爬起来吧!"

珮青被他拧痛了,会恍惚地张开大大的眼睛,茫茫然地瞪着他,眼睛里盛着的是完全的空白。

"装死!"伯南愤愤地诅咒,把烧红的烟头任意地揿在她的皮肤上面,她惊跳起来,恐惧地注视他,那对眼睛依旧那么空洞茫然,像个被吓愣了的孩子。

梦轩的来访使伯南更加愤怒,梦轩居然敢来找他!未免太藐视他这个丈夫的尊严了！但他一时拿梦轩无可奈何，既抓不住他的把柄，又因为他和程步云有深交，投鼠忌器，他还不敢得罪对他前途有影响的人。回到家里，他把这一腔怨气完全出在珮青身上，把她从沙发上捉了起来，他强迫她坐正身子，对她吼着说："你这个贱妇！别对我做出这副死相来，如果你坐不直哦，我可有办法对付你！"

一连的七八下耳光，使珮青眼前金星乱跳，但神志也仿佛清楚了一些。伯南审视着她，一个歹毒的念头使他咧开了嘴，带着个恶意的笑，他说："告诉你，你那个夏梦轩来过了。"

夏梦轩，这名字像一道闪光，闪过了珮青空洞的头脑，闪过了她昏睡的心灵，她抬起了眼睛，可怜兮兮地、热烈而又哀求地望着伯南。

"你想嫁给他？嗯？"伯南盯着她，阴阴沉沉地问。

珮青一语不发，只是瞪着她那凄苦无靠的眸子。

"可是，别人并不要你呀！"伯南冷笑着说，"你的夏梦轩来找我，向我道歉，他说和你只是逢场作戏，他有个很好的家庭，无意于为你牺牲，他要我转告你，叫你忘记他，你懂吗？他的太太比你美一百倍，你算什么？人家可不像你这样痴情呀！"

珮青的眼睛闪了闪，仍然一语不发。

"你听明白了没有？"伯南恶声恶气地吼着，她的沉默使他冒火，抓住她的肩膀，他揉着她的身子，揉得她浑身的骨头都作响，仿佛整个人都会被摇散开来。然后，他把她摔在沙发上,咬着牙,恨恨地说:"这就是最可恶的地方,永远像一座雕像!"

珮青就势倒在沙发中,她半躺半靠地倚在那儿,一动也不动,眼睛空洞迷惘地望着窗子。那个黛黛又来了,满屋子的嬉笑喧闹,珮青恍如未闻,就那样坐着。夜深了,她还是坐着,黎明来了,她还是坐着,那个黛黛走了,她还是坐着。始终没有移动,也没有改变姿势,眼睛定定地望着窗子。伯南要去上班了,金嫂才说了句:"先生,我看太太不大好了呢!"

"见鬼!她装死!随她去!"伯南说,自顾自地打着领带,穿上西装上衣。

"先生,她是真的不大好了呢!"金嫂犹豫地说,她到这儿来,是赚钱来的,只要有钱拿,她什么事都可以不管,但是人命关天,她可不愿意牵涉到人命案里去,"太太已经两天没有吃过东西了!"

伯南有些迟疑了,事实上,他也感觉到珮青不太对头,再恨她,再不喜欢她,再讨厌她……也不至于真要置她于死地。他固然心狠,还没有狠到这一步,走到珮青面前,他审视着她。她靠在那儿,完全像一个蜡人,那样苍白、瘦弱,而又呆呆定定的。

"珮青!"伯南喊了一声。

珮青不动,恍如未闻。

"嗨,珮青,你可别对我装死哦!"伯南说,有些不安了,"你听到我吗?"

珮青依然不动,伯南沉吟了一下,把她抱了起来,放到卧室的床上，珮青也就这样仰躺着。如果她要死，还是让她死在床上好些，伯南想。摸摸她的额，在发烧，但并不严重，或者只是一时的昏迷。让她去吧，人不会那么容易死掉的！反正，这一切都是她自作自受！他的心又硬了起来，总之，娶了这么一个太太是倒了十八辈子的霉！要死就死吧，他还可以堂而皇之地再续弦，总比有个活僵尸的太太好些！

"让她去，她死不了！"伯南对金嫂说，"我去上班，如果她真要断气，你再打电话给我！"走出了大门，他漠然地发动了汽车。他，范伯南，不是个轻易会动怜悯心，或者有恻隐之心及妇人之仁的人，尤其对珮青，那个一无用处，却会欺骗丈夫的女人！"如果她死了，还是她的造化呢！"他揉灭了烟蒂，把车子加快了速度。

珮青就这样躺在床上，她的意识始终是蒙蒙眬眬的，眼前是一团散不开的浓雾，浓雾里，依稀仿佛飘浮着那么一个不成形的影子。海边、浪潮，风呼呼地吹，云是紫色的，天是紫色的，海浪也是紫色的……浪来了，浪又来了，浪花带来了紫贝壳，又带走了紫贝壳……浪来了，浪又来了……

金嫂捧着一碗稀饭走了进来，心中在嘀咕着，她丝毫也不关怀珮青，但她害怕看着一个活生生的人死亡，尤其房子里只有她和珮青两个人。站在床前面，她大声说："太太！吃点东西吧！"

珮青不言不动，那些浪花呵，海呵，风呵，云呵……都在她眼前浮动，海浪涌上她的脚背了，又退走了，退走了，又涌上来了，涌上来了……浪花呵，海呵，风呵，云呵，紫贝壳呵……

"太太,你到底吃不吃啊?"金嫂心中更嘀咕了,"我喂你吧,人只要吃东西,就死不了!"耸耸肩,她拿起小匙,把稀饭送到珮青的嘴边,珮青轻轻地推开了她,轻轻地转开了头,嘴里呢呢哝哝地说了些什么。金嫂把一匙稀饭灌进了她的嘴里,她又吐了出来,金嫂只得用毛巾擦去了饭汁,耸着肩膀说:"算了,算了,人要死也救不了,不该死的话,怎么都死不了。"

有人按门铃,不会是先生回来了吧?金嫂到门口去开了门,门外,是一个她所不认识的老先生,满头花白的头发,一脸的斯文和庄严。

"范先生不在家?"来的是程步云,他料定伯南这个时候不会在家。

"不在。"

"太太呢?"

"太太?"金嫂迟疑了一下,"太太在睡觉!"

"告诉她程先生来看她!"程步云带点命令的语气说,不等金嫂答复,就径直走了进去。金嫂有些失措,这位程先生的样子不太好惹,看样子来头不小,金嫂伺候过的人不少,深知哪一种人是可以得罪的,哪一种人是不能得罪的。跟着程步云走进客厅,她在围裙里搓了搓手,有点碍口地说:"我们太太……现在……现在不大好见客!"

"什么意思?"程步云瞪着她,他不喜欢这个眼光锐利的女佣,原来那个慈祥的老妇人何处去了?

"我们太太……在生病呢!"金嫂说。

"生病?"程步云吃了一惊,想起珮青怎样昏倒在他家的沙发上,是不是从那一天起就病了?"病了多久了?"

"有好几天了。"

"看医生了没有?"

"这——这是先生的事,我不知道!"金嫂乖巧地说。

程步云狠狠地瞪了金嫂一眼。

"原来那个——那个吴妈哪里去了?"

"哦,吴妈,她不做了,走了!"

程步云心中已经了解了几分,一种义愤使他不再顾到那些世俗的顾忌。他来这儿,并不是完全因为梦轩的倾诉和请求,主要还是因为他喜欢那个珮青!他知道范伯南这种人,知道他会用什么手段来对付珮青。站起身来,他用不容人反驳的口气,严肃地说:"卧室在哪儿?带我去看太太!"

"这……这……"金嫂乱了辙了,不知道该怎么办。

"还不快一点儿!难道让她死吗?"程步云怒叱着说。

"好吧!"金嫂带他走向卧室,推开了门。这不是她能负责任的事情,她让程步云走进去,她退到客厅里,拨了伯南办公厅的电话号码。

程步云站在珮青的床前面,珮青的样子使他大吃了一惊,她哪里还像一个活人,她已经死掉一半了!整个脸庞上没有丝毫血色,头发凌乱地纷披着,嘴唇发灰,空洞地大睁着一对无神的眸子。放在被外的手苍白细弱,手指神经质地抓紧了被面。而最触目惊心的,是她手腕上、脖子上和衣领敞开的地方，都遍布灼痕。程步云不忍地转开了头，有几秒钟根本没有勇气再看她。然后，他掉过头来，把手温和地放在她的肩膀上，喊了声："范太太！"

珮青依旧瞪着她那空洞无神的大眼睛，凝视着虚空中的一些什么，嘴里喃喃地说着些听不清楚的话。程步云试着喊她的名字："珮青！看着我，珮青！是程步云，你知道吗？"

珮青把眼光调到他的脸上来了，苦恼地凝视着他，徒劳地收集着涣散的思想。程步云立即看出她根本认不得他了，而且，她整个神志都不清楚。病得这么厉害，居然无人过问！程步云胸中涌上一股怒气，拍拍珮青的肩膀，他急急地说："你放心，我马上送你去医院！"

奔到客厅里，金嫂刚好挂断电话。程步云知道她准是通知伯南。不理会她，他立即打了一个电话给一家他所熟悉的私人医院，让他们派一辆救护车来。折回卧室，他对金嫂说："收拾一箱太太的衣服，我要送她去医院！"

"噢！这个……"金嫂面有难色。

"快一点儿！你们先生那儿有我负责任！"

金嫂无可奈何，只得去收拾东西。程步云仔细注视珮青，才发现她浑身伤痕累累，想必，那心灵上的伤痕更多了。他痛心地望着她，这是那样一个柔弱善良的小女孩呀，她对任何人都没有恶意，温柔沉静，与世无争，为什么她该遭遇这些伤害呢！他原来并不同意梦轩和她的恋爱，但是，现在不同了，咬咬牙，他对珮青低声说："我要撮合你们，你和夏梦轩！但是，你得好好地活下去！"

119

听到夏梦轩三个字,珮青扬起她的睫毛,苦恼而热烈地望着他,似乎要询问什么。那眼光看得人心酸,程步云忍不住长叹了一声,握住那纤弱的手。他试着想唤回她的神志:"你不用烦恼,嗯?珮青?梦轩会来看你的,世界上没有解决不了的问题,是不是?只是你要有勇气来作战呀,你要活下去来享受后一半的生命呀!你懂吗?珮青?你能听懂我的话吗?"

珮青愣愣地看着他,夏梦轩,夏梦轩,好熟悉的几个字呀!海浪,沙滩,岩石,风呵,云呵……潮水呵……她喃喃地、哀愁地问:"海水带了什么来了?"

程步云一怔,这是什么答复呢?珮青怔怔地望向窗子,神思恍惚地、自言自语地说:"那些海浪里都漂浮着花,菱角花,紫颜色的,一朵一朵,一朵一朵……爷爷不在了,海浪把他带走了,海浪也把菱角花带走了,我就不再做梦了。海浪带什么来呢?那天的风好大,他捉住一个紫贝壳……"她打了个寒噤,茫然地把眼光从窗口收回,恐惧地望着程步云,口齿不清地说,"紫贝壳,我的紫贝壳呢?伯南把它砸碎了,他用锤子砸碎它……"拥紧了棉被,她把自己的身子缩成了一团,似乎那幻觉的锤子正砸在她的身上,她向程步云伸出一只求救的手:"不要让他靠近我,不要让他靠近我!"

程步云的血液发冷了,她精神失常了,还是只是一时的昏迷?无论如何,她需要马上送医院,她的病显然比他所预料的还要重!握住她的手,他急迫地、安慰地拍着她,抚慰地说:"别怕!没有人会伤害你!我只要有一口气,也绝不再让他伤害你！"

救护车和伯南同时赶到了门口，伯南跑了进来，愕然地看着程步云，那位古道热肠的老外交官一把抓住了他的衣服，气愤地喊："伯南！你的行为像个男子汉吗？凡是有骨气的男人，绝不会虐待太太，珮青犯了什么大错，你硬要置她于死地？你看看她，还像个人吗？"

伯南挺直了背脊，生硬地说："对不起，希望你别过问我的家务事！"

"你的家务事！"程步云气得发抖，"这档子闲事我是管定了！伯南，你可以做一个刽子手！你是杀人不眨眼的呀！好吧！我带珮青走，我会请律师和你打官司，她浑身的伤痕都是证据！"程步云一面说，一面指挥工人用担架把珮青抬到车上去。

范伯南不是一个笨人，他立即看出形势于自己大大地不利，他做梦也没有想到，程步云会冒出来管这件事，如果真打官司，胜诉败诉倒是另外一件事，他的前途可能就此断送！无论如何，他的前途比珮青重要几百倍！聪明的人要识时务，能顺风转舵。他追到大门口，顿时堆下一脸的笑来，拉住程步云说："我想您完全误会了，程先生，我天天忙着上班，不知道珮青病得这么厉害，幸亏您来了……"

"我看我们不要演戏了吧，伯南，"程步云冷冷地打断了他，"你们夫妻感情不好，我早就知道的，你每天把舞女带到家里来，邻居都可以作证！现在珮青病成这样子，如果死了，你的良心何堪？我会管闲事管到底的，我看，事已至此，你和她离婚吧！离了婚，也就算了。否则，我就请律师来办交涉！"

伯南冷笑了，说："程先生，我只听说有撮合姻缘的人，还没看过劝人离婚的人！"

"如果为了救命的话，劝人离婚又算什么！真打官司，你还该付赡养费呢！"

这倒是实情，伯南虽然表面上不动声色，内心却很快地衡量出了利害。但是，他多少还有些不甘心！阴沉地笑了笑，他说："好吧，我会考虑你的建议！"

"你是该好好地考虑一下，"程步云也话中有话，"我明天再来和你谈！"看了救护车一眼，他又加了一句，"我想你不必去探视你的太太了，让她多活几天吧！"

救护车风驰电掣地到了医院，由于院长和医生都是程步云的熟人，她马上就被送进了急诊室。诊视之后，医生一时查不出实在的病源，但是，她身体的衰弱已达于极点，又发过高烧，受过刺激，神志始终不清，医生的答复非常严重："如果她侥幸能够复原，也不能担保她的脑子是不是可以和常人一样清楚，换言之，她可能会成为白痴，或者，她会一直神志不清下去。"

程步云闭了闭眼睛，感到一阵晕眩，果真如此，就比死亡更坏！镇静了自己，他问："完全治好的希望有多少？"

"百分之二十。"

安排好了佩青的病房（他让她住了头等病房），他才打电话给梦轩，梦轩几乎是立即就来了，快得令他怀疑，他是否插翅飞来的。在病房外面,他一把抓住程步云的衣服,喘息地问:"她,她怎样?"

"她病得很厉害,"程步云先给他一个心理上的准备,"医生说她的性命不保。"

"什么?"梦轩抓紧了他,身子摇摇欲坠,喊着说,"不!不!不!"靠在门框上,他痛苦地把头转向一边,心里在更大声地狂喊着:"不!不!不!"命运不该这样,不能残忍到这个地步!

"去看她吧!"程步云扶着他的肩,"我相信她会好的!你要先冷静自己,或者你能给她生命的力量。"

梦轩走到病床前面,一眼看到珮青,他的心脏就痉挛着痛楚起来,那样憔悴,那样了无生气,他的珮青呀!跪在病床前面,他含着泪喊:"珮青!我来了!我是梦轩!"

珮青张着空洞无神的眼睛,直直地望着他。她的一只手被固定在床边,正吊着大瓶的盐水和葡萄糖,在注射着,那手上遍布伤痕。梦轩凝视着她,她正沉在一个不为人知的世界里,嘴里喃喃地说着一些毫无意识的话:"好大的风,一直吹呵,吹呵,把海浪吹来了,那些水珠里有什么呢?……他们叫我小菱角花,爷爷,爷爷哪里去了?……吴妈给我穿一件紫裙子,紫颜色的……那天的风全是紫颜色的,把梦都吹来了,又都吹跑了……菱角花不开了……水珠里全是菱角花……全是……全是……"她的额上沁出了冷汗,喘息着,她把头转向一边,"那些紫色的云,到处都是……堆满了紫色的云……我的紫贝壳呢?海浪把它带走了……海浪,好大的浪呵……"

梦轩完全被她的样子所惊吓了，不信任地看着这一切，他用手捧住她被汗所湿的脸庞，凝视着那发烧的、昏乱的眸子，他在她脸上看到了死亡的阴影。她会被带走，被死神所带走，她已经聚不拢涣散的神志。他的每根神经都绞扭着，尖锐地痛楚起来，捧住她的脸，他喊着说："珮青！珮青！我在这儿，你连我都不认得了吗？我是夏梦轩呀！"

夏梦轩？她像被针刺了般挺了挺身子，眼睛迷惘地四面张望着，她的眼光掠过了他，她看不见他。带着种苦恼的热情，她的手在虚空里抓着，他接住了她的手，她就牢牢地握住他不放了，一面像做梦般低语："他不来了……他走了……他要我忘记他……他在哪儿呢？"低低地，她的声音像一声绵邈的叹息，"他——在哪儿呢？"

她的头乏力地侧倒在枕头上，眼睛困倦地合了起来，握着他的手指也放松了，她昏迷了过去。完全没有听懂她的话，梦轩捉住了她的身子，死亡的暗影正清晰地罩在她的脸上，他心如刀剜，把嘴唇压在她的手上、脸上，他紧抓住她喊："珮青！不行！你不能死！你得活下去！活下去让我来爱你！活下去来享受你以后的生命呀！珮青！这世界并不是这样残忍的，你要活下去，来证明它的美丽呀！"

把头埋在她的胸前，他强劲地、沉痛地啜泣起来。

第十一章

这几天的日子是难挨的,梦轩始终没有离开医院,他分别打电话给公司里和家里,说他有要事去台南了,而整日整夜地守在珮青的床前。一连三天,珮青都在生死的边缘徘徊,有时她自言自语,有时就昏昏沉沉睡去,神志始终没有清醒过。梦轩坐在床边的靠椅里,尽管请了特别护士,他仍然宁愿自己喂她喝水和吃东西。倦极了,他会在靠椅里蒙蒙眬眬地睡去,每次都从噩梦里惊醒过来,浑身冷汗地扑向她的身边,以为她死去了。夜深的时候,他望着她昏睡的脸庞,在灯光下,她看起来那样沉静温柔,无怨无诉。他会含着泪抚摸她的脸,她的手臂,她那细弱的手指,对她低低地、祈祷般地说:"听着,珮青,你还那样年轻,别放弃你的生命,属于苦难的日子都过去了,只要你活着,我会让你的生活里充满了欢笑。你不是有很多的梦吗?它们都会实现的,只要你活着,珮青,只要你活着。"

佩青平躺着，不言不动，她能听到他的话吗？她的意识和思想飘浮在什么境界里呢？

第四天，她的热度退了，睡得很平稳。第五天，她的脉搏恢复了正常，她有了好胃口，也会对人迷迷茫茫地微笑了。

她逃过了死神之手，但是，就像医生所预料的，她的神志没有恢复过来。

这天，程步云到医院里面来，停在佩青床前，望着她。她穿着一件梦轩新为她买来的、紫色小花的睡袍，斜靠在床上，看起来清新可喜。只是，脸色仍然苍白憔悴，眼神也凝滞迷惘。程步云心底在叹息着。每看到梦轩为她所做的一切，他就忍不住要叹息，什么时候她的意识能够恢复过来，再知道"爱"和"被爱"？

"她看起来很好，"他对梦轩说，"总算度过了危险。"

"她会对我笑了，"梦轩痴痴地望着佩青，握住她的手，"我相信有一天她会完全恢复的。"

"医生怎么说？"

"静养和时间，"梦轩说，"她有希望复原。"

"那么，"程步云坦白地看着梦轩说，"梦轩，你也该回家去看看了吧？别忘了你还是一个家庭的男主人呢！"

"是的，"梦轩悚然而惊，多少天没有回家了？他几乎已经忘记属于自身的责任了，"我这就回去。"

"另外，你该很高兴听到这个消息，"程步云坐了下来，燃起一支烟，"我已经取得了范伯南的离婚证书，他毫不考虑地签了字，因为，他知道佩青的情形，他是个聪明人，绝不会给自己背上一个包袱，来赡养一个病妻。"

"他该下地狱！"梦轩低低地说。

"世界上有形形色色的人，"程步云喷出一口烟，微笑地说，"他也有一篇他自己的道理，在他，还觉得很委屈呢！他娶太太不是为了两情相悦，而是占有和利用，这种男人，社会上太多了，这种婚姻也太多了，不必过分去苛责他。"沉思了一会儿，他又说，"不过，梦轩，我要问你一句，这以后你做什么打算呢？"

梦轩注视着佩青，她小巧的身子裹在紫色的睡袍里，即使是在病中，即使神志不清，她看来依然那样飘逸脱俗！也燃起一支烟，他慢慢地说："我不再离开她。如果她一直是这样子，我就一直养着她，照顾她。如果她好了，我——和她同居。她不会在乎名分的，那是我无法给她的东西！不过我可以给她很多其他的：爱情和快乐！"

程步云的眼眶有些发热，他欣赏地看着面前这个男人，模糊地想着他曾希望他成为自己的女婿的事情。这世界上，难得还有这样的感情，佩青何幸，佩青又何其不幸！

"告诉我，梦轩，你为什么这样爱她？"

"我不知道，"梦轩说，"见她的第一次我就被她吸引，她使我复活过来，在认识她以前，我已经死了很久很久了。"

程步云了解那种感觉，注视着佩青，他不知道现在的她，算是活着的，还是死去的？她看起来那样安静，那样无欲无求，当梦轩握住她的手的时候，她也会抬起眼睛来看看他，对他迷茫地笑笑，这笑容足以鼓起梦轩的希望和快乐，他用充满信心的口气说:"她会好起来!她一定会好起来!因为我那么那么地爱她!"

程步云忍不住又暗暗地叹息了。

这天晚上,梦轩带着满身的疲倦回到家里。客厅中,和往常一般乱七八糟,美婵正和两个孩子一块儿看电视。一眼看到梦轩,小枫就直蹿了过来,扑奔到梦轩的身边,一把抱住了父亲的腿。用她的小拳头捶着梦轩,她又哭又笑地喊着说:"爸爸,你到哪里去了?爸爸,你不要我们了吗?你讲都不讲一声就去台南了,你好坏!爸爸!你好坏!"

那嚅嚅的童音,那软软的胳膊,那小脸蛋上晶莹的泪珠和笑靥……梦轩心中涌起一股歉意,把小枫抱了起来,他用面颊贴着她的小脸,揉着她,吻着她,用她来掩饰自己那份薄薄的不安。小枫躲开了脸,又叫着说:"爸爸!你没有刮胡子!好痛!"把头埋在父亲的怀里,她发出一串衷心喜悦的笑声。

美婵站起身来,她依然带着她那种慵懒的笑和慵懒的美,走过来,她把手放在小枫身上,细声细气地说:"别闹爸爸啊,爸爸累了。"望着梦轩,她愉快地问:"你事情忙完了吗?怎么事情来得这么突然?"

"是呀,"梦轩答非所问地说,"家里没什么事吧?"

"没有,只是姐姐和姐夫昨天晚上来过。"

"哦?"梦轩抱着小枫,在沙发上坐了下来。小竹立刻拿一把小手枪比着他,要他举起手来,他笑着把儿子拖到面前来吻了吻,问,"他们有事吗?"

"没有,"美婵笑嘻嘻地说,"就是说你不可靠!"

"阿姨说爸爸要讨小老婆了!"小枫嘴快地说,又接着问,"爸爸,什么叫小老婆?"

梦轩皱拢了眉头,一阵厌烦的情绪压迫着他。

"怎么,你那个姐姐每次来都要拨弄是非,你姐夫就会借钱,他们是怎么的?想给你另外做媒吗?"

"瞧你,一句玩笑话就又生气了!"美婵说,"人家又不是恶意!台南怎么样?太阳很大吗?你好像瘦了不少!哦,对了,"她突然想了起来,"公司里张经理来了好多电话,问你回来了没有。"

公司!他不能再不管公司的事了,他要有钱,才能够保护珮青呀!立即拨了张经理家中的电话,问了各方面的情形,幸好他有几个得力的助手,一切都弄得井井有条,谈了半小时的公事,小枫一直乖巧地倚在他的怀里,小竹则满屋子奔跑着放枪,一会儿自己是英雄,一会儿又成了强盗,英雄捉强盗,忙得不得了。美婵用手托着腮,津津有味地看着电视,不知道那是《宝岛之歌》还是《台北之夜》,一个满身缀着亮片片的女人正跟着鼓声在抖动,浑身的"鱼鳞"都在闪动着。

他把手按在话筒上,对美婵说:"能把电视的声音弄小一点儿吗?"

美婵看了他一眼,有些不情愿地扭弱了电视的声音,梦轩奇怪她怎么对电视会有这样大的兴趣。

打完了电话,洗了一个热水澡,梦轩才发现他有多么疲倦,躺在床上,他每一个骨节都像被敲散了一般,又酸又痛。

合上眼睛,他就看到珮青,那样软弱无助地躺着。他不放心她,不知道护士会不会不负责任,又不知道她会不会突然恢复神志,对于自己的处境茫然不解?又担心那个范伯南,会不会找到医院里面去欺侮她。他就这样胡思乱想,心中七上八下,眼前摇来晃去,全是珮青的影子。美婵仍然在客厅里看电视,电视对她的吸引力一向比什么都大。小枫溜了进来,爬上了床,躺在梦轩的旁边。用小胳膊搂着梦轩的脖子,她悄悄地说:"爸爸,今天晚上我跟你一起睡,好吗?"

"不好,乖,这么大的女孩子应该自己睡。"梦轩揽着她,吻着她的额角说。

"爸爸,你不像以前那样爱我了吗?"

"谁说的?"他惊异地望着她,小女孩也是如此多心的动物!用手揉揉她的头发,他把她紧拥在胸前,"爸爸爱你,小枫,只是爸爸太忙了,有时顾不了太多的事。你这几天乖不乖?功课都做了没有?想不想爸爸?"

"想,"她只回答了最后一个问题,"我每天晚上都等你,后来等呀等的,就睡着了。爸爸,你怎么去这么久呢?"

"噢,以后要早早睡,别再等爸爸了,知道吗?"他心中有着几分歉意,"爸爸喜欢你早早睡。"

"爸爸,你爱我多少?有一个房子那么多吗?"

"比十个房子还要多!"

孩子笑了,满足了,揽着父亲的脖子,她给了他一连串的亲吻,然后,在他的耳边低声说:"你以后不要再去台南了,好不好?"

梦轩笑了笑,说:"去睡吧!乖乖。"

夜深的时候,孩子们都去睡了,美婵躺在他身边,倦意浓重地打着哈欠,翻了一个身,她忽然轻轻地笑了起来,梦轩问:"笑什么?"

"姐姐,"她说,"她叫我审你呢!"

"审吧!"他说。

"不,用不着,"她把手放在他的胸前,"你是不会变心的,我从来就信任你。"

"为什么不怀疑?"

"你如果要变心,早就变了。"

"假如我变了心呢?"

"你不会。"

"如果呢?"

"我死。"

"怎么说?"他一愣。

"我自杀。"

他打了个寒噤,她发出一串笑声,头发拂在她的面颊上,他感觉得到她身体的温暖,把头倚在他的肩上,她笑着说:"我们在说什么傻话呀,你又该笑我是小娃娃了。"伸了个懒腰,再打了个哈欠,她合上眼睛,几乎立即就入睡了,梦轩在夜色里望着她,一时反而没有了睡意,美婵,她是个心无城府的女人,简单得不能再简单,但是,这是不是也正是她聪明的地方?坐起身子,他燃起一支烟,一口又一口地,对着黑暗的虚空,喷出一连串的烟圈。

珮青身体上的疾病，是一天一天地好了，她已经起居如常，而且，逐渐地丰满起来，面颊红润了，眼睛清亮了。但是，她的精神始终在混乱的状态中。

这天下午，梦轩从公司中到医院里来，走进病房，珮青正背对着门，脸对着窗子坐在那儿，一头长发柔软地披泻在背上，穿着那件紫色的睡袍，安安静静的。冬日的阳光从视窗射进来，在她的头发上闪亮。她微侧着头，仿佛在沉思，整个的人像一幅图画。

梦轩走了过去，站在她的身边，对她愉快地说："嗨！珮青！"

她没有抬起头来，他这才发现，她手中正握着一粒紫贝壳，她凝视着那粒紫贝壳，专心一致地对着它发愣。这贝壳是在金嫂给她收拾的衣箱中发现的，大概是从一件旧衣服的口袋中落出来的。这贝壳上有多少的记忆啊！它是不是也唤回了珮青某一种的回忆呢？梦轩蹲下身子，把她的手捧在自己手中，低低地说："珮青，还记得我们在海边的时候吗？"

她用陌生的、防备的眸子看着他。

"还记得我给你捡这粒紫贝壳吗？"梦轩热心地说，"我把衣服都弄湿了，差一点儿被海浪卷走了，还记得吗？那天的太阳很好，我说你就像一粒紫贝壳。"

她的眼睛迷迷茫茫的，有一些困惑，有一些畏缩，有一些苦恼。

"想想看，珮青，想想看！"梦轩鼓励地、热烈地凝视着她，急促地说，"我说你像一粒紫贝壳，问你愿不愿意让我这样子握着,你说愿意,永远愿意!记得吗?那时候我多傻,我有许多世俗的顾虑,但是,现在这一切都不成问题了,我要你生活得像个小皇后,我用全心灵来爱你,照顾你,珮青,你懂吗?你懂吗?"

珮青茫然地看着他,那神情像在做梦。

"珮青,"梦轩叹了口气,吻着她的手指说,"你一点儿都记不得吗?我是夏梦轩呀!夏梦轩,你知道吗?"

她瑟缩了一下,那名字仿佛触动了她某一根神经,但只是那么一刹那,她又显出那种怅然若失的神情来,望着窗子,她轻轻地说:"太阳出来了。"

太阳是出来了。雨季中少见的阳光!

梦轩顺着她的口气,说:"等你再好一点,我们出去晒晒太阳,嗯?"

珮青不语,嘴边带着个楚楚动人的微笑,眼睛深幽幽地闪着光,如同沉湎在一个美丽的、不为人知的梦里,她说:"菱角花开了,吴妈不许我站在湖边……"眉头微蹙着,她忽然抬起眼睛来看着梦轩,愣愣地问:"吴妈哪里去了?她去找爷爷了吗?"

吴妈!梦轩脑子里闪过一道灵光,最起码,她的记忆里还有吴妈,如果能把吴妈找回来,是不是可以唤回她的神志?这想法让他振奋,拍拍珮青的肩,他用充满希望的口吻说:"你放心,珮青,吴妈会回来的,我帮你把她找回来,怎样?你要吴妈回来吗?"

但,她的思想已经不知道又跑到什么地方去了,她不再关心吴妈和菱角花，望着窗子，她喃喃地说："天上的星星都掉下来了，你看到没有？跌碎了好多好多……"她忽然发现手里的紫贝壳，大感不解地瞪着它，迟迟疑疑地举了起来问："这是什么？一颗星星吗？"

"是的，一颗星星，"梦轩叹息地说，有泪水涌进了他的眼眶里，合起她摊开的手掌，他困难地咽下了满腔愁苦，"一颗紫颜色的小星星，是一个好神仙送你的。"他尝试着对她微笑。

她居然好像听懂了，点点头，她握着紫贝壳说："我可以要它吗？"

"当然，它是你的。"

她喜悦地笑了，反复地审视着紫贝壳，眼睛里闪烁着天真的、孩子气的光芒。不过，只一会儿，她就忘记了小星星这档子事，而对窗帘上的一串流苏发生了兴趣，说它是紫藤花的卷须，徒劳地翻开窗帘，要找寻花朵在哪里。当梦轩牵着她的手，把她带回床上去的时候，她也非常顺从，非常听话，要她睡就睡，要她吃就吃，像个不给人惹麻烦的孩子。这使梦轩更加心痛，伏在她的枕边，他咬着牙低语："珮青，珮青，好起来吧！老天保佑你，好起来吧！你那么善良，不该受任何处罚呀！"

三天后，梦轩居然找回了吴妈，找到吴妈并不难，他料到她离开珮青之后，一定会到妇女会去找寻工作，要不然就是去佣工介绍所。他先从妇女会着手，竟然打听了出来，像她那样的、外省籍的老妇人并不多，他很快地得到她新主人的地址。他一直找到那家人家,把吴妈接了出来。

站在病房门口,吴妈哭着重新见到了她的"小姐",梦轩已经把珮青现在的情形都告诉了她。但她仍然不能相信她的"小姐"已经失去了意识。看到珮青,她哭着跑进来,伏在珮青脚前,喊着说:"小姐,小姐呵!"

珮青坐在椅子里,愕然地瑟缩了一下,迷茫地看着吴妈,抬起头来对梦轩说:"她,她要什么?"

"小姐,"吴妈注视着珮青,不信任地喊,"你连我都不认得了吗?我是吴妈呀!你的老吴妈呀!"

"吴妈?"珮青重复了一句,困惑而神思不属,慢吞吞地又说了句,"吴妈?"然后,她看到窗玻璃上的雨滴了,雨珠正纷纷乱乱地敲着玻璃,叮叮咚咚的。她微侧着头,十分可爱地低语着说:"下雨了。"

"啊,我的小姐呀!"吴妈用手蒙住脸,抑制不住地大哭起来,"谁让你变成这个样子的呀?好菩萨!他们对你做了些什么事呵!"

珮青轻轻地拂开她,一心一意地凝视着窗子,对吴妈悄悄地说:"嘘!别闹,好多小仙人在窗子上跳舞,你要吓着他们了!"

梦轩叹了口气,把双手按在珮青的肩膀上,摇摇头说:"即使你病了,还是病得那么可爱!让那些小仙人为你舞蹈吧,他们一定是一群好心的小仙人!"

吴妈重新回来侍候她的小姐了,但是,医院并非久居的地方,医生和梦轩长谈了一次,表示珮青应该转到精神病院去。梦轩知道那个地方,所谓精神病院,也就是疯人院,他无法把珮青当一个疯子,她又不吵,又不闹,安安静静地生活在自己的幻想世界里。但,精神科的医生检查过她之后,对梦轩说:"让她住院,她有希望治好!在医院里,有医生照顾、治疗和做记录,她治好的希望就大,如果不住院,我们没有办法可以了解她的详细病情。"

"据您看,治愈的可能性是百分之几?"梦轩问。

"交给我,"那是个经验丰富的老医生,"我认为,有百分之五十!"

"我能不能派人侍候她?"

"可以,反正她不会打人,没有危险性,可以在病房里加一张床。"

"我不惜任何代价,"梦轩说,"无论花多少钱都没关系,只要能把她治好!"

就这样,珮青住进了精神病院,梦轩不愿她和别的病人同住,给她订了特等病房,一间窗明几净的小房间,还有一间小会客室。吴妈在病房中加了一张床,寸步不离地伺候着她的小姐。梦轩每天来探视她,和她谈话,逗她笑,用鲜花堆满她的房间,用深情填满她的生活,她的笑容增加了,懂得倾听他谈话(虽然她并不了解),也懂得期盼他的脚步声了。

日子就这样滑过去,一天又一天。春天来了,带来满园花香,夏天,窗外的藤萝架爬满翠绿的叶子,秋风刚扫过窗前,雨季的细雨就又开始叮叮咚咚地敲击玻璃了。日子就这样滑过去,一天又一天,第二年的春天来了。

第十二章

这是个晴朗的好天气。

一早,鸟声似乎就叫得特别嘹亮,云特别地高,天特别地蓝,阳光也特别地耀眼。不到九点钟,梦轩已经到了医院里。珮青正站在病房中间,穿着一件簇新的紫色旗袍,披着件白色的毛衣。一头长发,系着紫色的缎带,亭亭玉立,飘逸如仙。梦轩停在门口,凝视着她,她也静静地望着他。然后,他张开了手臂,用充满感情的声音喊:"珮青!"

珮青奔了过来,投进他的怀里,他的嘴唇热烈地压在她的唇上、面颊上和额角上,在她耳边低低地说:"你美得像个仙子。"

她愉快地抬起头来,深深地望着他,问:"是吗?"

"是的。"

她满足地叹口气,把头靠在他的肩上,轻声地说:"我好高兴,好高兴,好高兴!"

吴妈提着一个衣箱,站在他们的身后,用手揉着眼睛,一直忍不住又要哭又要笑,心底在喃喃地感谢着那保佑了小姐的好菩萨。眼看着面前这一对相爱的人儿,她鼻子里就酸酸楚楚的。她从没有看过一个男人,会痴情到夏梦轩那个的程度,幸好有他!如果没有他,小姐的病会好得这么快吗?现在,总算什么都好了,小姐已经完全恢复,那个范伯南再也欺侮不到她了,老天到底是有眼睛的!

"好了,"她终于唤醒了那两个痴迷的人,"我们该走了吧?小姐!"

梦轩笑着挽住珮青,说:"真的,我们该走了,珮青,走吧,我带你回家!"

珮青对那间病房再看了一眼,说:"我真不敢相信,我会在这里住了一年多!"

是的,她是无法相信,当她有一天忽然认出了吴妈,她只觉得像从一个沉睡中醒来,但是,她慢慢地恢复意识了,一天又一天,她逐渐地清醒,逐渐地明白,逐渐地能爱又能被爱了。如今,她已完全正常,回忆这一年多的病院生活,只像一场大梦。

珮青和医生告了别,和护士告了别,和几个轻病的病患者一一告了别。走出医院的大门,在阳光普照的街道上,她深深地吸了一口气,看看天,又看看地,看看行人,又看看车辆,她攀住梦轩的手臂,幽幽地说:"梦轩,我真高兴我还活着。"

她眼睛里闪着泪光,嘴边的那抹微笑那样地楚楚可怜,假如不是在大街上,他一定要把她拥在怀里,吻去她眼睛里的泪。拍拍她的手臂,他深挚地说:"以后,我要好好保护你,好好爱你,让你远离一切的伤害!"

坐进了汽车,珮青坐在驾驶座的旁边,把头仰靠在靠垫上,望着车窗外的云和天。梦轩发动了车子,滑过了大街,穿过了小巷,向碧潭的方向驶去。珮青不言不语,只是微笑地、眩惑地望着车窗外的一切。

"你不问我带你到哪里去吗?"梦轩说。

她摇摇头,说:"只要是你带我去的地方,不管哪儿都好!"注视着外面新建的北新公路,她叹口气,"这条路变了,铁路都不见了,街道这么宽!"看看梦轩,她问,"我是不是也变了很多?"

"变美了,变年轻了。"梦轩说。

"哼!"珮青笑着哼了一声,"你变得会阿谀了,会油腔滑调了!"

车子穿过了新店市区,在碧潭旁边的一座新建的小洋房前停了下来,珮青和吴妈下了车,梦轩把车子开进了大门旁边的车房里。用钥匙启开了大门,珮青觉得眼前一亮,大门内,一条石板铺的小路通向正房,石板路的两旁,花木扶疏,绿盖成荫,有大片的草坪和石桌石椅,给人一种"庭院深深深几许"的感觉。这是春天,杜鹃花花红似锦,含笑花清香馥郁,各种不同颜色的玫瑰正争奇斗艳。珮青呆了呆,梦轩牵着她的手走了进去。满园阳光和满园花香使珮青那样沉迷,她做梦般沿着石板路走到正房门口,梦轩已一声不响地打开了那两扇落地的玻璃门。

珮青完全眩惑了。玻璃门内是一间小客厅,安放着简简单单的三件套的小沙发,全是浅紫色,沙发上陈列着紫色缎子的靠垫,小茶几上,一瓶紫色的木槿花,窗子上静静地垂着紫色软绸的窗帘,一屋子的紫色,不真实得像个梦。推开卧室的门,珮青看到另外一屋子的紫,紫色的床罩,紫色的窗纱,紫色的台灯,紫色的地毯,紫色玫瑰花的墙纸。打开壁橱,里面挂满了新制的衣裳,全是深深浅浅的紫色,包括旗袍、洋装、衬衫、长裤、裙子和风衣!珮青不信任地睁大了眼睛,四面张望着,然后,她站在卧室的中间,愣愣地看着梦轩,口吃地说:"为——为——为什么你——你——弄这些?"

她那样子仿佛是被吓住了,并不像梦轩所想象的那么开心,梦轩也有些吃惊,她不高兴了?什么地方损伤了她易感的神经?

"怎么?你不喜欢吗?"他担心地问。

"喜欢。只是,你——你——为什么这样弄?"

"你不是最爱紫色吗?你不是一朵小菱角花吗?你不是我的紫贝壳吗?"

她不语,慢慢地垂下了睫毛,接着,两颗晶莹的大泪珠就从眼眶里落了出来,沿着苍白得像大理石般的面颊上滚落下去了。她的鼻子轻轻地抽着气,新的泪珠又涌了出来,一滴一滴地落在衣襟上面。梦轩被吓呆了,拥着她的肩膀,他急急地说:"你怎么了,珮青?我做错什么了?你告诉我,如果我有什么地方做得不对,那是因为我不懂,你告诉我,别伤心,好吗?"

透过那层朦胧的泪雾,佩青注视着梦轩,终于转过身子,扑进他的怀里,把头埋在他的肩膀上,抽抽噎噎地哭了起来,一面哭,一面说:"你——你为什么——对我这样好?你——你不怕把我宠坏?"

梦轩的心脏收紧了,捧起佩青的脸,他深深深深地凝视她,这小小的、易感的人哪!用手帕轻轻地拭去了她颊上的泪痕,他动容地说:"你不知道,佩青,布置这一切也是我的快乐,只要你高兴,我也就满足了,你懂吗,佩青?我是那么那么地爱你!"

佩青的眼泪又涌了出来,知道过分的感动和刺激对佩青都不适宜,梦轩提起了精神,故作轻快地笑着说:"喏喏,又要哭了!把眼泪擦干吧,你不知道你哭起来像什么,鼻子皱皱的,就像一只小猫!来来,你还没有把这房子看完呢!你喜欢这梳妆台吗?这椭圆的镜子不是很美吗?还有一间小书房和餐厅,来,我们继续看吧!"

了解了梦轩的用意,佩青拭去了泪痕,含羞带怯地微笑了。梦轩拉着她的手,带她参观了每个房间,以及厨房浴室和吴妈的小房间。房子建筑在山坡上,因此,可以从窗子里直接看到碧潭,一波如镜,疏疏落落地散布着几只游艇,一切都美得如诗如画。回到客厅里,他们并坐在沙发中,吴妈已经善解人意地烧了开水,捧上两杯香片茶,然后,对他们怜爱地一笑,就悄悄地出去了,她要去新店镇上买些菜和米来,为她的小姐和男主人做一顿丰盛的午餐。

这儿,梦轩握着珮青的手,静静地注视着她。出院的兴奋已经过去了,反倒有千言万语,都不知如何说起了。望着她那沉静而娟秀的脸庞,他无法抑制地,从心底涌起一层薄薄的忧郁。微蹙着眉,他把头转向一边,轻轻地叹息了一声。

"怎么?"珮青敏感地看着他,"为什么叹气?"

梦轩紧握着她的手,低低地说:"你会不会怪我,珮青?我只想好好地爱你,当你病重的时候,我认为只要你复原,一切世俗的顾虑都可以摆脱;只要我能保护你,能爱你就行了,可是,珮青,如今我又觉得这样是太委屈你了。"

珮青微笑了,她脸上闪耀着喜悦的光彩,眼睛里清光流转,充满了恬然与满足。"别傻了,梦轩,"她幽幽地说,"我现在什么都不在意了,经过了这一场病,我把什么都想透了。何必再顾虑一个空虚的名义呢?你爱我,我也爱你,那么,我们就享受我们的爱情生命吧!我不要那个'妻子'的头衔,我曾经有过那样东西,给我的只是凌辱!上帝没有让我死亡,也没有让我一直精神失常,我该珍惜自己的生命,享受我们的感情。别傻了,梦轩,"她的眼睛亮晶晶地盯着他,"别抛开我,我是你的!只有你这样爱我,只有你这样尊重我,没有力量会把我从你身边拉开,即使你想甩掉我,都甩不掉,我是你的!"

"甩掉你?珮青,我吗?"梦轩嚷着,把她拥进了怀里,"但愿你能知道我的感情,能知道我想得到你的那份迫切,自从认识你到今天,一年半以来,无一日改变!"

"那么,你还顾虑什么?"珮青低回地问,用手搂着他的脖子,眼睛对着他的眼睛,"拿去吧!我在这儿!我的人,我的心,我的身体!完完全全地在这儿,拿去吧!"

"噢,珮青!"他低喊,嘴唇碰着了她的,有生以来,他很少这样地激动,从心灵到肉体,每一个细胞都在震颤,他的手臂环绕着她,不是环绕着一个躯体,而是一个世界。

晚上,他们携手来到碧潭旁边,月色如银,在水面投下无数灿烂的光芒,碧波荡漾,晚风轻柔,大地宁静得像梦,没有丝毫的烦扰、纷争。他们租了一条中型的船,泡上一壶自备的上好香片茶,并坐在船中的藤椅里,让那船头舟子任意地轻摇着桨。怕珮青会冷,梦轩用一件夹大衣裹着她,因为水面的风特别凉,而且春寒料峭。桨声在夜色中有节拍地响着,船轻轻地晃动,沿着那多岩石的岸边前进。一会儿月光被岩石遮住了,他们就进入暗幽幽的水湾中,一会儿又划了出来,浴在明亮的月光下。水色也跟着变幻,有的地方明亮得像翡翠,有的地方又暗黑得如同墨色的水晶。

船篷上吊着一盏小灯,是方方的玻璃罩子,中间燃着一支五寸长的小蜡烛。跟着船的摇晃,烛光也轻轻地闪动。水里,有月光,有烛光,有船影,有人影。梦轩握着珮青的手,不时紧握一下,就代替了千言万语。新店镇上那些星星点点的灯光,仿佛都很遥远很遥远,在那峭壁上暗绿色的丛林里,也偶然闪烁着一点儿静静的灯光,像一颗颗发光的钻石。

"珮青!"

"嗯?"她掉过头来。

"你好美。"他神往地说。

她笑笑,两颗黑幽幽的眼珠也像两粒闪烁的钻石,每个瞳孔都有一支燃着的蜡烛。

"我有点不相信这是真的,"梦轩低低地说,"从第一次见你,帮你拾起餐巾的那一刻起,我就觉得有什么不寻常的事发生了,你好像一步跨进了我的心里。以后,我总是想着,我能得到她吗?我能拥有她吗?你一直距离我像月球那样遥远。然后,你就在生死关头挣扎,紧接着又迷惘了那么长的一段时间,现在,我居然会和你悠然地荡舟湖上,甩开了一切藩篱,生活在一起,这可能是真的吗?这一年半的时间,真长久得像几百个世纪,又短暂得几秒钟似的,你有没有这种感觉?"

"是的。"珮青注视着船舷下的潭水,小船搅碎了一潭月色,"人类的遇合多么奇怪,那天去赴程家的宴会,我真是一百二十万分的不愿意,却偏偏遇到了你。"掠了掠头发,她叹息了一声,"伯南到底做了一件好事,他让我认识了你。"

"我还记得伯南对你说了一句:'别理他,不过是个满身铜臭的贸易商。'这句话使我受伤了很久!"

"事实上,我很早就爱上你了。"珮青沉思地看看天,几片薄薄的云在月亮旁边浮动,"当我最初看到《遗失的年代》的时候,我就把各种的幻想加在作者身上,但是,我做梦也没有想到我真会和这个作者相遇又相恋。"

"我符合你的幻想吗?"

"不,不完全。"

"有一部分?"

"是的。"

"没你幻想的好?"

"比我的幻想真实。"她拿起他的手来,贴在自己的面颊上,于是,他惊异地发现她的面颊是湿的,她又流泪了!带着一些哽塞,她说:"我多么爱你呵!而且崇拜你!梦轩,你不会有一天对我厌倦吗?当我的头发白了,老了,丑了,你会不会离弃我?"

"当'我们'的头发白了,"他更正地说,"我们一起变老了,脸上都是皱纹,牙齿也掉了,一个老公公和一个老婆婆,坐在种满菊花的短篱旁边晒太阳,回忆我们的往事,从拾餐巾说起,一件又一件,有几十年的往事可以述说呢,等到太阳落了山,我们彼此搀扶着回到房里,坐在视窗看夕阳,看晚霞,看月亮,数天上的星星和地上的流萤,不是也很美吗?"

"会有那样一天吗?"

"必定有。"他吻吻她的手背,"当我们死了,我们要葬在一起,你听过希腊神话里包雪丝与斐利蒙的故事吗?因为他们太相爱,死了之后,被变为同根的两棵树,我们也会。"他夸张地问,"你信吗?"

"我信。"她点头,烛光照亮了她的脸庞。

从古至今,恋人们的话永远谈不完,他们也是。静幽幽的水,静幽幽的山,静幽幽的小船,静幽幽的烛光,所有的事或物都蒙上一层梦幻的色彩。夜深了,摇船的船夫扶着桨,躺在船头睡着了,岸上的许多灯光也睡着了,熄灭了。星星和月亮躺在水底,也快睡着了。梦轩转过头来,在珮青耳边说:"珮青,我要吻你。"

"现在吗?"

"是的。"

"在这儿?"

"有什么不可以?"

"哦,没有什么不可以。"她微笑地,做梦般地说。

她转过头来,他深深地吻住她。小船悠游自在地在水面荡漾,月亮隐到云层后面去了。

回到家里,吴妈已经给他们铺好了床,桌上放着两杯刚泡好的、清香绕鼻的茶。放下了淡紫色的窗帘,一屋静幽幽的紫色,充满了浪漫气息。微风拂动着,窗纱上映满了花影,紫色的灯罩像一朵含苞欲放的睡莲。珮青坐在梳妆台前面,用刷子刷着那一头长发,梦轩站在她的身后,从镜子里望向她。她的刷子停住了,两人在镜子中四目相瞩,良久良久,他把头埋进了她的长发里,吻着她的脖子。扳过她的身子,他的唇在她耳边胸前移动,热热的气息像电流般通过她,她颤抖着,用手揽着他的头,浑身发热而悸动。他的头往上移,嘴唇和她的胶合在一起,身子贴着身子,两人都感觉得出对方的紧张。抬起头来,他望着她那发红的双颊和光亮的眸子,紫色光线下,她的脸柔和如梦。那眼底充满醉意盈盈的水光,嘴边带着抹娇羞怯怯的柔情,他不能抑制自己的心跳,感到从每根骨髓里冒出喜爱和占有的欲望。双手围着她的腰,把她圈在自己的臂弯里,他轻轻地问:"想不想睡?"

她转开了头,一抹嫣红一直从面颊飞上了眉梢,她像个初做新娘的少女,那样含羞带怯,又柔情万斛。

"来吧!"他牵着她的手。

月光映满了窗子,微风在水面林间软语呢喃,几缕花香被春风送进了窗棂,一屋子荡漾的春意。远方有不知名的鸟儿,在啁啁啾啾地轻诉着什么,间或还有一两声深夜的汽车喇叭,打破了寂静的夜。床头柜上竖立着一盏紫色的小灯,灯下有一个长着翅膀,手里握着小弓小箭的爱神丘比特。珮青的头俯靠在梦轩的肩上,枕着他的手臂,静静地躺着。梦轩低唤了一声:"珮青!"

"嗯?"

"还没睡着?"

"睡不着,"她侧过头来望着他,"幸福好像来得太快了。"

"不,太慢了,整整一年半。"

"我沉睡了一年。"她不胜低回,"当我神志不清的时候很可怕吗?"

"不,你从来没有可怕的时候,只是像个做梦的小女孩。"

"我现在还在做梦,"她翻转身子,用手臂绕着他,"别对我变心,梦轩,我太弱了,只能依赖你给我生命。"

"你放心,你不弱,我的生命在你身上。"他想起她曾经几乎死去,就不由自主地打了个寒战。

"怎么了?"

"没什么。"他揽紧她,吻着她,似乎怕她会突然消失掉。

"珮青,你知道吗?你是个浑身烧着火的小东西,那么热，你会把钢铁都烧熔了。"

她扑哧地轻笑了一声。

"笑什么？"他问。

"以前，伯南说我是一块北极的寒冰，已经冻结了千千万万年了。"

"那因为他是北极，碰着他只能结冻。"

"你呢？"她对他微笑，"你是熔炉，我生下来就为了等待和你相遇。"

"仍然迟了一步。"他叹息了一声。

忧郁不知不觉地从窗外溜了进来，两个人都突然沉默了，一层散不开的阴霾罩在他们的头上。好一会儿，梦轩担忧地喊："珮青！没有不高兴吧？"

"没有。"她的语气稍稍有些生硬。

"为什么不说话？"

"我在想……"她沉吟地望着他，突然说，"你太太知道我们的事吗？"

"不，大概不知道。"

她沉默了。他问："怎么？"

"不怎么，"她习惯性地咬咬嘴唇，慢慢地说，"以后会不会出问题呢？总有一天她会知道的。"

"我会找机会告诉她，她会同情这段感情，她是个善良的女人。"他说，"总之，你别烦恼吧，珮青，这是我的事，我自己会解决的。"

她不语，半天，才幽幽然地长叹了一声。

"唉!"

"珮青!"他歉疚而担心地喊。

她用手支起身子,大眼睛一瞬也不瞬地注视着他,然后,她的头俯了下来,她的唇压在他的唇上,轻轻地说:"不管怎么样,梦轩,我爱你,我好爱好爱你。"

他的胳膊温柔地抱住了她,好温柔好温柔。熄灭了灯,满窗月色映着窗帘,淡紫色的光线罩住了一屋子静幽幽的梦。

第十三章

梦轩坐在办公厅里,望着桌上那几百件亟待处理的事情。

每天到办公厅里来,都像打仗般地争取时间:那么多的公事、信件和电话,常恨不得能生出三头六臂来,可以一下子把事情都处理完。他的女秘书何小姐正坐在他的旁边,拿着小本子记录他所吩咐的事情,他一面讲,一面拆阅着信件:"要王先生去一趟台湾银行办结汇,李主任从青果业公会回来之后,要他马上到我这儿来,外贸会明天开标,请陈先生去办理。还有,上次我吩咐印的那份手工艺品广告,印出来没有?"

"印好了。"

"拿来给我看看,这些信件交给魏主任,这张清单要打字,告诉张经理,美国××公司寄来的信用状我看过了,没问题,按他们要的货物清单去办好了。要陈小姐把写好的信送来给我签字。你出去的时候,请赵主任进来一趟。再有,何小姐，取消今晚的宴会，我有事。"

"哦，夏先生，"梦轩向来不喜欢手下的人称呼他董事长、老板什么的，所以，大家一向都称呼他夏先生，"今晚的宴会很重要呢，他们可能要进口一批西药。"

"请张经理代表我去一下。"

"是的，夏先生。"何小姐推了推她厚厚的眼镜，对梦轩好奇地看了一眼，奇怪她的老板对公司的业务不像以前那样全力以赴了。

"好了，没事了，你去吧！"

何小姐走了，他燃起一支烟，在拆开的几封重要函件上批示着处理办法，赵主任敲敲门，走了进来。

"夏先生？"

"我们的业务需要积极一点儿，赵主任，那份进口种类表快一点儿做出来，我要研究一下。再有，今年洋葱外销，我希望由我们标到。"

"可是，去年××贸易公司办理洋葱，赔了一大笔。"

"那是气候关系，洋葱的产品太坏，今年不会，我估计今年如果标到，可以大赚。"

"好的，夏先生。"

赵主任刚走，电话铃响了，何小姐在电话中说："夏先生，陶思贤先生要见您。"

"哦！"他蹙紧眉头，"告诉他……"

"他已经进去了。"何小姐急急地说。

果然，门推开了，陶思贤大踏步地走了进来，一副旁若无人的样子，嘴里叼着一支菲律宾雪茄。随着时间的过去，陶思贤越来越流气十足，他发现了最方便的生活方法，是招摇撞骗加上钻营拍马，这对他的个性非常合适，而且他对这方面也确有天才，因此，虽然他从没有一个正经工作，他的名片上却有七八个漂漂亮亮的头衔，出入计程车，每日西装笔挺，抽雪茄烟，逛酒家舞厅和最豪华的夜总会。

"哦，怎么？梦轩，不欢迎我吗？"陶思贤似笑非笑地说，自顾自地在一张沙发上坐了下来。

"没有的事，"梦轩勉强地说，"你先坐坐，我马上把这几件事处理完了。"他看了陶思贤一眼，直觉地感到他今天有些来意不善，什么因素使他看来那样神气活现？

"好，我反正没事，你先忙吧！"陶思贤跷起了二郎腿，深吸了一口烟，让烟在口腔里打了个回旋，再喷出来。

梦轩回到他的工作上，迅速地处理了好几件事。陶思贤的眼光一直不停地东张张，西望望，又研究着墙上的进出口曲线图，露出很有兴味的样子。梦轩打脊椎骨里冒出厌烦的感觉，匆匆地结束了工作，他转过椅子，面对着陶思贤说："怎样？近来好吗？"

"没有你好，看样子，你的生意是越做越大了，"他指指墙上的图表，"我算了算，和你有生意来往的国家已经有十四个之多了，套一句俗语，你这才是生意兴隆通四海，财源茂盛达三江呢！"

梦轩厌烦的感觉更重了，勉强地笑了笑，应酬地说："干的是进出口嘛，总是和国外有点来往的。其实，主要也就是东南亚和日本。你上次不是说要和朋友合开一家舞厅吗？怎么样？"

陶思贤耸了耸肩："没批准。现在夜总会和舞厅已经太多了。"

"最近准备干什么？"

"房地产，这是目前最有希望的一档子行业。"

"哦？"梦轩料到下面该是借钱了，"跟别人合股吗？"

"是的，我自己当然不行，资本不是个小数字，预备在士林、北投一带造房子，那儿地价便宜，还可以向阳明山管理局租地……"沉吟了一下，他深吸了一口气，突然说，"梦轩，你新近在碧潭添置了房产，怎么也不通知我们一声，好向你道贺呀？"

梦轩一怔，抬起头来，直视着陶思贤，这个不务正业的上等流氓，现在也干起敲诈来了？陶思贤仰头哈哈一笑，站起身来，拍拍梦轩的肩膀，眯起眼睛，故作亲昵地说："别紧张，梦轩，想我们男人在外面混，总免不了有这种事儿，你放心，我绝不会告诉美婵，在雅婵面前也一个字不说，怎样？她们女人都是醋坛子，吵吵闹闹砸砸东西还是小事，寻死觅活的就麻烦了，要不然到法院里去告一状，什么妨害家庭啦，就更讨厌了，对不对？"

梦轩燃起一支烟，冷淡地看着陶思贤，后者那走来走去，夸张地耸肩和大笑，使梦轩眼花缭乱。他已经听出陶思贤言外之意，冷笑了一声，他说："这并不是什么秘密，即使美婵知道了，她也该可以谅解这件事情。"

"谅解？"陶思贤在桌子上坐下来，一脸阴阴沉沉的笑，"你别希望女人谅解这种事情，在法律上，这属于告诉乃论，万一美婵去控告你那位如夫人妨害家庭，你那个小公馆就完了，还是聪明点，千万别说出来，至于我，你放心吧，我会完全站在你这一边。男人就是男人，像你这样有钱，弄个把小公馆又算什么？我就赞成男人三妻四妾！"

"哼，"梦轩望着他，"看不出来，你对于法律也很熟呢！"

"你该研究研究，这对你帮助很大！"陶思贤笑得邪气。

"我不认为美婵会去法院控告，"梦轩喷了一口烟，"当然，如果有人教唆就靠不住了。"

"哈哈！你不是在暗示我吧？我才不会破坏你的好事呢！男人应该彼此帮忙，对不对？"

电话铃蓦地响了起来，是梦轩私用的外线电话，拿了起来，对面立即传来珮青清清脆脆的声音，由于方便起见，梦轩给碧潭的小屋里也装了电话机。珮青的语气娇娇怯怯、温温柔柔的："梦轩，是你？"

"是的。"梦轩看了陶思贤一眼。

"我知道你很忙，我没事，就是想听听你的声音。"珮青说，"我真麻烦，是不是？"

"不。"梦轩心底通过一道暖流，满怀感情，恨无法传送，由于陶思贤在旁边，他只能截短自己的句子。

"你今天不回来，是吗？"珮青似乎在叹息，"不过，我并不是埋怨你呵，我知道你还有苦衷，只是，我会很寂寞了。喂，梦轩，你怎么不讲话呢？"

"我……"梦轩无法畅所欲言,再看了陶思贤一眼,他匆匆地说,"我现在有事,等一下我再打电话给你,好不好?"

"哦!"珮青很轻很轻地"哦"了一声,电话挂断了,梦轩再"喂"了两声,知道她已经挂断,只得收了线,他有些不安,珮青的感情那样纤细和脆弱,她一定会误解他的冷淡,而自己默默地去伤心了。

抬起头来,他看看陶思贤,决定简单明了地解决这件事情,拿出了支票簿,他说:"我还有点事要办,思贤,你是不是需要一些经济上的支援?"

没想到梦轩会这样开门见山地问,陶思贤有些窘迫,不过,他早已训练得不会脸红的了。

"唔,算你入股吧!"他老着脸说。

"房地产吗?"梦轩说,"老实说,我没有兴趣,我自己的事业已经够忙了,不想再发展别的。这儿有一万块钱,你先拿去用吧!"

"一万?!"陶思贤说,"你上次的煤矿也不肯帮忙,这次又不肯入股,梦轩,你太不够朋友了吧?"

"你先拿去,怎样?至于入股的事,让我考虑一下,好不好?"

"好吧,你考虑考虑,"陶思贤话中有话地说,满不在乎地收了支票,深深地看了梦轩一眼,"我过三天来听你的回音,既然你忙,我也不再打扰你,希望你——"他对他眯眯眼睛,"多多帮忙!我们——彼此彼此!心照不宣!"走向门口,他又折了回来,凑在梦轩耳边说:"什么时候请我到碧潭去见见你的那一位？一定——"他用手指在空中画了一个弧线，表示女性的身材，"很漂亮吧？"

一股火气从梦轩心中冒了出来，一时间，他有对着陶思贤那肥胖的下巴挥上一拳的冲动，好不容易，他才克制住自己，脸色就显得十分难看。陶思贤也看出梦轩的神情不佳，走向了门口，他自我解嘲地打了一声哈哈，说："开开玩笑哦，知道你是金屋藏娇！好，再见吧，我过几天再来！"

目送他走了出去，梦轩沉重地在椅子里坐了下来，他没有及时打电话给珮青。深深地吸着烟，他看出面前的问题重重。他和珮青，并不像他以前所想的，可以过一份与世无争的生活，他们面前的荆棘还多得很，阴霾也多得很，这段爱情，事实上没有丝毫的保障。他的心情变得非常恶劣了，突然间，他发现自己只是一个弱者，给珮青在沙丘上建立了一个小巢，随时随地，这小巢就可能连根摧毁。

他没有心思再办公，整日在他办公室里踱来踱去，他明白自己必须拿出主见来，如果接受陶思贤的勒索，这会变成一个无底洞，而且，纸包不住火，怎能料定这个秘密可以永久保持？但是，如果告诉了美婵，谁又能料定她会怎么样？她是个对任何事都不用心机，不用思想，只凭直觉的女人，假如她那个姐姐和姐夫再给她一些意见，后果会怎么样？

午后，他提前离开了公司，驾着汽车回到家里。他这样早回家几乎是绝无仅有的事，小枫高兴得吊在父亲的脖子上欢呼，小竹在他的脚底下绕来绕去。他吻了两个孩子，走进客厅坐下。小枫乖巧地送上了父亲的拖鞋，跪在地毯上帮父亲脱皮鞋,一面说:"爸爸,你为什么现在总要到台南呀,台中呀,高雄呀……去跑?下次你也带我去,好不好?"

梦轩苦笑了一下,把小枫揽在胸前,最近,他和孩子们实在疏远得太多了。小枫坐在他的膝上,用手玩弄着父亲的领带,一面絮絮叨叨地述说着什么,梦轩心不在焉地听,顺着口答应,小枫突然把她的小脸紧贴在梦轩的脸上,甜甜地说:"爸爸!我好爱你!"

梦轩怔了怔,一股感动的情绪就直蹿进他心灵深处,和感动同时涌上来的是不安和歉疚,他但愿自己能多一些时间和孩子们在一起,他们是那样可爱的小东西!有一段很长的时期,孩子是他最大的安慰和快乐。但是,这一年多的日子,珮青几乎把他整个心灵的空间都占据了,甚至没有位置再来容纳孩子,对孩子们来说,难道一个父亲,给了他们温饱就算够了吗?他们更需要的是照顾和爱护呀!摸着小枫柔软的头发,他感动地说:"爸爸也爱你,等哪一天爸爸有空了,带你和弟弟去动物园看猴子,好吗?"

"今天!"

"今天不行,今天爸爸还有事,还要出去呢!"

美婵从卧室里走了出来,她刚刚睡醒午觉,一股慵慵懒懒的样子,穿着件粉红色的睡衣和睡裤,头发乱糟糟的也没梳,睁着对惺惺忪忪的眸子,望着梦轩,笑了笑说:"今天怎么能这么早回来?"

"唔,"梦轩从鼻子里模糊地应了一声,有些神思不定,"特别提早回来的。"

"哦,"美婵无意于询问他为什么提早回来,打了一个哈欠,伸伸懒腰,她精神愉快地说,"既然回来了,我们出去玩玩吧,好久没看电影了。报纸呢?找找看有没有可看的电影,我们带孩子一起去。"

"好!"小枫从梦轩膝上一跃而下,欢呼地说:"我去拿报纸!"

"不要!"梦轩阻止了小枫,面对着美婵,神色凝重地说,"美婵,我有话要和你谈谈。"

"和我?"美婵诧异地问,张大了眼睛,看看梦轩,不大信任地重复了一句,"和我吗?"

"是的。"

"什么事呢?"

"我们去书房里谈,好吧?"

美婵的脸色变白了。

"很严重吗,梦轩?是不是你的生意垮了?我们又穷了,是不是?"

"不,不是,不是这种事。"

美婵松了一口气。

"那就好了,你和我谈什么呢?我又不懂你公司里那些事情。"她一面说,一面又慵慵懒懒地打了个哈欠,走向书房,"你可别让我和姐姐他们谈判啊,如果是他们的事,你还是自己和他们谈吧!"

梦轩让孩子们在外面玩,关上了书房的门,这间房间他已经好几天没有进来了,阿英一定没有清扫过,桌上已积了一层灰尘，数日前残留的烟蒂，仍然躺在烟灰缸里。打开了窗子，放进一些新鲜的空气，他坐了下来，让美婵坐在他的对面。一时间，他不知道该如何启口，只是呆呆地注视着美婵，一个劲儿地猛抽着烟。

美婵有些按捺不住了，把眼睛瞪得圆圆的，她问："你到底在干吗呀？是不是生病了？"

"没有。"梦轩闷闷地说，隔着烟雾，注视着美婵，恍惚地回忆着和美婵初恋的时候。他们没有过什么狂热的恋爱，也没有经过任何波折，相遇，相悦，然后就顺理成章地结婚了。十年的婚姻生活，美婵实在没有丝毫过失，她不打牌，不交际，不组织太太集团，也不和丈夫儿女乱发脾气，有时对家务过分马虎，这也是她的本性使然。总之，她是个安分守己的妻子，心无城府而自得其乐。对于这样一个太太，他怎能说得出口，他已经另筑香巢？他怎忍心毁灭她的世界，破坏她面前这份懵懂的幸福？何况，他即使疯狂地爱着珮青，对美婵，他仍然有十年的夫妻之情，一种本分的感情和责任，他是全心全意希望她快乐的。喷着烟，他茫然地看着那些烟圈扩散消失，他说不出口，他无论如何也说不出口。

"喂，什么事呀？"美婵不耐地问，无聊地转动着自己手指上的一枚钻石戒指，那是结婚八周年纪念日，他送给她的礼物，"要说快一点儿说嘛！"

他能不说吗？他能继续隐瞒下去吗？陶思贤允许他保有他的秘密吗？万一将来揭穿了，比现在的情况更糟千万倍！或者，他能说服美婵和珮青和平共存，那么，就什么问题都没有了，目前，摆在他面前的只有这一条路可以走，他必须面对现实！深吸了一口烟，他坐正了身子，决心不顾一切了。凝视着美婵，他低低地说："我要告诉你一件事情，希望你能好好地听我。"

美婵狐疑地望着他。

"一年半以前，"他慢慢地说，"我认识了一对夫妇，丈夫生性残酷而又势利，太太很娇柔弱小，我和那位太太谈得很投机……"他咬着烟头，有点儿不知道该如何说下去，半天，才又接着说，"那位太太看过我的小说，是个热情、诚恳、思想和感情都很丰富的女人，我们谈过好几次，这使那个丈夫很生气，于是，他虐待她，打她，使她痛苦，直到她病得几乎死掉……"美婵仍然瞪着她的大眼睛，像在听一件别人的事情，她单纯的头脑还无法把这故事和她本身连在一起。

"那个太太被送进医院，有好几天，医生和朋友都认为她没有希望了，但是，她终于度过了危险，不过，她精神失常了，不认得任何人，她的丈夫就此和她离了婚，她此后一年多的日子，都在精神病院里度过。"

美婵露出关怀的神色，这故事撼动她女性的、善良的心地，引起了她的同情和怜悯。

"直到一个月以前，她的病才好了，出了院，于是……"他顿了顿，喷出一口浓浓的烟雾，让那烟雾横亘在他和美婵的中间，"有一个喜爱她的人，把她接出医院，和她同居了。"

美婵歪了歪头，她的思想依然没有转过来，而且，完全没有弄清楚，梦轩为什么要把这个故事讲给她听。

"怎样呢?"她问。

"噢,美婵,你还没听明白吗?"梦轩叹了口气,深深地凝视着她,"我是来请求你谅解的,我希望你能同情她,也同情我,那么,别过分地责怪我们……"

"你们?"美婵愣愣地问。

"是的,我就是那个和她同居的男人。"

美婵一噢地从椅子上站了起来,脸孔顿时变得雪白,瞪着梦轩,她嗫嗫嚅嚅地说:"你——为什么编出这个故事来骗我?你和她同居?我不相信,我完全不相信!"

"这是真的,美婵,我向你发誓这是真的!"他拉住她。

"美婵,我一点儿也不想做对不起你的事情,天知道,我多么不愿伤你的心,如今事情已经发生了,我告诉你,请求你原谅……"他的声音不由自主地颤抖了,"尤其,请求你的同情……我绝不会亏待你!"

美婵糊涂了,心慌意乱了,而且,完全被吓呆了!她从没看过梦轩这样激动和低声下气,这根本不是她所习惯的那个梦轩。但是,接着,那可怖的事实就撕裂了她,丈夫要遗弃她了,离开她了,别有所恋了。这种从来没有威胁过她的事情竟在一刹那间从天上掉到她的面前,击碎了她的世界,惊吓得她手足失措。她愣愣地呆立了两分钟,才突然用手蒙住了脸,哇的一声放声大哭起来。

梦轩抱住了她,拍着她的背脊,痛苦地说:"美婵,你安静一些,听我说,好吗?"

"你不要我们了,是吗?"美婵边哭边喊,"你另外有了女人，你！你怎么可以这样做？我不要活了！我还是去死掉算了！"

"美婵，美婵！别喊，别给孩子们听到，"梦轩蒙住了她的嘴，"我没有说不要你，你仍然是我的太太，珮青不争任何的名分，你懂吗？"

美婵挣扎着，哭着，喊着，不论梦轩和她说什么，她只是又哭又叫，但是，她终于清楚了一些，拭着眼泪，她说："你讨了个小老婆，是不是？你要我接受她，是不是？"

梦轩闭了闭眼睛，这样说对珮青是残忍的，但是，现在顾不了这么多了。

"她不会妨碍你什么，美婵，你们也可以不必见面，我每星期有几天住在她那里，就是这样。"他勉强地说，"美婵，你一直是那样善良的，如果你能谅解这件事，我——"他深深地叹息，眼睛里蒙上了泪雾，"我说不出有多么多么感激你！"

美婵的脑子又糊涂了，她从没看过梦轩流泪，在她心中，丈夫是和岩石一般坚强的，如今竟这样低声下气地哀求她，就使她满怀惊慌了。惊慌之余，她又恐惧着失去面前这一切，但是，梦轩的千保证，万解释，和那说不尽的好话，终于使她相信生活不会变动，只要不变动，她对于别的倒没有什么需求，她一向就不大了解"爱情"这种玩意儿，也没有这种感情上的需要，她认为男人只要供给她吃喝，给她买漂亮衣服，就是爱她了。何况，有钱的男人讨姨太太，并不是从夏梦轩开始的。因此，在两小时之后，梦轩终于说服了美婵，使她接纳了这件事实。为了安慰她,他这天没有去碧潭,而带着她和孩子们去看了一场她所喜爱的黄梅调电影,吃了一顿小馆子,还买了一串养珠的项链送她。

但是,当他深夜躺在床上的时候,他全心都是珮青的影子,他为解除的阴霾而快慰,为没去她那儿而歉疚,听着身边美婵平静的呼吸,他同样对她有歉疚的情绪。他失眠了,感到被各种歉疚所压迫的痛苦。望望窗外的满天繁星,他喃喃地自语:"谁能得到你所得到的?这是公平的,你应该支付一些什么。因为你爱人而被爱,所以你必定要受苦。"

第十四章

对珮青而言,一段崭新的生命开始了。

从来没有这样甜蜜而沉迷的日子,蓝蓝的天,绿绿的树,白白的云都沾染着喜悦与温柔。清晨,倚着窗子听听鸟鸣,黄昏,沿着湖岸看看落日,以及深夜,坐在小院里数数星星,什么都美,什么都令人陶醉。当然,晴朗的天空也偶然会飘过几片乌云,喜悦的岁月里也会突然浮起了轻愁。当梦轩不来的日子,她难免不想象着他与妻儿团聚在一块儿的情景,而感到那层薄薄的妒意和愁苦。当他们相依偎的时刻,她又恐惧着好景不长,不知道前面是康庄的大道,还是荆棘遍布的崎岖小径。当程步云的偶然造访,间或提到外界的事情,她又会觉得这种处境下,那可怜的自尊所受到的伤害……但是,这些乌云都只是那样一刹那,就会被和煦而温暖的风所吹散了,吹得无影无踪。在梦轩的热情和照顾下,她呼吸,她欢笑,她歌唱,初次觉得自己充满了生命的活力!

这天晚上,梦轩来了,一走进门,他拥着珮青说:"我们出去吃晚饭,然后,我们去跳舞。"

"跳舞?"珮青有些意外。

"是的,会吗?"

"只会慢的。"

"够了。"

"我不知道你爱跳舞。"珮青说。

"事实上我并不爱,但是我有和你跳舞的欲望,人一高兴就会手舞足蹈,可见跳舞是一种愉快的表现,和你跳舞,一定是一种至高无上的享受。"

"反正,我随你安排,你说干什么就干什么。"珮青微笑着说。

"那么,马上准备吧!"

珮青到卧室里,换了一件白底紫玫瑰花的旗袍,外面是淡紫色绲银边的小外套,长发向来不需整饰,总是自自然然地如水披泻。淡施脂粉,轻描双眉,她在镜子里对着梦轩微笑。梦轩扶着她的肩,把嘴唇埋在她的头发里,两人静静地站立了好一会儿,微笑慢慢地从两人的眼底里消失,代之的是突发的柔情,他的嘴唇滑下来,弄乱了她刚涂好的唇膏。她推开了他,两人又在镜子里相对微笑,痴痴的、傻傻的,像一对小娃娃。

终于,他们出了门,吴妈站在大门口,目送他们的车子开走。梦轩的手扶在方向盘上,珮青的头倚在他的肩上。吴妈的眼睛湿湿的,关上大门,她满足地叹了口气,暗暗地想,如果珮青能够养个儿子，那就再也没有什么缺陷了。在她单纯的心目中，女人养了儿子，地位也就巩固了，珮青到底不是梦轩的原配夫人呀！

车子平稳地滑行着，梦轩一只手驾着车子，一只手揽着珮青的腰，说："你会开车吗？"

"不会。"

"我要教会你，开车很容易，也很好玩。"

"你会发现我很笨。"

"是吗？但愿你能笨一点。"

"怎么讲？"

"那你会快乐得多，思想是人类最大的敌人。"

珮青沉思了一会儿，坐正了身子。梦轩问："怎么了？"

"你知道我常被思想所苦吗？"她深思地说。

"我知道你每根纤维、每个细胞，"梦轩看了她一眼，"我要去买一把镶着紫色宝石的小刀送你，专为斩断那些苦恼着你的胡思乱想而用。"

珮青嫣然一笑。

"何必去买？你不是有那把小刀吗？"

"是吗？"

"是的，在这儿。"她把手放在他的心口上。

他俯下头来，吻了吻她那只白皙的小手。

"这把刀有用吗？够锋利吗？"

"非常非常有用。"

"那么，常常用它吧，记住，它时时刻刻都在你的手边。"

"是的，不时也会刺痛我。"

他猛地刹住了车子，转过头来看着她，一面皱拢了他那两道很挺很挺的眉毛。

"是吗？"他打鼻子里面问。

"你很惊奇吗？"她反问，"任何感情都会让人痛苦的，感情越浓，刺痛对方的可能性就越大，快乐越多，痛苦也就越多。快乐和痛苦，是常常同时并存的。"

他重新开动车子，眼底有一抹思索的神色，他那只空着的手伸过来，轻轻地握住了她的手。

"在这一刻，你也痛苦吗？"他温柔地问。

"有一些。"

"为什么？"

"一种恐惧。"

"恐惧什么呢？"

"怕好景不长，怕离别，怕外界的力量，还怕……"她沉吟了一下，"幻灭！"

"幻灭？"他皱皱眉。

"世界上最可悲的事情，莫过于两个相爱的人，有一天忽然发现他们不再相爱了，那就是幻灭。"

"你认为我们会这样吗？"他瞪着她，带着点鸷猛的神气，"你那脑袋里装着的东西相当可怕哦！这就是用小刀的时候了，斩断你那些胡思乱想吧！"他闪电般吻了她一下，车子差点撞到路边的电线杆，"我告诉你，珮青，别想那些，别苦恼你自己，你只管爱吧！用你的整个心灵来爱！当你烦恼的

167

时候,你只要想一想,有人那么疯、那么深地爱你,那么全心全意地要你快乐,你就不该再苦恼了。"

"就因为你这样,所以我怕失去呀!"

"人,"他摇摇头,"多么脆弱,又多么矛盾的动物呀!"

他们到了中山北路一家意大利餐厅里,餐厅设备得很幽雅,有一种特别的宁静。偌大的餐厅中,没有任何电灯,只在每张餐桌上,燃着一支小小的蜡烛。他们叫了意大利煎饼,两人都是头一次吃,慢嚼品尝,别有滋味。烛光幽幽地、柔柔地照在珮青的脸上,那一圈淡黄色的光晕,轻轻地晃动着,她瞳孔里,两朵蜡烛的火焰,不住闪烁地跳动。梦轩放下刀叉,长长久久地注视她。她用一只手托着腮,另一只手放在桌上,对他神思恍惚地微笑。他握住了她桌面上的手,低低地、严肃地说:"我有一件很重要的事要告诉你。"

"哦?"她有些惊吓,她一直是非常容易受惊的。

"我不记得我有没有告诉过你。"

"什么事?"

"我爱你。"他慢慢地说,从肺腑里掏出来的三个字。

她的睫毛垂下去了好一会儿,当她再扬起睫毛来,眼睛里已漾着泪水,那两簇蜡烛的火焰就像浮在水里一般。她的唇边有个幸福而满足的笑容,整个脸庞上都绽放着光辉,使她看起来那么美,那么圣洁,又那么宁静。

就这样,他们坐在蜡烛的光晕下,彼此凝视,相对微笑,几乎忘记把煎饼送进嘴里。时间慢慢地滑过去,蜡烛越烧越短,他们不在乎时间。唱机里在播放水上组曲,接着是一张海菲兹的小提琴独奏,那些悠悠然的音浪回旋在他们的耳边,烛光的颜色就更增加了梦魅般的色彩。终于,将近晚上十点了,他们的一顿晚餐竟吃了三小时!站起身来,他挽着她走出了餐厅。然后,他们到了统一的香槟厅。

这儿是台北市内布置得最雅致的一家夜总会,高踞于十层楼之上。他们选了临窗的位置,掀起那白纱的窗帘,可以看到台北市的万家灯火。桌子上放着黄色的灯罩,里面燃着的也是一支蜡烛。乐队慢悠悠地演奏着一支华尔兹舞曲,几对宾客在舞池里轻轻旋转。

他们坐了一会儿,他说:"我请你跳舞,这还是我第一次请你跳舞呢!"

她站了起来,微笑着说:"我说过我不大会跳舞的,跳不好可别生气呵!"

"我生过你的气吗?"他问。

"还没有,保不住以后会呢!"她笑着。

"告诉你,永远不会!"

揽住她的腰,他们跟着拍子跳了起来,事实上,她舞得非常轻盈,转得极为美妙,在他怀抱里像一团柔软而轻飘的云。他注视着她的眼睛,说:"我第一次发现你也会撒谎,你说不会跳舞的呵!"

"真的,我从来跳不好,"她坦白地说,"而且,我一向把跳舞视为畏途的,以前每次迫不得已到夜总会来,总是如坐针毡,有时,别人请我跳舞,一只出着汗的、冷冷的手握住我,我就觉得浑身的鸡皮疙瘩都起来了。我也怕别人把手放在我的腰上,那使我别扭。"

"现在呢?"

"第一次知道跳舞是这样美妙的,"她微笑着,"以前,我总是会踩了对方的脚。"

"你知道吗?"他在她耳边说,"老天为了我而造了你,也是为你而造了我。"

华尔兹舞曲抑扬轻柔,像回旋在水面的轻风,掀起了无数的涟漪。他们依偎着,旋转,再旋转,一直转着,像涟漪的微波,那样一圈圈地转个不停。一舞既终,他站在舞池里,双手环在她的腰上,额头抵着她的,一迭连声地、低低地说:"我爱你,我爱你,我好爱你。"

夜是属于情人们的,音乐也是。他们一支支舞曲跳着,忘了时间,也不知道疲倦。一个面貌清秀、身材修长的歌女,在台上唱着一支很美丽的歌,他们只听懂了其中的几句:"既已相遇,何忍分离,愿年年岁岁永相依。柔情似水,佳期如梦,愿朝朝暮暮心相携。"

珮青的头靠在梦轩的肩上,紧拥着他跟着音乐移动,她轻声地说:"那是我们的写照。"

"什么?"

"那歌女所唱的歌。"

梦轩侧耳倾听,那歌词虽细致缠绵,却也怆恻凄迷,一种难言的,几乎是痛苦的情绪掩上了他的心头,他把珮青揽得更紧了,仿佛怕有什么力量把她夺去。尤其听了那歌词的最后两句:"良辰难再,美景如烟,此情此梦何时续?春已阑珊，花已飘零，今生今世何凄其！"

将近午夜一点钟，客人都陆陆续续地散了，打烊的时间近了。香槟厅里的灯都熄灭，只剩下舞池顶上几点像小星星似的灯光，乐队在奏最后一支舞曲。那几点幽幽柔柔的灯光，迷迷蒙蒙地照在舞池中，只剩下梦轩和珮青这最后一对舞客了。他们相拥着，跟着音乐的节拍，旋转，旋转，再旋转……他们两个的影子在丝绒的帘幕上移动，忽而相离，忽而相聚。

深夜，他们的车子疾驰在北新公路上，新辟的公路平坦宽敞，繁星满天，月明如昼，公路一直伸展着，一长串的荧光灯像一串珍珠，延伸到天的尽头。公路上既无车辆，也无行人，只有乡村的人家，传来几声遥远的狗吠。梦轩猛然刹住了车子，珮青问："干什么？"

"我要吻你。"梦轩说。

拥住了她，两唇相触的那一瞬间，他依然有初吻她时的那种激动。珮青似乎每天都能唤起他某种崭新的感情，时而清幽如水，时而又炽热如火。

"我说过要教你开汽车，现在正是学开车最好的时候，"梦轩说，"来吧，我们换个位子。"

"现在吗？"她愕然地说，"夜里一点半钟学车？"

"是的，夜里学最好，没有人又没有车，这条公路又平坦，来吧！等你学会了开车，我们可以驾着车子去环岛旅行，两人轮流开车去。记得我说过的话吗？我要教会你生活！"

"好吧！如果你不怕我把车子撞毁，就教我吧！"珮青说，真的和梦轩换了位子。

坐在驾驶座上，她对着梦轩发笑，梦轩把她的手捉到驾驶盘上来，板着脸，一副老师的样子，指导着说："放下手刹车！"

"什么是手刹车？"珮青天真地问。

梦轩告诉了她，她依言放下了手刹车，然后调整了排挡，梦轩警告地说："这是自动换挡的车，油门可别踩得太重，当心车子冲出去刹不住，万一冲了出去，赶快放掉油门，改踩刹车，知道吗？"

"我试试看吧！"珮青说。

车子发动了，珮青胆子小，只敢轻轻地踩着油门，双手紧张地紧握着驾驶盘。但是，车子出乎意料地平稳，在宽阔的街道上滑行。看到那样一个庞大的机械在自己的驾驶下行动，珮青高兴得欢呼了起来："看！我居然能够驾驶它，我不是一个天才吗？"

大概是太得意了，方向盘一歪，车子向路左的安全岛直冲过去，慌乱中，她把方向盘急向右转，车子又差点冲进了路边的田野里，梦轩大喊："放油门！踩刹车！"好不容易，车子刹住了，珮青惊得一身冷汗，白着一张脸望着梦轩。梦轩一把揽住她，拍着她的肩，又笑又说："真是个好天才！"

珮青惊魂未定，犹疑地说："刚才是不是很危险？"

"其实没有什么，"梦轩说，"你的速度很慢，顶多只会撞坏车子，不至于伤到人，学车最危险的一点，就是该踩刹车的时候，心一慌就很容易误踩油门，只要你把油门和刹车弄清楚，冷静一些，就没关系了。来吧，继续开！"

"你有胆量坐我开的车子呀？"珮青问。

"为什么不敢？"梦轩拂开她面颊上的头发，对她深深微笑，"即使撞了车，也和你死在一块儿。"

"呸！干吗说这种不吉利的话！"

梦轩笑了，说："怎么你有时候又会有这种多余的迷信呢？"

"我不怕谈到自己的死亡，但是很忌讳谈你的。"她凝视着他的眼睛，"如果我失去了自己的生命，顶多不过进入无知无觉的境界，假如失去了你……"她垂下眼帘，低低地说，"那就不堪设想了。"

"哦，珮青，"他拍拍她的手，"你放心，你不会失去我，永远不会，我是个生命力顽强的人，上天给我一个健康的身体和坚强的心，为了要我保护你，我会是一个很负责的保护者。"

她对他静静地微笑，好一会儿，他振作了一下说："好了，继续开车吧！"

她回到汽车的驾驶上，在那杳无人迹的公路上，来回练习了将近一小时的汽车驾驶，深夜两点多钟，才回到碧潭的小屋里。对碧潭这幢静谧温馨的小洋房和那占地颇广的花园，梦轩为它题了一个名字，叫作"馨园"，取其温馨甜蜜而又处处花香的意思。走进屋里，梦轩说："你猜怎么？在度过这样丰满的一个晚上之后，我非但不疲倦，反而一点儿睡意都没有。"

"我也是。"珮青说。

"我想写一点儿什么，"梦轩坐在沙发里，用手托着腮，

"我现在有满胸怀的感情和思想,急于要用文字表达出来。"

"为什么不立刻写出来呢?"珮青坐在梦轩脚前的地毯上,头倚着他的膝,"你已经有很长久的一段时间,什么都没写过了,来吧,你写,我在一边看着。"

"你会很厌气的。"他抚摸着她的头发。

"我不会,"她慢慢地摇着头,"只要在你身边,我永远不会厌气。"

他们走进了书房,珮青为他铺好纸,放好笔,没有惊醒老吴妈,她用电咖啡壶烧了一壶咖啡。咖啡香弥漫在室内,和窗外传来的栀子花香糅合在一起。珮青坐在梦轩的对面,双手交叉着放在桌上,下巴放在手臂上,安安静静地张着一对痴痴迷迷的眸子,一瞬也不瞬地凝视着他。她的眼光搅散了他的思想,他不由自主地放下了笔,和她对视了起来。黎明慢慢地爬上了窗子,曙光照亮了窗帘,梦轩仍然一字未写,握着珮青的手,他说:"我知道了,人在过分的幸福和满足里,是写不出东西来的,所以,许多文艺作品都产生在痛苦里,许多作品表现痛苦也比欢乐来得更深刻。"

"因为人不容易忘记痛苦的事情,"珮青说,"却很容易忘记和忽略幸福。"

他们在天已透亮的时候才上床,枕着梦轩的手臂,珮青轻声地说:"梦轩,我想见见你的孩子。"

"哦?"梦轩有些诧异。

"你知道我不会生育吗?"

"是吗?"

"是的，但是我很喜欢孩子，我一直梦想自己能成为母亲，而且……"她叹口气，"我多么想给你生一个孩子，他一定会综合我们两个人的优点，是我们爱情的纪念，将来他再生孩子，他的孩子再生孩子，我们爱情的纪念就可以永远不断地在这个世界上传下去。"

"哦，"梦轩笑着说，"你说得多么傻气！"

"我可以见见你的孩子吗？"她再问。

"当然，我过两天就把他们带来玩，不过，他们是相当顽皮的。"

"我会喜欢他们！"她担心地说，"不知道他们会不会喜欢我？"

"他们善良而天真，他们会爱你的，没有人能够不爱你，珮青。"

"真的？"

"嗯。"

她满足地微笑了，翻了一个身，一样东西从她的睡衣里滚了出来，是那粒紫贝壳。在她病中，她总是摩挲玩弄这粒紫贝壳，已经被她摸得十分光滑了。握住了它，她甜甜地说："噢！紫贝壳！"合上眼睛，她立即睡着了，睡得很香很沉，那粒寸刻不肯离身的紫贝壳还紧握在手中。

梦轩没有马上入睡，回过头来，他望着她。她唇边有着满足的笑意，熟睡得像个孩子。他看了很久，然后，自己的唇轻轻地贴向她的额，低低地说："珮青，你不知道，我是多么多么多么地爱你呵！"

第十五章

美婵是个很容易把一切恶劣事实都抛开不管,且图跟前清静的女人,她一生最怕的是操心和劳神,即使有极大的悲痛,她大哭一场,也就算了。所以,她倒也是个很能自得其乐的人。她生平所遭遇过的最严重的事,就是父母的相继去世,但是,丧事既有姐姐、姐夫料理,她也就像接受一件必然的事情一样接受了。自从父母去世到现在,真正让她痛苦的事,就只有梦轩和珮青同居这件事了。

她接受了这件来到的事实,就如同她接受任何一件事实一样。最初,梦轩的抚慰平息了她的伤心,可是,梦轩变得经常不回家了,由每星期回来三四次,减低到回来一两次,她才发现问题的严重。她对梦轩的感情是朦朦胧胧的,像小说里描写的那种可以让人生、可以让人死的感情,她从来就没有产生过。她认为男女到年龄就结婚,是一种必然的事情,丈夫对于她,就是一种倚赖,一种靠山,一种伴侣,和孩子们的父亲而已。但是，她害怕被遗弃，害怕孤独，害怕演变到最后，梦轩会要和她离婚，以便娶珮青。增加她这种恐惧心情的，是三天两头就带着一群孩子来拜访她的陶思贤夫妇。

陶思贤觊觎梦轩的财产和事业，已经不是一天两天的事情了。许多人生来就会原谅自己的失败，而嫉妒别人的成功，陶思贤就是这样。尤其当他的生活越过越困难的时候，梦轩的财产就更加眩惑他了。虽然，他每个月都或多或少可以从梦轩那里弄到一些钱，但是这些小数字是满足不了一颗贪婪的心的。当他最初发现梦轩另筑香巢的时候，他以为抓住了他的把柄，可以得到大大的一番好处，没料到梦轩完全不受他那一套，竟和盘向美婵托出，而干干脆脆地拒绝了他的要求，这使他不只老羞成怒，简直达到怀恨的地步。梦轩既然不能听命于他，贡献出自己的财产，就一变而成为他的敌人了。

这天晚上，他们一家五口又"阖第光临"了梦轩的家。正像陶思贤所预料的，梦轩没有回家，而去了"馨园"。美婵正烦躁地待在家里，和孩子们胡乱地发着脾气。看到了陶思贤夫妇，她的精神似乎振作了一些。但，当雅婵第一句话说的就是："怎么，梦轩又不在家呀？"

她就按捺不住，立即眼泪汪汪了。招呼他们坐下，孩子们马上和孩子们玩到了一块儿，美婵拭了拭眼泪，叹口气说："他现在哪里还有在家的日子！"

"你就由他这样下去吗？"陶思贤问，燃起一支烟，觑眯着眼睛，注视着他的小姨子。奇怪着以她那样丰腴的身材和白皙的皮肤，怎么挽不住一个男人的心？何况她唇红齿白，丝毫未见老态，和雅婵相比，她实在还称得上是个美人呢！

"不由他这样下去，又怎么办呢？"美婵绞着她的双手，像个无助的孩子。

"美婵，你得拿出点主意来，"雅婵说，"瞧吧，他遗弃你就是时间问题了！"

"事实上，现在还不等于已经遗弃了美婵，"陶思贤和太太一唱一和，"一星期里只回来一天半日的，八成是为了孩子才回来呢！再过一年半载，那个女人也养个儿子女儿的，看着吧，他还会管你们才有鬼！"

"是呀，"雅婵说，"你没有听说过吗？妻不如妾，妾不如婢，婢不如偷，男人都是些馋嘴猫！"

"喂喂，雅婵，我可不是呵！"陶思贤说。

"你？你也敢！"雅婵得意扬扬地说，深以自己的"御夫有术"而骄傲。

"我——我怎么办呢？"美婵一个劲儿地揉搓着双手，求助地看着姐姐、姐夫，"你们说我怎么办呢？"

"你也该拿出点威风来呀！"雅婵抢着说，"到他那个小公馆里去吵呀，骂呀，砸东西呀，抓住那个女的打一顿呀！现在这个时代又不作兴男人讨三妻四妾的，你难道还想博什么贤惠名吗？去打它一个稀里哗啦呀！"

"这——这怎么做得出来？"美婵面有难色，"怎么好意思去吵去闹呢？"

"你呀，你真是的！"雅婵的女高音，陡地又提高了八度,"人家好意思霸占有妇之夫,好意思和你丈夫轧姘头,你还不好意思去吵呢!"

"老实说,去吵去闹并不能解决问题,"陶思贤不慌不忙地说,望着美婵,"最要紧的,你得把经济大权抓过来。"

"经济大权?"美婵愣愣地问,她从来没有考虑过什么经济问题。

"当然,你想,哪一个女人会心甘情愿地给人做小?还不是看上了梦轩的财产,梦轩现在迷着她,一定用房子啦,金钱啦,往她身上堆。古往今来,为一个女人倾家荡产的人有的是呢。将来,往好里头想,那个女的捞饱了钞票一走了之,梦轩成个穷光蛋回到你身边来。往坏里头想,他们双宿双飞,带走所有的钱,抛下你们母子三个完全不管,那你带着两个孩子,人财两空,以后的生活准备怎么过呢?"

"那——那——"美婵越听越心乱,眼眶热热的,只是要掉眼泪,"那我怎么办呢?我从来就不管他的钱,怎么才能抓到经济大权呢?"

"问他要呀,"陶思贤说,"美婵,不是我说你,你也真老实得过了头!你是他正娶的太太,你有权管这档子事呀,为什么不去法院告他们一状呢?告那个女的妨害家庭,这官司你是百打百胜,如果你要打,我帮你介绍律师!要么,干脆和他离婚,让他付几百万赡养费!"

"离婚?"美婵呆呆地说,"我不要离婚。"

"那么,你去和他谈判,叫他先付你一百万,你就不告他们,梦轩一定怕你告状,准会如数付给你。你有了一百万,也就有了保障,即使他要遗弃你,你也不会饿肚子去讨饭了。如果他浪子回头呢,你们也可有笔重新开始的基金呀,你说是不是?"

"这……"美婵的脑子完全转不过来,她从来就没有任何数字观念和经济头脑,"他……不给我呢?"

"只要你声言要告状,他一定会给你,否则你就告他,说他不养家,法院会判决他负担家庭。"

"可是——可是——他没有不养家呀!"

"哎,美婵,你怎么这样傻呢!"陶思贤不耐地说,"有了钱你就不怕他甩掉你了呀,如果他的经济由你控制,你想想看,他还敢和你离婚吗?"

"我拿了钱做什么呢?"

"我告诉你,"陶思贤向她俯近了身子,"我去找一个律师,帮你拟一张状子,你拿这张状子找梦轩摊牌,要他付你一百万,他怕闹成大新闻,毁了他的事业,也怕败诉之后,赔偿得更多,还怕那个女的脸上下不来,一定会答应你。你拿了钱,如果没地方放,可以交给我,我拿去帮你放利,或者做做生意,够你吃喝不尽了,你说怎样?如果你现在狠不下心哦,将来总有一天会带着孩子去讨饭,你看着吧!我们是好意帮你忙,你不能再糊里糊涂了!"

"是呀,"雅婵好不容易插进嘴来,"告状只有一年内可以告,一年后就告不着他了,是不是,思贤?"

"是的,要采取手段就得快了。"

"我——我——"美婵抹着眼泪,"我实在不知道该怎么办才好!"

"那你就依我们的吧,我帮你去找律师,怎么样?"陶思贤说,"拿出点骨头来,美婵,你有了钱,再嫁也容易得多!是不是?"

"我——我不要再嫁呀!"美婵哭兮兮地说。

"我也不是要你再嫁,只是要你给自己留一个退步!"

"反正我不知道怎么办好,"美婵毫无主见,"你们怎么说,我——我就怎么做吧!"

"那么,我就去帮你找律师了!"陶思贤忍不住面有得色,浓浓地喷出一口烟,"我告诉你,这样做准没错!"

"我——我——好吧!"美婵擤了擤鼻子,"我试试看!"

"态度要强硬一点,知道吗?"雅婵叮嘱着。

"我——知道。"

孩子们都已经跑到卧室里去玩了,不知道在争执些什么,闹成了一团,忽然间,小枫放声大哭了起来,一面哭,一面从卧室里奔进了客厅。美婵慌慌张张地跳了起来,急急地问:"怎么了?怎么了?打架了吗?"

"妈妈!妈妈!"小枫哭着扑进了母亲的怀里,"表姐坏死了,坏死了!她骗我!她说的话不是真的!不是真的!"

"什么话不是真的?"美婵问,抱住小枫的头。

"她说爸爸不要我们了!她说爸爸有小老婆了!妈妈,"抬起泪痕狼藉的小脸,她切盼地问,"爸爸呢?爸爸到哪里去了?"

美婵注视着小枫,她的满怀愁苦全被小枫的一句话所勾起来，再也忍不住，她紧抱着小枫的头，哇的一声哭了出来。母亲的眼泪使小枫更加惊慌了，她恐怖地望着母亲，跺着脚，号啕地喊着："爸爸！爸爸！我要爸爸呀！"

美婵泣不可抑，揽紧了小枫，母女两个，完全哭成了一团。

珮青仍然沉迷在她的小天地里，醉意醺然地度着她的岁月。她看不到隐藏在平静的生活后面的风浪，温暖的感情把她的头脑和心灵都填塞得太满了，她没有地方再容纳忧愁，也拒绝接受忧愁，她愿意用她整个的生命，去捕捉目前这一份完美的欢乐。

斜阳透过了窗纱，半轮落日远远地浮在碧潭水面，花园里，清香馥馥，微风轻扬。珮青等待着梦轩，昨夜，梦轩没有到馨园来，今天，他曾打电话告诉她，下班之后就来。厨房里飘出了肉香，他喜欢吃红烧鸡翅和鸭脚。看看手表，他马上要来了，走进屋内，插上了电咖啡壶的插头，片刻，咖啡的香气弥漫全室，壶盖在蒸汽下跳动。侧耳倾听，非常准时，三声汽车喇叭声，她奔出室内，穿过花园，打开了大门。梦轩的头伸出车窗，对她扬着眉毛微笑，她欢呼着："我算好你该到了！给你准备了你爱吃的……"

她猛然停住了说话，一个小女孩儿正从车门里跳了出来，后面还紧跟着一个小男孩儿。她惊讶地张大了眼睛，望着那一对粉妆玉琢般的小孩，两个孩子也转着乌溜溜的大眼睛，对她好奇地张望着。

"你不是说想见见他们吗?"梦轩说,"这就是小枫和小竹。"转向孩子,他说,"怎么,傻了吗?怎么不叫许阿姨?"

小枫抿着嘴,怯怯地笑笑,掀起了颊上一个小酒窝,低着头,她软软地喊了声:"许阿姨。"

小竹也跟着喊了句:"许阿姨。"

面对着这两个孩子,珮青惊喜交集,她没料到两个娃娃如此漂亮,和他们的父亲相比,都有过之而无不及。在毫无准备的情况下和他们相见,她竟有些微微的失措,蹲下身子,她把两个孩子分别揽在两只臂弯里,看看这个又看看那个,忍不住由衷地低喊:"你们长得是多么地可爱啊!"

梦轩停好了车,和珮青及孩子们走进了屋里,两个孩子好奇地东张西望,珮青急于要找出一些东西来款待她的小客人,搬出了一大堆巧克力、牛肉干和果子汁,忙得不亦乐乎。好不容易坐定了,她又把孩子揽向她的身边,要他们坐在她身子的两旁,剥了一块糖给小竹,又转向了小枫,说:"你真该早一点儿到我这儿来玩的,你可爱得像一只小蝴蝶呢!"

"你怎么不到我家去玩?"小枫天真地问,"我还有一个阿姨,就常常到我家去玩的!"

显然梦轩并没有告诉孩子们,她和梦轩之间的关系。珮青看了梦轩一眼,梦轩显得有点儿尴尬,仿佛需要解释一下,他低低地说:"我认为,无须乎让孩子们知道。"

珮青没说什么,她并不在意这个,两个孩子的可爱和天真吸引了她全部的注意力。只一会儿,她就和两个孩子亲亲热热地玩到了一块儿。坐在地毯上面,她带着他们笑,带着他们玩，左拥右抱地揽着他们，给他们讲述那些尘封在她脑海里已许许多多年的故事：青蛙王子、睡莲公主、金苹果。梦轩惊异地发现孩子们在她面前变得那么柔顺、那么乖巧，竟和他们的父亲一般依恋她。悄悄地注视着珮青，他在心中感慨地自语："她自己都不知道，她有多大的征服力量！"

珮青是不知道，她陶醉在孩子们的笑靥里，感到满心充满了喜悦和温暖。没多久，两个孩子已缠绕在她身边，寸步不离了，孩子们的笑声中夹着珮青的温柔笑语，看得梦轩的眼睛酸涩，他忍不住要想，假如这一对孩子是珮青所生，这一幅家庭的图画是多么温暖！

一阵焦味弥漫在室内，梦轩耸了耸鼻子，又皱了皱眉头，说："我打赌，一定是咖啡滚干了！"

"啊呀！"珮青惊跳起来，用手敲着自己的脑袋，嚷着说，"我帮你煮的咖啡！我忘得干干净净了！"

一边笑着，她一边抢救下那烧干了的咖啡壶，对梦轩抱歉地眨眨眼睛，说："怎么办？给你重煮吧！"

"我喝茶。"梦轩笑着说，"闻闻咖啡香，比喝更好。"

"那么，可以每天烧焦一壶。"珮青说。

在晚餐桌上，珮青忙着照顾那两个小东西，几乎都忘了自己吃，吴妈在一边帮忙，心底涌上一股欣羡，如果这是小姐的孩子呵！饭桌上的空气那么融洽快乐，梦轩带着种酸楚的情绪，看着珮青那样热心地对待孩子们。小枫咽了一口饭，握着筷子，忽然对珮青呆呆地望着，说："许阿姨，你没有小孩吗？"

佩青愣了一下，笑着说："是的，我没有。你做我的女儿吧，好吗？"

"我——"小枫认真地侧着头，想了想，严肃地说，"我不能，我妈妈会伤心的。"

佩青的笑容凝滞了一下，然后她释然地笑笑，夹了一个肉圆放在小枫的碗里，说："那么，还是做妈妈的乖女儿吧，别让妈妈伤心。"

"我不会让妈妈伤心，"小枫的小脸上一本正经，"只有爸爸的小老婆会让妈妈伤心，那是一个坏人！"

当的一声，佩青手里的汤匙掉到桌面上，汤泼洒了一桌子，笑容倏然从她唇边隐去，欢乐霎时间遁走得无影无踪。她呆呆地望着小枫，面颊变得和桌上的瓷碟一般苍白。吴妈挺直了背脊，正在喂小竹的一匙饭停在半空中。梦轩猛吃了一惊，面色也顿然变白了，放下饭碗，他紧张地喊："佩青！"

佩青没有说什么，推开了面前全然没有动过的饭碗，她颓然地站起身来，一语不发地退进了卧室里。梦轩也推开饭碗，跟着站起来，追进卧室，佩青正愣愣地坐在床沿上，不言也不动，一脸的惨切之色。梦轩的心脏绞痛了，走过去，他把手按在她的肩上，低低地喊："佩青！佩青！"

佩青仍然不动，他蹲在她的面前，握住了她那因激动变得冰冷的手，勉强地想安慰她："不要为孩子的话难过，佩青！孩子是无心的，他们还完全不懂事！"

佩青咬了咬嘴唇，那是她痛苦的时候的老习惯。直视着前面，她幽幽地说："就因为孩子是无心的，就因为孩子还不懂事，所以，孩子的话也最真实。"

"不要，珮青，不要这样想。"梦轩握紧她的手，一时间竟没有言语可以安慰她，好半天，才凄然地说，"什么叫'是'？什么叫'非'？珮青，是非是人为的，是人定的，扪心而论，我们对得住自己的良心。"

"是吗？"珮青闷闷地反问，"你真觉得我们没有做错什么？我没有使别人伤心？没有破坏别人美满的家庭？"

"哦，珮青！"梦轩痛苦地转开头，"不要作茧自缚，人生没有十全十美的事！目前的情况，对你已经是非常非常地委屈了。你应该有权利享受爱情，珮青。"

"我没有权利。"她低低地说。

"你有，"梦轩说，"每个人都有。"

"只有一个机会，我们都已经丧失了。"

"上帝应该给人弥补错误的第二个机会。"

"或者上帝并不那么宽大。"

"珮青！"他苦恼地喊，"我不该带孩子们来！"

"不，"珮青振作了一下，"你该带他们来，我喜欢他们！"站起身来，她提起精神，深吸了一口气说："我们出去吧，别吓着孩子。"

重新回到餐厅，她在自己的位子上坐下。小枫满脸惶恐，本能地觉得自己做错了事，吓得呆愣愣的。看到珮青出来，她用可怜兮兮的声音说："许阿姨，你是不是生气了？"

"噢，小枫！"珮青低喊，"一点儿也没有，我刚刚有些不舒服，现在已经好了。来，你爱吃什么？我给你拿。吴妈，你给小竹多喝点汤。"

这小小的不快仿佛立即过去了,他们又恢复了欢笑和快乐。饭后,珮青和孩子们大讲《西游记》,听得两个小东西眉飞色舞。接着,他们接待了一位客人——程步云。在馨园,他是仅有的来客。看到满室欢笑和两个孩子,这位老先生有些意外,再看到孩子们和珮青的亲热,程步云就更深地涌上了满怀的感动。

重新煮了咖啡,珮青给程步云和梦轩都倒了一杯,带着孩子退到卧室里去玩,因为两个小东西坚持要知道孙悟空大闹天宫的结果如何。梦轩和程步云谈得很投机,谈了许多问题,许多人生。

珮青走出来给孩子倒开水,无意之间,她听到程步云和梦轩的几句对话:"告诉你一件很重要的事,昨天我在天使咖啡馆里,碰到陶思贤,你猜他和谁在一起?"

"谁?"

"范伯南。"

看到珮青,他们换了话题。陶思贤和范伯南,这是物以类聚。珮青回到卧室里,心中忐忑而惊疑,但她并没有让这件事太困扰自己,她仍然和孩子们笑得很开心。

夜深了,两个孩子直打哈欠,梦轩要把孩子们送回台北,顺便也送程步云回家。车子开出了车房,珮青站在门口送他们,梦轩说:"别睡,等我,我马上就回来。"

珮青含笑点头。小枫突然从车门里钻了出来,拉下珮青的身子,在她面颊上重重地吻了一下,用带着睡意的声调说:

"再见,许阿姨。"

这使珮青大大地感动,小竹已经躺在靠垫上睡着了。目送他们的车子消失,珮青还在门口站了很久。夜露侵衣,风凉如水,她满怀激情,也有满怀凄恻。孩子的一句话,程步云的一句提示,都是晴空里的暗影。隐隐中,她朦胧地感到,属于欢乐的日子可能不太长了。

第十六章

"珮青!"梦轩停好了车子,用钥匙打开了大门,一口气冲进了房间里,扬着声音喊,"珮青!珮青!"

"怎么了?发生了什么事?"珮青从卧室里迎了出来,带着一脸的惊吓。

"我有一个好消息要告诉你!"

"好消息?"珮青微微地抬起眉毛,神色中有着三分喜悦和七分惊奇,"什么好消息?"

"我完成了一项很大的交易,赚了一笔钱。"

"哦?"珮青迟疑地看着他,他从没有对她谈过赚钱和交易这种事,她对这事也向来没有兴趣。

"这不算什么,但是,因为这笔生意做成了,我可以喘一口气,我把业务交代给张经理他们,已经都安排好了,换言之,我有一个星期的假期。"

珮青十分可爱地扬起睫毛,用那对清灵的眸子静静地瞅着他。

"懂了吗，珮青？我们有一个星期的假日，记得我说过的，我要和你一起去做一次环岛旅行，现在，我要实践我的诺言了，我们明天就出发！"

"明天？"珮青吸了一口气。

"是的，明天！珮青，这不是一次单纯的旅行，我一直欠你一些什么。"

"欠我？"

"欠你一场婚礼。"

"梦轩！"她可爱地微笑着，"别傻！我早已不在乎那些了，许多有婚礼的人不见得有我们这样相爱。"

"可是，我们该补行一次蜜月旅行。"

"这是你的心愿，"珮青的笑容温柔如梦，"反正，你心心念念要带我去旅行，我们就去吧！"

"明天一早出发，嗯？"

"自己开车去？"

"是的，你行吗？我们轮流开车。"

"我想可以。总之，一切听你的安排。"

"跟我来！"梦轩走到桌子前面，从口袋里掏出一张台湾地图，摊开在桌面上，用一支红笔，勾画着路线，一面画，一面说，"我们从台北出发，沿着纵贯线公路到台中，再从台中开车到日月潭，在日月潭住两天，然后再沿纵贯线开车到嘉义，把汽车送到车行去保养，我们换乘登山小火车去阿里山，在阿里山玩两天，再到高雄，玩大贝湖、垦丁公园，最后到鹅銮鼻,然后折返台北,如何?"

"你漏了纵贯公路。"珮青笑吟吟地说。

"那是另外一条路线,只好下次去了,如果我们折回台北的途中,你还不累的话,我们也可以从台中开往横贯公路去……"他注视着珮青,"你从没有去过横贯公路吗?"

"来台湾后,我除了台北以外,去得最远的地方就是你带我去的金山海滨。"

梦轩望着她,不住地摇头,怜悯地说:"可怜可怜的珮青!"

珮青笑了,说:"既然要去,就该准备旅行要用的东西呀!"

"来吧!"梦轩拉着她的手,把她带出房间,穿过花园,走到大门口,他的汽车还停在门外,没有开进车房。打开车门,珮青惊异地发现车内堆满了大包小包的东西,抬起头来,她奇怪地说:"这是什么?"

"路上要用的东西呀!这一大包全是食物,牛肉干、花生米、葡萄干、酸梅、糖果……应有尽有。这边的一包是药物,以备不时之需的,那一篮是苹果和梨,还有这个是旅行用的热水瓶,你不是爱喝茶吗?我们连茶叶热水瓶都带……"

"还有你的咖啡!"

"对了,还有咖啡,我们在搬家呢!这是毛毯,当我开车的时候,你可以在后面座位上睡觉。我们在途中的饭馆里吃饭,每到一站都准备一些三明治,以备前不巴村、后不着店的时候吃。你想,这旅行不是完备极了吗?"

"噢，梦轩！"珮青兴奋地吸了一口气，"我被你说得全身都热烘烘的！我从没有这样旅行过，在梦里都没有过，而且，你已经把一切都安排好了！"

"你只要准备一样东西！"

"什么？"

"你的笑容！"

"你放心，"珮青掩饰不住唇边的笑意，"我不会忘记带它的！"

第二天一清早，天刚蒙蒙破晓的时候，他们就出发了。晓雾迷茫地浮在碧潭水面上，空气里有着清晨的凉爽清新，无数呼晴的小麻雀，在枝头啁啁啾啾地鸣叫不停。珮青穿着一件宽腰身的浅紫色衬衫，一条深紫色长裤，长垂腰际的头发被一条白底紫色碎花的纱巾系着。依旧带着她所特有的那份亭亭玉立、飘然若仙的气质。梦轩目不转睛地望着她，几乎忘了开车。珮青坐进车里，和站在门口的老吴妈挥手告别。车子发动了，老吴妈倚着门柱，迷迷茫茫地注视着车后的一缕轻烟，好久好久，才发现自己面颊上竟然一片湿润了。

车子在平坦的街道上疾行，穿过了大街小巷，滑出了台北市区，驰上了纵贯线公路。公路两旁种植着木麻黄，两行绿油油的树木间夹着一望无尽的公路。雾渐渐地散了，阳光像无数的金线，从东方的云层里透了出来。敞开的车窗，迎进一车子的凉风，珮青的纱巾在风中飞扬。倚着梦轩，她不住地左顾右盼，一片翠绿的禾苗，几只长脚的鹭鸶，一座小小的竹林和几橼简陋的茅草房子……都引起她的好奇和赞美。

她浑身奔窜着兴奋，流转着喜悦，而且，不住地把她的喜悦和兴奋传染给梦轩。

"看哪，看哪！一个小池塘！"她喊着。

"噢！那边有一大群的鹭鸶，几千几万，全停在一个竹林上，看呀！你看呀！"她又喊。

蛰伏已久的、她身体中活泼的本能，逐渐流露了出来。她的面颊红润，眼睛清亮，神采飞扬。梦轩把车子开往路边，停了下来珮青问："干什么？"

"你来开。"

"我行吗？"

"为什么不行？你已经开得很好了。"

珮青坐上了驾驶座，发动了车子，她的驾驶技术已经很娴熟，车子平稳地滑行在公路上，风呼呼地掠过车子，宽宽的道路上只有极少的行人。郊外驾驶原是一种享受，只一会儿，珮青就开出了味道，加足油门，她把速度提高到时速六十公里，掠过了乡村，掠过了小镇，掠过了无数的小桥田野。她开得那么高兴，以至于当梦轩想接手的时候，她坚持地说："不！不！我要一直开到日月潭。"

"不怕累吗？"

"一点儿也不累。"

梦轩注视着她，她那精神奕奕的神情，那亮晶晶的眸子，那稳定地扶着驾驶盘的双手，那随风飘飞的长发和纱巾，那喜悦的笑容和那生气勃勃的样子……这就是他最初认得的那个许珮青吗？那个不断要把餐巾掉下地的、可怜兮兮的小妇人?

"佩青,"他说,"记得我们刚认识的时候吗?你改变了许许多多,你知道吗?"

"一百八十度的转变,是不是?"佩青说,"我真不知道怎么会碰到了你,扭转了我整个的生命。以前,我做梦也不会想到我会过这种生活,开车啦、旅行啦、跳舞啦、吃小馆啦、游山玩水啦……那时候我的天地多么狭窄,现在我才明白,生活原来是如此充实,而多方面的!"

"我说过,我要教会你生活。"

"我也学得很快,是不是?"

"确实。"

"可惜我没教会你什么。"

"教会我恋爱。"

"你本来不会吗?"

"岂止不会,根本不懂。"

她转过头来瞥了他一眼,抿着嘴角,对他嫣然一笑。

中午,他们抵达了台中,在台中一家四川馆里吃午餐,拿着菜单,他问她:"要吃什么?"

"随便。"

"你知道吗?"他笑着说,"我将来要开一家饭馆,叫'随便餐厅',其中有一道菜,就叫'随便',专门准备了给你这种小姐点的!"

"这道菜是什么内容呢?"

"鸡蛋炒鸭蛋再炒皮蛋,另外加上咸蛋和鹌鹑蛋!"

珮青扑哧一声笑了出来,说:"好啊!你在骂人呢!"

吃过了午餐,他们没有休息,就又驾驶了汽车,直奔日月潭。到达日月潭,已经是下午三点多钟了。在涵碧楼订了一间面湖的房间,他们洗了一个热水澡,除去了满身的灰尘。开了一路的车,珮青显得有些疲倦,但是,当梦轩为她泡上一杯好茶,再递上一个削好的苹果,她的精神又来了。和梦轩并排坐在窗前的躺椅里,他们注视着那碧波万顷和那凸出在湖心的光华岛,阳光闪耀在水面,几点游船在湖上穿梭。

梦轩握着珮青的手说:"我们明天一清早去游湖,今天就在涵碧楼休息休息,如何?"

珮青点点头,在迎面的清风里,望着那满山青翠和一潭如镜,她有说不出来的一份安宁和满足。喝着茶,吃着瓜子和牛肉干,他们两相依偎,柔情似水。他说:"你现在还有什么欲望吗?"

"是的。"她说。

"是什么?"

"永远和你在一起。"

黄昏的时候,他们手牵着手,走下了山,沿着湖岸的小径,他们绕到教师会馆的花园里,小径上花木扶疏,石板上苔痕点点。这还不是游湖的季节,到处都静悄悄的,从石板小径走到有小亭子的草坪上,除了树影花影,就只有他们两个的人影相并。坐在小亭子里,眺望湖面,落日和水波相映,一只山地人的小船,慢悠悠地荡了过去,船娘用布帕包着头,橹声咿呀。天际的云彩金碧辉煌,湖的对岸,远山半隐在暮色里。天渐渐地黑了,暮色挂在龙柏梢头,他们慢慢地踱了回来,跨上窄窄的石级,走回涵碧楼。一路穿花拂柳,看流萤满阶,听虫声唧唧。

夜里,她的头枕在他的手臂上,屋内没有灯光,但却有一窗明月。两人的呼吸此起彼伏,两人的心脏静静跳动。她微喟了一声,他立即敏感地问:"怎么了?"

"多么幸福哪,这种岁月!"她感慨地说,"还记得从初次相遇到现在,受过多少的痛苦、多少的悲哀,也有多少的快乐!酸甜苦辣,什么滋味都有,这也就是人生,不是吗?痛苦也是生命中必定有的一种体验,对不对?那么,我痛苦过,我快乐过,我爱过,我也被爱过,这份生命算是够充实了,当我死亡的那一天,我可以满足地说一声:'我活过了!'"

月光幽幽地射在窗帘上,繁星在黑而高的天际闪动。沉睡的大地上有着形形色色的人生:快乐的,不快乐的,幸福的,不幸福的,会享受生命的,以及不会享受生命的。珮青依偎在梦轩的怀里,微笑地合上眼睛,睡着了。

第二天一早,他们雇了一条人工划动的小木船,荡漾在水面上。日月潭分为日潭和月潭,一般游湖的人都游日潭,沿途上岸,逛光华岛、玄武庙等名胜地区。梦轩却别出心裁,主张游月潭而放弃日潭,让小船沿着湖岸划,在绿荫荫的山影中曲曲折折地前进,四周静得像无人地带,唯有橹声和风声。

梦轩和珮青并坐在布篷底下,手握着手。两人都静静地坐着，默然无语，只是偶尔交换一个会意的、深情的注视。

然后，他们到了阿里山。

从台湾最有名的水边来到最有名的山林之中，这之间的情趣大相径庭。清晨，高高地站在山巅，看那山谷中重重叠叠、翻翻滚滚的云海，看那一点红日，从云层里冉冉而出，那一刹那间的万丈光华，那一瞬间神奇的变幻，可以令人目定神移。然后，手携着手，漫步在有数千年历史的苍松翠柏之间，凉凉的空气、凉凉的露水和凉凉的云雾。只一会儿，你会走进了云中，惊奇地发现不辨几尺外的景致，再一会儿，又会惊讶那云朵来之何快，去之何速。高大的树木经常半掩在云中，几丛松枝，往往腾云驾雾地浮在半空里。这所有所有的一切，那样地引人遐思，把人带入一个神奇的童话世界里。

"看呀，看呀，"珮青迎风而立，伫立在一棵松树下面，神往地喊，"云来了，云又飘来了！看呀！看呀！我兜了一裙子的云，挽了一袖子的云呢！"

真的，梦轩望着她，云正浮在她的周围，挂在她的发梢和衣襟上面，她的脚踩在云里，她的身子浮在云里，她那亮晶晶的眼睛像闪烁在云雾中的两点寒星，她微笑的脸庞在云中飘浮。她，驾着云彩飘来的小仙女呵！那样深深地牵动他每一根神经，撼动他每一丝感情，他不由自主地向她迎了过去，伸着双手。他们的手在云中相遇，连云一起握进了手里。她的身子倚靠着他，她的眼睛仰望着他，那对黑黑的瞳孔里，有云，有树，有山，有梦轩。

"噢!"她感动地说,"这世界好美好美好美呀!为什么有人要说它是丑陋的呢?为什么有些人不用他们的胸襟,去容纳天地的灵性,而要把心思用在彼此倾轧、彼此攻击上呢?这世界上最愚蠢的东西就是人类,不是吗?"

"也是最丑陋的!"

"不,"珮青摇头,"人并不丑陋,只是愚蠢,人类的眼光太窄了,看不出天地之大!许多人不懂得相爱,把感情浪费在仇恨上面……唉!"她叹了口气,"我不配谈人生,因为我根本不懂人生,但,我是快乐的、满足的。即使我将来要受万人唾骂,我依然满足,因为我有你,还有……这么美好的一个世界。"

"为什么你会受万人唾骂?"

"以人类的道德标准看,我是个……"

他蒙住了她的嘴,阻止了她即将出口的话,她挣开他的手,甜甜地笑着说:"你多傻!我并不在意呢!"

"可是,我在意。"他郑重地说,眼底掠过一抹痛苦之色,她看得出来,他是真的被刺痛了。

"啊,看!"她分散他的注意力,"云又来了,那么多那么多的云!还有风!"她吸了一大口气,衣袂翩翩,长发飘飞。仰着头,迎着风,她念着前人的诗句:"长风万里送秋雁,对此可以酣高楼!"转向梦轩,她热心地说,"我们不回去了,让我们老死他乡吧!"

梦轩的兴致重新被她鼓舞了起来,他们追逐在山里、树林里和云里。接着,他们去了垦丁公园。

这个热带植物林里又带给他们一份崭新的神奇,那些遍布在山内的珊瑚礁,那一个套一个的山谷,以及钟乳石嵯峨参差的岩洞,充满了神秘和幽静,仿佛把他们引进一个海底的世界。对着那些曾被海水侵蚀过的礁石,梦轩不禁感慨万千。

"看这些石头,"他对珮青说,"可见在千千万万年以前,台湾是沉在海底的,这些全是珊瑚礁。而现在,这块本来是鱼虾盘踞的地方,已经变成了陆地,有这么多的人,在生存,在建设,这不是很奇怪吗?宇宙万物,真奇妙得让你不可思议!"

岩洞内倒挂的钟乳石比比林立,他们在洞内慢慢地行走,那份阴冷神秘的气氛使他们不由自主地沉默了,似乎连大气都不敢出。岩洞曲折蜿蜒,有种慑人的气势。好不容易穿出了洞口,天光大亮之下,又是一番景致,曲径莽林,杂花遍地。再加上苍苔落叶和对面的峭壁悬崖,到处都充满原始山野的气息。沿着小径前进,踄过莽林,走过狭谷,穿过山洞,他们完全被那山野的气势所震慑了。

"我简直没有想到,"珮青眩惑地说,"台湾是如此地奇妙!幸好我从我自己的鸽子笼里走出来了,否则,我永远不能领会什么叫大自然!"

他注视着她。

"造物之神是伟大的,对不对?"他说,"他会造出这样一个奇妙的世界,但他最伟大的还是……"他咽住了。

"是什么?"

"创造了你。"

她抿着嘴唇，对他轻轻一笑。

"用我和整个世界相比，我未免太渺小了。"

"对我而言，你比这世界更重要！"他笑笑，接了一句，"这句话何其俗也，不过确是实情！"凝视着她的眼睛，他对她深深久久地注视，然后轻声说："珮青，我有一句话要告诉你，我不知道我说过没有。"

"什么话？"

"我爱你。"

"不，你没说过，"她意动神驰，"这句话对我还那么崭新，一定是你没有说过。"

他温柔地揽住了她，空山寂寂，林木深深，他们吻化了天与地。

鹅銮鼻并不像他们想象的那么美，但是，他们在归途的傍海公路旁边，发现了一块铺满了白色细沙的海滩。把汽车停在公路旁，他们跑上了沙滩。一群孩子正在沙滩上拾贝壳，他们也加入了。这正是黄昏的时候，落日浮在海面上，霞光万道，烧红了天和海。他们两相依偎，望着那又圆又大的落日被海浪逐渐吞噬。脱下了鞋和袜，把脚浸在海水里，用脚趾拨弄着柔软的细沙，他们站在海水中，四目凝视，相对而笑。

一只翠鸟在海面上掠过，高高地停在一块岩石上面，用修长的嘴整理着它美丽的羽毛。珮青喃喃地说："一只翠鸟！"

"一只翠鸟，"梦轩说，"你知道希腊神话中关于翠鸟的故事吗?"

"不知道。"

"相传在古代的希腊,有个国王名叫西克斯,"梦轩轻轻地说出那个故事,"他有一个和他非常相爱的妻子,名叫阿尔莎奥妮,他们终日相守在一起。有一天,西克斯离别了阿尔莎奥妮,航海到别的地方去,刚好风浪来了,船沉了,他高呼着阿尔莎奥妮的名字,沉进了海里。阿尔莎奥妮不知道自己丈夫已经淹死,天天祷告着丈夫早日归来,她那无助的祷告使天后十分难过,就差睡神的儿子去告诉她真相,阿尔莎奥妮知道丈夫已死的消息后,痛不欲生,就跑到海边去,想跳海殉情。当她要跳海的时候,她发现了丈夫的尸体,被海水冲上了沙滩,她扑了过去。在那一刹那间,她已经变成了一只翠鸟。她在海面上飞翔,飞到西克斯的尸体边,却看到西克斯也已经变成了一只翠鸟。他们从此就在海上比翼双飞,这就是翠鸟的来源。"

"是吗?"珮青出神地看着那翠鸟,着迷地说,"那么,这只翠鸟是西克斯呢,还是阿尔莎奥妮?"

翠鸟振振翅膀,引颈长鸣了一声,飞了。

"它去找寻它的伴侣了。"梦轩说。

"在天愿作比翼鸟,在地愿为连理枝。"珮青低回地念着,神往地看着翠鸟消失的天边,"不知道我死了之后,会变成什么?"沉思了一刻,她低头看着脚下的海浪和细沙,笑着说:"或者我会变成一粒紫贝壳。"

"那么,我愿意变成一只寄居蟹,寄居在你的壳里。"梦轩也笑着说。

他们相对而视，都默默地笑了。暮色逐渐加浓，他们穿上了鞋袜，回到汽车里，该走了，他们要在晚上赶到高雄，明天起程回台北。

"谁开车？"梦轩问。

"你开吧，我累了。"

梦轩发动了车子，他用一只手操纵着驾驶盘，另一只手围着珮青的腰。珮青的头靠在他的肩膀上，一声也不响。车子在夜色中，沿着海岸线疾驰，天上冒出了第一颗星，接着，无数的小星都璀璨在海面上，珮青的呼吸均匀稳定，睫毛静静地垂着，她睡着了。

第十七章

带着满身的疲惫和满怀的温情回到馨园，珮青倦得伸不直手臂，归途中，她一路抢着要开车，好不容易到了家里，她就整个累垮了。老吴妈给她倒了满浴盆的热水，她好好地洗了一个热水澡，换上睡衣，往床上一倒，就昏然欲睡了，嘴边带着笑，她发表宣言似的说了句："看吧！我一觉起码要睡上三天三夜！"

话才说完没多久，她打了个大大的哈欠，把头往枕头里深深地埋了埋，就沉沉入睡了。

梦轩没有那样快上床，吴妈背着珮青，已经对他严重地递了好几个眼色，有什么事吗？他有些心惊胆战，一个星期以来，生命中充满了如此丰富的感情和幸福，他几乎把现实早已抛到九霄云外。但是，神仙般的漫游结束了，他们又回到了"人"的世界！

一等到珮青睡熟，梦轩就悄悄地走出了卧室，关上房门。

吴妈带着一脸的焦灼站在门外,梦轩低低地问:"什么事?"

"程老先生打过好多次电话来,说有要紧的事,要你一回来就打电话去!还有……还有……"老吴妈吞吞吐吐地说不出口,只是睁着一对忧愁的眼睛,呆望着梦轩。

"还有什么?你快说呀!"梦轩催促着。

"你太太来过了!"吴妈终于说了出来。

"什么?你说什么?"梦轩吃了一惊。

"你太太来过了,昨天晚上来的,她说是你的太太,还有另外一个太太跟她一起来的,那个太太很凶,进门就又吵又叫,要我们小姐交出人来!还骂了很多很多难听的话!"老吴妈打了个冷战,"幸好我们小姐不在家,如果听到了呵,真不知道会怎么样呢!"

梦轩的心从欢乐的巅峰一下子掉进了冰窖里,他立即明白是怎么一回事了。美婵不会找上门来吵的,陪她一起来的一定是雅婵,任何事情里只要介入了陶思贤夫妇,就必定会天下大乱了。至于程步云找他,也一定没有好事。馨园,馨园,难道这个经过了无数风波和挫折才建立起来的小巢,必然要被残忍的现实所捣碎吗?

走到客厅里,他忧心忡忡地拿起电话听筒,拨了程步云的电话号码,果然,不出他的预料,程步云的语气迫切而急促:"梦轩,你还蒙在鼓里吗?你已经危机四伏了!"

"怎么回事?"

"陶思贤陪你太太来看过我,他们打算控告珮青妨害家庭,他们已经取得很多证据,例如你和珮青的照片。这里面又牵扯上范伯南,似乎他也有某种证据,说你是把珮青勾引过去的……情况非常复杂,你最好和你太太取得协议,如果我是你,我就要先安抚好美婵!"

"全是陶思贤捣鬼!"梦轩愤愤地说,"他们找你干什么呢?这里面是不是还有文章?"

"是的,如果你要他们不告状的话,他们要求你付一百万!"

"一百万!这是敲诈!付给谁?"

"你太太!"

"我太太?她要一百万干什么?这全是陶思贤一个人弄出来的花样!"

"不管是谁弄出来的花样,你最好赶快解决这件事情,万一他们把状子递到法院里,事情就麻烦了,打官司倒不怕,怕的是珮青受不了这些!"

是的,珮青绝对受不了这些,陶思贤知道他所畏惧的是什么。放下听筒,他呆呆地木立了几秒钟,就匆匆地对吴妈说:"我要出去,你照顾小姐,注意听门铃,我每次按铃都是三长一短,除非是我,任何人来都不要开门,知道吗?你懂吗,吴妈?小姐是不能受刺激的!"

"是的,我懂,我当然懂。"吴妈诺诺连声。

梦轩看看手表,已经深夜十一点,披了一件薄夹克,他走出大门,发动了车子,向台北的方向疾驰。疲倦袭击着他,比疲倦更重的,是一种惨切的预感和焦灼的情绪,他和珮青,始终是燕巢飞幕,谁知道幸福的生活还有几天?

珮青在午夜的时候醒了过来,翻了一个身,她蒙眬地低唤了一声梦轩,没有人应她,她张开了眼睛,闪动着眼帘。房内静悄悄的,皓月当窗,花影仿蝶。伸手扭开了床头柜上的台灯,她看看身边,冷冰冰的枕头,没有拉开的被褥,他还没有睡?忙些什么呢?在这样疲倦的旅行之后还不肯休息?软绵绵地伸了一个懒腰,她从床上坐起身来,披上一件淡紫色薄纱的晨褛,下了床,轻唤了一声:"梦轩!"

依然没有人应。

她深深地吸了口气,空气中没有咖啡香,也没有香烟的气息。他在书房里吗?在捕捉他那飘浮的灵感吗?她悄悄地走向书房,轻手轻脚的。她要给他一个意外的惊喜,溜到他背后去亲热他一下。推开了书房的门,一房间的黑暗和空寂,打开电灯开关,书桌前是孤独的安乐椅,房里寂无一人。她诧异地锁起了眉头,到哪儿去了,这样深更半夜的?

"梦轩!梦轩!"她扬着声音喊。

老吴妈跌跌撞撞地从后面跑了过来,脸上的睡意还没有祛除,眼睛里已盛满了惊慌。

"怎么?小姐?"

"梦轩呢?他去了哪儿?"珮青问。

"他——他——他——"吴妈嗫嚅地,"他去台北了。"

"台北?"珮青愣愣地问了一句,就垂着头默然不语了,台北!就延迟到明天早上再去都不行吗?她颓然地退回到卧室里,心底朦朦胧胧地涌上一股难言的惆怅。坐在床上,她用手抱住膝，已了无睡意。头仰靠在床背上，她凝视着那窗上的树影花影，倾听着远方旷野里的一两声犬吠。夜很静很美，当它属于两个人的时候充满了温馨宁静，当它属于一个人的时候就充满了怆恻凄凉。梦轩去台北了，换言之，他去了美婵那儿，想必那边另有一番温柔景况，他竟等不到明天！那么，他一直都在心心念念地惦记着她了？不过，自己是没有资格吃醋的，她掠夺了别人的丈夫，破坏了别人的家庭，已经是罪孽深重，难道还要责备那个丈夫去看他的妻子吗？她曲起了膝，把下巴放在膝上，两手抱着腿，静静地流泪了。望着那紫缎子被面上的花纹（这都是他精心为她挑选的呀），她喃喃地自语："许珮青，你何幸拥有这份爱情！你又何不幸拥有这份爱情！你得到的太多了，只怕你要付出代价！"

仰望着窗子，她又茫然自问："难道我不应该得到吗？难道我没有资格爱和被爱吗？"

风吹过窗棂，掠过树梢，筛落了细碎的轻响。月亮半隐，浮云掩映。没有人能回答珮青的问题。人世间许许多多问题，都是永无答案的。

梦轩在三天之后才回到馨园来，他看来疲倦而憔悴。珮青已经等待得忧心忡忡，她打了许多电话到梦轩办公厅里去，十个有八个是他不在，偶然碰到他在的话，他也总是三言两语地结束她的谈话，不是说他很忙，就是说他有公事待办。三天来，他也没有主动给她打过一个电话。珮青是敏感而多愁的，这使她心底蒙上了无数乌云，而觉得自己那纤弱的感情的触角，又被碰伤了。

"或者，他已经厌倦了我。"长长的三个白天和三个夜晚，她就总是这样自问着。倚着窗子，她对窗外的云天低语，走进花园，她对园内的花草低语。端起饭碗，她食不下咽，躺在床上，她寝不安席。时时刻刻，她怀疑而忧虑："我做错了什么吗？使他对我不满了吗，还是他发现自己不该接近我？他的妻子使他心软了？他一定懊悔和我同居，而想结束这段感情了！"于是，她咬紧了嘴唇，在心中喃喃地念叨着，"他不会来了！他永远不会再到馨园来了！"就这样，在一次那么甜蜜而充实的旅行之后，他悄然而去，再也不来了！或者，她会在下一分钟里突然醒来，发现自己仍然生活在伯南身边，整个这一段恋情，都完全是一个梦境！这种种想法，使她心神不定地陷在一种神经质的状态里。

看到梦轩回来，她遏制不住自己的惊喜交集，在她，仿佛梦轩已经离开了几千万个世纪，是永不可能再出现的了。攀着梦轩的手臂，她用焦渴的、带泪的声音说："你总算来了，梦轩，为什么你不给我电话？"

梦轩非常非常地疲倦，三天里，他等于打了一个大仗，陶思贤是一条地道的蚂蟥、一条吸血虫！美婵娇弱而无知，完全被控制在他手里。和美婵谈不出结果，除了眼泪，她没有别的。而陶思贤，他认准了从中取利，钱！钱！钱！他付出了二十万，买回了美婵的一张状子，但是，焉知道没有下一张？焉知道要付出多少个二十万？这钱不是付给美婵，而是付给陶思贤，这使他心里充满了别扭和愤怒的感觉。他和珮青相恋，凭什么要付款给陶思贤？美婵就如此地幼稚和难以理喻！但是，他没有办法，他只有付款，除了付款，他如何能保护珮青？三天来，面对美婵的眼泪，面对孩子们茫然无知中那份被大人所培植出来的敌意，他心底也充满了隐痛和歉疚，还有份难言的苦涩。面对陶思贤，他又充满了愤慨和无可奈何！这三天他几乎没有好好睡过一次觉，也没有好好吃过一顿饭，如今，总算暂时把他们安抚住了，（以后还会怎样？）回到馨园来，他只感到即将崩溃般的疲倦。

他忽略了珮青焦虑切盼的神情，也没有体会到她那纤细的心理状况。走进客厅，他换了拖鞋，就仰靠在沙发里，疲乏万分地说："给我一杯咖啡好吗？"

珮青慌忙走开去煮咖啡，把电咖啡壶的插头插好了，她折回到梦轩的面前来。梦轩那憔悴的样子和话也不想多说一句的神态使她心慌意乱。坐在地毯上，她把手放在梦轩的膝上，握住他的手说："你怎么了？"

"我很累，"梦轩叹了口气，闭上眼睛，"我非常非常累。"

"为了公司里的事吗？"珮青温柔地问。

"是的，公司里的事。"梦轩心不在焉地回答。

珮青注视着他，她心中有股委屈和哀愁的感觉，这感觉正在逐渐地弥漫扩大中。三天的期待！三天的魂不守舍，见了面，他没有一句亲热的言辞？没有一个笑脸？对自己的不告而别也没有一个字的解释？公司里的事！三天来他就忙于公事吗？但他并不常在办公厅里。她知道他在什么地方，那儿另有一双温柔的手臂迎接着他……她猛然打了一个冷战，

209

从地毯上站了起来，咖啡滚了，香味正蹿出了壶口，散发在房间里。她走过去，拔掉了电插头，倒了一杯热气腾腾的咖啡，端到梦轩的面前，放在小茶几上，轻轻地说了一句："你的咖啡，梦轩。"

"好的，放着吧！"他简简单单地说，没有张开眼睛来。

珮青咬了咬嘴唇，猝然转过身子，退进了卧室里，奔向床边，她无法阻止突然涌发的泪泉。坐在床沿上，她用一条小手帕堵住了嘴，强力地遏制那迸发的激动和伤心。梦轩听到她退开的脚步声，仿佛自己的心脏突然被什么绳索猛牵了一下，他陡地坐正了身子，完全出于一种第六感，他跳起身来，追到卧室里。他看到她的眼泪和激动，奔向她的身边，他抓住了她的手，迫切地喊："珮青，为什么？"

"我——我不知道，"珮青抽噎着，喘息着，"我想，我是那样——那样渺小和不可爱，你——你——你会对我厌倦……会离开我……"

"噢，珮青！"他喊，拥住了她，他的唇贴着她的头发，他的眼眶潮湿了。他那易感的、柔弱的珮青哦！四面八方的打击正重重包围过来呢！她在他手心里，像个美丽的、易碎的小水珠，他要怎样才能保护她！"珮青，"他低声地、沉痛地说，"你一定不要跟我生气，我不是忽略你，只是……我心里很烦闷，我那样渴望给你快乐和幸福！珮青，我们之间不能有误会的，是不是？如果我有地方伤了你的心，那绝不是有意的，你懂吗，珮青？"

她抬起头来望着他，她懂了，她的脸色苍白。

210

"她和你吵闹了？"她问，睁大着水盈盈的眸子，"她不容许我存在，是不是？"

"没有的事，你又多疑了！"他打断她，拉着她站起身来，"来，三天没看到你，你就用眼泪来迎接我吗？我们去划船，好不好？到碧潭去！首先，你笑一笑吧！"他凝视着她雾蒙蒙的眸子。

她笑了，含羞带怯地、委屈承欢地，眼睛里还有两颗水珠，她整个的人也像一颗五彩缤纷的小水珠。

但是，欢乐的后面有着些什么？阴云是逐渐地笼罩过来了，佩青已经从空气里嗅到了风暴的气息，日子像拉得过紧的弦，随时都可能断掉，佩青知道，但她不想面对现实，睁一个眼睛闭一个眼睛，她欺骗着自己。

"佩青，"梦轩揽着她，"今晚我们去跳舞，怎样？好久我们都没去过香槟厅了，你不是很喜欢那儿的气氛吗？"

"好吧，如果你想去。"佩青顺从地说。

香槟厅里歌声缭绕，舞影翩翩。他们在靠窗的位子上坐了下来，灯光幽幽，乐声轻扬，舞池里旋转着无数的春天。他们四目相瞩，手在桌面上相握。桌上有个小花瓶，插着一朵黄玫瑰，屋顶上有一盏小红灯，给她的面颊染上了一层淡淡的红晕。她的眼睛清而亮，唇际的微笑柔和似水，他凝视着她，那一缕发丝、一抹微笑，以及面颊上任何一根线条，都使他如痴如醉。

"我们去跳舞吧！"他说。

她那细小的腰肢,不盈一握。她那轻柔的旋转,如水波荡漾。他的面颊贴着她的鬓角,从没有如此醉人的时刻,从没有听过那么迷人的音乐。随着拍子滑动的舞步,像是踩在云里,踏在雾里,那么软绵绵地不着边际。

有一大群新的客人进来了,带来许多嚣张的噪音,占据了一张长大的西餐桌,呼三喝四,破坏了宁静的空气。梦轩皱了皱眉,他讨厌那些在公共场合里旁若无人的家伙。下意识地看了那群人一眼,都是些中年以上的先生和夫人,是什么商场的应酬?那主人站了起来,趾高气扬地在吩咐侍者送东西来,啤酒、橘子汁、火烧冰淇淋……似曾相识的声音……梦轩猛地一怔,揽在珮青腰肢上的手臂不由自主地僵硬了,珮青惊觉地抬起头来,问:"什么事?"

"没,没什么,"梦轩有些局促,"有一个熟人。"

音乐完了,珮青跟着梦轩退回到位子上。熟人?什么熟人会使梦轩不安?她对那张桌子望过去……那人发现他们了,他有惊愕的表情,好了,他对他身边的一个女人说了句什么,现在,他走过来了……

"他来了!"珮青说。

"我知道。"

梦轩燃起一支烟,迎视着走过来的人。冤魂不散!这是陶思贤。

陶思贤大踏步地走了过来,他脸上有着意外的惊喜和几乎是胜利的表情,站在他们的桌子前面,他用毫不礼貌的眼光,轻浮地打量着珮青,一面用揶揄的、故作热情的声调喊:

"噢，梦轩，真没想到会碰见你！这位小姐是——你不介绍一下吗，梦轩？"

梦轩心中涌上一股愤怒的情绪，这一刻，他最想做的一件事，是对陶思贤下巴上挥去一拳头。他克制了自己，但他的脸色非常难看，嘴边的肌肉因激动而牵掣着。

"珮青，这是陶先生，这是许小姐。"他勉强地介绍着，语气里有火药味。

"哦，许小姐——"陶思贤嘲弄地看着珮青，"我对您久仰了呢，内人在那边，容许我介绍她认识你？"

珮青看了梦轩一眼，她始终没闹清楚面前的人是谁，但她已深刻地感到那份侮辱，以及那份轻蔑。不知该如何处理这个局面，她有些张皇失措了。陶思贤并不需要她的答复，已经走回他的桌子，拉了雅婵一起过来了。雅婵的作风就比陶思贤更不堪了，拉开嗓子，她就是尖溜溜的一句："啊哟，妹夫呀，你真是艳福不浅呢！"

珮青明白了，她的面颊倏然间失去了血色，张大眸子，她咽了一口口水，忍耐地看着面前的人。她那因痛苦反而显得漠然的脸庞，却另有一份高贵的气质，那种沉默成为最佳的武器，雅婵被莫名其妙地刺伤了，这女人多骄傲呀！板着脸一副神圣不可侵犯的样子，什么贱货！还自以为了不起呢！长得漂亮吗？可不见得赶得上美婵呀！有什么可神气呢？和别人的丈夫轧姘头的婊子而已！她的眉毛竖了起来，突然觉得自己有卫道的责任和帮妹妹出气的义务了！挤在珮青身边坐了下来，她盯着珮青，尖酸刻薄地说："许小姐，哦不,也就是范太太吧,我认得你以前的先生呢!你看,我都不知该怎么称呼你呢,你现在又是梦轩的……你知道,梦轩又是我妹夫,这档子关系该怎么叫呀!如果是五六十年前呢,还可以称你一声夏二太太,现在,又不兴讨姨太太这些的了……"雅婵说得非常高兴,她忽然发现自己居然有这么好的口才,尤其珮青脸上那红一阵白一阵的脸色,更使她有胜利及报复的快感,她就越说越起劲了。

梦轩忍无可忍,那层愤怒的感觉在他胸中积压到饱和的地步,他厉声地打断了雅婵:"你说够了吧,陶太太?"他猝然地站起身来,拉住珮青说:"我们去跳舞,珮青!"

不由分说地,他拖着珮青进了舞池,剩下陶思贤夫妇在那儿瞪眼睛。陶思贤倒还满不在乎,只是胸有成竹地微笑着,雅婵却感到大大地下不来台,气得直翻白眼,恶狠狠地说了句:"呸!再神气也不过是对野鸳鸯!奸夫淫妇!"

陶思贤拉了她一下,笑笑说:"我们去招待客人吧,不必把夏梦轩逼得太过分了!"当然,榨油得慢慢地来,如果梦轩真来个老羞成怒,死不认账,倒也相当麻烦呢!放长线,钓大鱼,见风转舵,这是生存的法则。他退回到他的桌子上,大声地招呼着他的客人们,这些都是新起的商业界名人,他正要说服他们投资他的建筑公司——当然,主要还得仰仗梦轩,但愿他的家庭纠纷闹大一些!

珮青跟着梦轩滑进舞池,雅婵那句"奸夫淫妇"尖锐地刺进她的耳朵里,她的步法零乱,心脏如同被几万把刀子乱砍乱剁,这就是她的地位,就是她所追寻的爱情哦!她的手冷如冰,头脑昏昏然,眼前的人影全在跳动,乐队的音乐喧嚣狂鸣……她紧拉着梦轩,哀求地说:"带我回去吧,梦轩,带我回去!"

"不行,珮青!"梦轩的脸色发青,语气坚定,"我们现在不能走,如果走了,等于是被他们赶走的!我们要继续玩下去,我们要表现得满不在乎!"

"我——我要回去!"珮青衰弱地说,声音中带着泪,"请你,梦轩,我承认被打败了,我受不了!"

"不!我们决不走!"梦轩的呼吸急促,鼻孔由于愤怒而翕张,"我们不能示弱,不能逃走!非但如此,你要快乐起来,你应该笑,应该不在乎,应该……"

"像个荡妇!"珮青迅速地接了下去,情绪激动,"我该纵情于歌舞,置一切冷嘲热讽于不顾,应该开开心心地扮演你的情妇角色,应该抹杀一切的自尊,安然接受自己是你的姘头的地位……"

"珮青!"他喊,额上的青筋凸了出来,他的手狠狠地握住她的腰,他的眼睛冒火地盯住她,喉咙变得沙哑而紧迫。

"你这样说是安心要置我于死地,你明知道我待你的一片心,你这样说是没有良心的,你该下十八层地狱!"

"我早已下了十八层地狱了!"珮青的语气极不稳定,胸前剧烈地起伏着,"我没有更深的地狱可以下了!感谢你待我好心,强迫我留在这儿接受侮辱,对你反正是没有损失的,别人只会说你艳福不浅,会享齐人之福……"

梦轩停住了舞步,汗珠从他的额上冒了出来,他的嘴唇发抖，眼睛直直地瞪着她。

"你是真不了解我还是故意歪曲我？"他问，用力捏紧她的手臂，"我是这样的吗？我存心要你受侮辱的吗？"

"放开我！"心灵的痛楚到了顶点，眼泪冲出了她的眼眶，"你不必在我身上逞强，你一定要引得每个人都注意我吗？你怕我的侮辱受得还不够，是不是？"

他把她拖出了舞池，咬牙切齿地说："走！我们回去！"

紧握着她的手臂，他像拖一件行李般把她拖出了香槟厅，顾不得陶思贤夫妇那胜利和嘲弄的眼光，也顾不得侍者的惊奇和错愕，他一直把她从楼上押到了楼下，走出大门，找到了汽车，打开车门，他把她摔进了车里，愤愤地说："我什么委屈都忍过了，为了你，我接受了我一生都没接受过的事情，换得的只是你这样的批评！你——珮青，"他说不出话来，半天，才猛力地碰上了车门，大声说，"你没有良心！"

从另一个门钻进了驾驶座，他发动了车子。珮青蜷缩在坐垫上，用牙齿紧紧地咬住嘴唇。她无法说话，她的心脏痛楚地绞扭着，压榨着，牵扯得她浑身每个细胞都痛，每根神经都痛。她闭上眼睛，一任车子颠簸飞驰，感到那车轮如同从自己的身上碾过去，周而复始地碾过去，不断不停地碾过去。

车子猛然刹住了，停在馨园的门口。随着车子的行驶，梦轩的怒气越升越高，珮青不该说那种话，他一再地忍受陶思贤，不过是为了保护珮青，她受了侮辱，他比她还心痛，她连这一点都不能体会，反而要故意歪曲他！最近，他一再地忍气吞声,所为何来?连这样基本的了解都没有,还谈什么爱情!到了馨园,他把她送进房间里,就话也不说地掉头而去。看到他大踏步地走出房门,珮青错愕地问了一句:"你去哪儿?"

"台北!"他简单地说,穿过花园,跨出大门,砰然一声把门关上,立即就发动了车子。

不!不!不!不!不!珮青心中狂喊着,不要这样走!不要这样和我生气地离开!我不是有意说那些!我不是有意要你难过、要你伤心!不,不,不要走!她的手扶着门钮,额头痛苦地抵在门上,心中不停地辗转呼号:梦轩,不要走!梦轩,你不要跟我生气!梦轩!梦轩!梦轩!梦轩……她的身子往下溜,滑倒在地毯上,晕了过去。

珮青倒地的声音惊动了老吴妈,飞奔过来,扑在珮青的身上,她惊恐地大喊:"小姐!小姐!小姐呀!"抬头四顾,先生呢?夏先生何处去了?小姐!小姐呀!扶着她的头,她无力移动她,只是不停地喊着:"小姐!小姐呀!"

梦轩的车子疾驰在北新公路上,一段疯狂的驾驶之后,他放慢了速度,夜风迎面吹来,带着初夏的凉意,他陡地打了一个冷战,脑子忽然清醒了。紧急地刹住了车,他茫然四顾,皓月当空,风寒似水。他在做些什么?就这样和珮青赌气离去?那柔弱的小女孩,她受的委屈还不够?他不能给她一个正大光明的地位,让她在公共场合中受侮,然后他还要和她生气,留下她独自去伤心?自己到底在做些什么?摇摇头,他迅速地把车子掉了头,加快速度,向馨园驶去。

217

他奔进房内的时候，老吴妈正急得痛哭，一眼看到躺倒在地上的珮青，他的心沉进了地底——她死了！他杀死了她！他扑过去，一把抱起珮青，苍白着脸，急声喊："珮青！珮青！珮青！"

把她放在床上，他用手捧着她的脸，跪在她的床前。珮青！珮青！我做了些什么？我对你做了些什么？珮青！珮青！

他想跳起来，去打电话请医生。但是，她醒了，慢慢地扬起睫毛，她面前浮动着浓浓的雾，可是，他的脸在雾的前面那样清晰，那样生动！他的眼睛被痛楚烧灼着，他的声音里带着灵魂深处的震颤："珮青！我不好！都是我不好！"

泪淹过了她的睫毛，她抬起手臂来，圈住了他的脖子。我就这么圈住你，你再也不能离开我，梦轩！抽噎使她语不成声："别离开我，梦轩！别生我的气！"

他的头俯了下来，嘴唇紧压在她满是泪痕的面颊上。上帝注定了要我们受苦，怎样的爱情，怎样的痛苦，和怎样的狂欢！

第十八章

这是快乐的日子,还是痛苦的日子?是充满了甜蜜,还是充满了凄凉?珮青分析不出自己的感觉和情绪。但是,自从香槟厅的事件以后,她就把自己锁在馨园里,不再肯走出大门了,她深深地体会到,只有馨园,是属于她的小天地和小世界,馨园以外,就全是轻蔑和责难——她并不洒脱,最起码,她无法漠视自尊的伤害和侮辱。

整日关闭在一个小庭园里并不是十分享受的事情,尤其当梦轩不在的时候。日子变得很长很长,期待的情绪就特别强烈。如果梦轩一连两日不到馨园来,珮青就会陷在一种寥落的焦躁里。不知从什么时候起,她和梦轩两人都失去了和平的心境,她发现自己变得挑剔了,挑剔梦轩到馨园来的时间太少,挑剔他没有好好安排她,甚至怀疑他的热情已经冷却。梦轩呢?他也逐渐地沉默了,忧郁了,而且易怒得像一座不稳定的火药库。

黄昏，有点雨蒙蒙的。花园里，暮色加上细雨，就显得特殊地苍凉。梦轩当初买这个房子的时候，特别要个有树木浓荫的院落，如今，当珮青孤独地伫立在视窗，就觉得这院子是太大了，大得凄凉，大得寂寞，倒有些像欧阳修的《蝶恋花》中的句子："庭院深深深几许？杨柳堆烟，帘幕无重数……"

下面的句子是什么？"玉勒雕鞍游冶处，楼高不见章台路！"他呢？梦轩呢？尽管没有玉勒雕鞍，他也自有游冶的地方。当然，他不是伯南，他不会到什么坏地方去。可是，他会留恋在一个温暖的家庭里，融化在儿女的笑靥中和妻子的手臂里，那会是一幅美丽的图画！珮青深吸了一口气，闭上眼睛，把前额抵在窗棂上。不！我没有资格嫉妒，我是个闯入者，我对不起她，还有什么资格吃醋呢？但是……但是……我如何去克制这种本能呢？她摇摇头，梦轩，但愿我能少爱你一点儿！但愿我能！

暮色在树叶梢头弥漫，渐渐地，渐渐地，颜色就越来越深了，那些雨丝全变成了苍灰色，可是地上的小草还反映着水光，她仍然能在那浓重的暮色中辨出小草的莹翠。几点钟了？她不知道，落寞得连表都不想看。但，她的知觉是醒觉的，侧着耳朵，她在期盼着某种声音，某种她所熟悉的汽车马达和喇叭声。雨点从院落外的街灯上滴下来，街灯亮了。几点钟了？她不知道。再闭上眼睛，她听着自己的心跳：噗突，噗突，噗突……很有节奏地响着，梦轩，梦轩，梦轩……很有节奏地呼唤，心底的呼唤。不行，梦轩，你得来，你非来不可！我等待得要发疯了，我全身每个细胞都在等待。梦轩，你得来，你非来不可！假如有心灵感应，你就会知道我要死了，我会在这种等待里死掉，梦轩，你得来，你非来不可！

吴妈的脚步声踩碎了她的凝想。

"小姐，你在做什么？"

"哦，"她愣愣地转过身子，"我不知道。"

吴妈看了珮青一眼，心里有几分嘀咕，上帝保佑我的好小姐吧，她怎么又这样恍恍惚惚了呢？如果她旧病复发，就再也没有希望了。伸手打开了电灯开关，让灯光赶走屋里那种阴冷冷的鬼气吧！"小姐，我开晚饭了，好不好？有你爱吃的蛋饺呢！"吴妈故作轻快地嚷着，想唤回珮青飞向窗外的魂魄。

"哦，晚饭！不，再等一会儿，说不定他会来呢，他已经好几天没有来了。"珮青痴痴地望着窗子。

"好几天？小姐！他昨天早上才走的，不过是昨天一天没来罢了。别等了，快七点钟了呢，他要来早就来了！"

"不！我还要等一下。"珮青固执地说，用额头重新抵着窗子，站得腿发麻。梦轩，你得来，你非来不可，如果你今晚不来，我就再也不要理你了！梦轩，我是那样那样地想你！你不来我会恨你，恨死你，恨透你！现在几点了？即使你来了，我也不理你了！我恨你！梦轩！但是，你来吧，只要你来！

天黑透了，远远的碧潭水面，是一片迷蒙。梦轩呢？梦轩在哪儿?

梦轩在哪儿?他在家里,正像珮青所预料的,他在美婵的身边。将近半年的时间,他生活在美婵和珮青之间,对他而言,是一种无法描述的生活。艳福不浅?齐人之福?怎样的讽刺!他说不出心底的苦涩。许多时候,他宁愿美婵是个泼妇,跟他大吵大闹,他就狠得下心来和她离婚。但是,美婵不是,除了流泪之外,她只会絮絮叨叨地诉说:"我有什么不好?我给你生了个女儿,又给你生了个儿子,我不打牌,也不到外面玩,你为什么不要我了?你如果还想要孩子,我再给你生,你何必讨小老婆呢?"

美婵!可怜的美婵!思想简单而毫无心机的美婵!她并不是很重感情的,她混混沌沌得根本不太明白感情是什么。但是,失去梦轩的恐惧却使她迅速地憔悴下来,本来她有个红润丰腴的圆脸庞,几个月间就变长了,消瘦了,苍白了。这使梦轩内疚而心痛,对美婵,他没有那种如疯如狂的爱情,也没有那种心灵深处的契合及需求,可是,却有份怜惜和爱护,这种感情并不强烈,却如一条静静的小溪,绵邈悠长,涓涓不断。

多少次,他对美婵保证地说:"你放心,我不会不要你的,也绝不会离开你的。"但是,美婵不相信这个,凭一种女性的本能,她多少也体会到梦轩即使在她身边,心也在珮青那儿,再加上雅婵灌输给她的思想和陶思贤的危言耸听,对她早已构成一种严重的威胁。梦轩会遗弃她,梦轩会离开她,梦轩会置妻儿于不顾!每当梦轩逗留在馨园的日子,她就会拥抱着一儿一女哭泣,对孩子们反复地说:"你们的爸爸不要你们了!你们没有爸爸了!"

两个孩子失去了欢笑,家庭中的低气压压住了他们,那些童年的天真很快地被母亲的眼泪所冲走。小枫已经到了一知半解的年龄,她不再用软软的小胳膊来欢迎她的父亲,而代之以敌视的眼光和恐惧怀疑的神情,这使梦轩心碎。小枫,他那颗善解人意的小珍珠!什么时候变得有这么一张冷漠而悲哀的小脸?

"小枫,明天我带你出去玩,嗯?"他揽着女儿,勉强想提起她的兴致,"带你去动物园,好不好?"

小枫抬头看了他一眼,大圆眼睛里盛着早熟的忧郁。

"妈妈也去吗?"她轻轻地问,"妈妈不去,我就不去。"

他看看美婵,美婵的睫毛往下一垂,两滴泪珠骨碌碌地从眼眶里滚了出来。梦轩心中一紧,鼻子里就冲进一股酸楚。美婵向来是个乐天派的,嘻嘻哈哈的小妇人,现在竟成为一个终日以泪洗面的闺中怨妇!她有什么过失?正像她自己说的,她有什么不好?该遭遇到这些家庭的剧变?如果这里面有人做错了,只是他有错,夏梦轩,他的罪孽深重!他打了个冷战,下意识地把小枫揽紧了些,说:"是的,妈妈也去,是吗美婵?我们好久没有全家出去玩过了,明天带小枫、小竹去动物园,我下午就回来,晚上去吃顿小馆子,怎样?"

美婵没说什么,只是,带泪的眸子里闪过一抹意外的喜悦。这抹喜悦和她的眼泪同样让梦轩心痛。美婵,这善良而单纯的女人,他必须要待她亲切些!

他这天没去馨园,第二天也没去。

第二天?多么漫长的日子!珮青仰躺在床上,目光定定地看着天花板上那盏玻璃吊灯,那是由许许多多玻璃坠子所组成的,一大串又一大串,风吹过来会叮叮当当响,摇摇晃晃的十分好看。一共有多少片小玻璃?她数过好几次,却没有一次数清楚过。现在几点了?她不知道。但她知道一件事,他今晚又不会回来了,用"回来"两个字似乎不太对劲,这儿不是他的家,他另外有一个家,这里只是馨园,是他的小公馆。当然,自己不该有什么不满,当初她是心甘情愿跟他来的——心甘情愿组织这个爱的小巢,心甘情愿投身在这段爱情里面,心甘情愿接受这一切,快乐、痛苦,以及煎熬。

但是他不该这样冷落她,昨天的等待,今天的等待……这滋味有多苦!最起码,他该打个电话给她,但是,她又多怕接到他的电话,来一句干干脆脆的:"珮青,我今晚不能回来……"那么,她就连一丝希望都没有了,有等待总比没有等待好一些。他是不是也因为怕说这句话而不打电话回来?她叹息了一声,瞪着吊灯的眼睛有些酸涩了。她用几百种理由来责怪他的不归,又用几百种理由来原谅他!哦哦,梦轩,但愿我能少爱你一点!

黄昏的时候曾经刻意修饰过自己,"士为知己者死,女为悦己者容!"她装扮自己只是为了他,而现在,没什么关系了。她打电话到他办公厅里去过,他整个下午都没有上班,有应酬,还是和妻儿在一起?总之,已经过了晚餐的时间,他是多半不来了,又白白准备了他爱吃的凉拌粉皮和糖醋鱼!

"小姐,"吴妈走了进来,"开饭了吧!"

"不,"她忧愁地转过头来,"我要再等一会儿!"

"噢,小姐呀,你不能这样天天不吃晚饭的,"吴妈在围裙里搓着双手,"夏先生也不会愿意让你这样的呀!他不会高兴你越变越瘦呀!小姐,来吃吧,夏先生如果回来,也一定吃过了,现在已经七点半钟了。"

"我不想吃!"珮青懒懒地说,把头深埋在枕头里,一头浓发披散在浅紫色的枕面上。

"小姐!"

"我真的不想吃!吴妈!"

吴妈想说什么又咽了回去,摇摇头,叹口气,自言自语地叽里咕噜着,一面退出了房间。"以前是那样的,现在又是这样的,我的好小姐,这怎么办才好呀!"

珮青继续蜷缩在床上,脑子里纷纷乱乱的全是梦轩的影子,被单上每个花纹里有他,吊灯上每片玻璃中有他,甩甩头,他还在,摇摇头,他也在,闭上眼睛,他还在……哪儿都有他,也是哪儿都没有他!

时间静静地滑过去,很静,很静,很慢,很慢。空气似乎静得不会流动了。蓦然间,电话铃惊人地响了起来,满房间都激荡着铃声。珮青像触电般直跳了起来,他打电话来了!听听他的声音,也比连声音都听不到好些!奔进了客厅,她握起了听筒,声音中带着喘息的喜悦及哀怨:"喂?梦轩?"

225

"梦轩？哈哈哈！听不出我的声音了？"对方是个男人，但不是梦轩！珮青浑身的肌肉都僵硬了，血液都变冷了，脑子中轰然作响，牙齿立即嵌进了嘴唇里。这声音，很久远很久远以前的声音，来自一百个世纪以前，来自地狱，来自被抛弃的世界里！这是伯南！曾经宰割过她的生命、灵魂和感情的那个男人！他不会放过她，她早就知道他不会放过她！

"你好吧，珮青？"伯南的声音里带着浓重的轻蔑和嘲讽，"你千方百计离开我，我以为你有多大的能耐呢，原来是做别人的姘头？他包下你来的？给你多少钱一个月？不值得吧，珮青！他在你的身边吗？或者你愿意到复兴园来看看，你的那个深情的男人正和妻子儿女在大吃大喝呢！你不来看看他们多么美满，多么亲热？你过得很甜蜜吗？很幸福吗？珮青，怎么不和你选择的男人在一起呢？或者，你只是个被藏在乡下见不得人的东西！哈哈！你真聪明，聪明到极点了！如果你寂寞，我会常常打电话来问候你，我对你还旧情难忘呢！别诧异我怎么知道你的电话号码，我现在正和陶思贤合伙做生意……你闷得难过的话，不妨打电话给我，你这种小淫妇该是耐不住寂寞的……"

珮青的头发昏，眼前的桌子椅子都在乱转，她不知道自己为什么不抛下听筒，为什么还要继续听下去，她的两膝已经开始颤抖，浑身绵软无力，但仍然机械化地听着那些嘲笑和侮辱："你有很高尚的灵魂？哈哈！珮青！你想不想知道别人对你的批评？你是个荡妇！一个被钱所包下来的妓女，一个标准的寄生虫！你除了给人做小老婆之外还能怎样生活？

你以为他爱你？来看看吧！看看他和他的太太多亲热，顺便告诉你一句，他的太太是个小美人呢！你不过是他生活中的消遣品而已！好了，珮青，祝你快乐！我在复兴园打电话给你，我正和朋友小吃，看到这么美满的一幅家庭图，使我想起你这个寂寞的可怜虫来了，忍不住打个电话给你！别蜷在沙发里哭啊，哈哈！再见！甜心！"

电话挂断了，珮青两腿一软，坐进了沙发里，听筒无力地落到电话机上。有好长的一段时间，她觉得整个思想和感情都麻麻木木的，直到嘴唇被咬得太重而痛楚起来。她下意识地用手摸摸嘴唇，眼睛直直地瞪着电话机。逐渐地，伯南所说的那些话就像答录机播放一般在她脑中不断地重复，一遍又一遍。她知道伯南恨透了她，当初离婚也是在程步云逼迫下答应的，他不会放过机会来打击她，更不会放过机会来侮辱她。但是，他说的话难道没有几分真实吗？她是个寄生虫！她是别人的姘头！别人的小老婆！她也相信复兴园里正有一幅美满的家庭图！社会不会原谅她，人们不会说她追求的是一份美丽的感情，她是个荡妇，是个淫妇！是个家庭的破坏者！是个社会的败类，是个没有灵魂和良心的女人！

她用手蒙住了脸，倒进沙发里，仿佛听到了四面八方对她的指责，看到伯南、陶思贤等人得意的笑脸，哈哈！许珮青！你以为你是个多么高尚的人物！你不过是他生活中的消遣品而已……她猛地从沙发上坐了起来，身子挺得直直的。不，不，梦轩，不是的！从没有人像你这样爱我！这样了解我！这样深深地迈进我的心灵深处！我不是你的玩物，不是！不是！不是！她用手堵住嘴，啜泣起来，梦轩，我们相爱，人们相爱为什么是过失？为什么？

许久之后，珮青仍然沉坐在那沙发里，"别蜷在沙发里哭啊，哈哈！"她是蜷在沙发里哭，她是一朵漂在大海里的小菱角花，她早已迷失了方向。梦轩，梦轩，我该怎么办呢？你真爱你的妻子儿女？她是个小美人，是吗？消遣品？玩物？我？不！不！梦轩！她浑身痉挛，冷汗从额上冒了出来，梦轩，你得来，我要见你！我非见你不可！她的眼光落到电话机上。他家的电话号码是多少？电话号码簿上有，对了，在这儿！梦轩，我不管了，我要见你！

她拨了电话号码，拨到梦轩的家里。对面的铃声敲击在她的心上，她紧张而慌乱，有人接电话了，是个女人！是她吗？是他的妻子吗？她口吃地说："请——请——夏先生听电话。"

听筒那边有很多的人声，杂着孩子的笑声，似乎非常热闹。接电话的女人扬着声音在喊："妹夫呀！你的电话，是个美丽的声音呢！"

妹夫？那么，是陶思贤的太太接的电话，陶思贤夫妇在他们家里？她听到那个女人尖锐的句子："这可不是步步高升了？居然打到家里来要人了呢！"

梦轩接起了听筒，声音急促而冷淡："喂，哪一位？"

"梦轩，"她的手发着抖，声音也发着抖，"你马上来好吗？我要见你！"

"有什么事？你病了？"梦轩不安的语气。

"不，没有，只是我要见你。"

"我明天来，今晚不行。"梦轩的声音十分勉强，显然有所顾忌。

"梦轩……"她急急地喊，几乎是哀求地，"请你……"

"我说不行，我有事！"梦轩打断了她，有些不满地说，"你不该打电话到这里来。"

珮青咬紧嘴唇，颤抖的手再也握不牢听筒，一句话也没再说，她把听筒放回电话机上，像发疟疾似的浑身寒战。蜷在沙发上，她抖得十分厉害，牙齿和牙齿都打着战。是的，她没有资格打电话到那边去，她也没有资格要梦轩到这儿来，他也不要来，他有个美满的家庭……是的，是的，是的，她不该打电话到那边去，她不该！她不该！她不该！她是自取其辱！她胸中的血液翻腾上涌，脑中像有一百个炸弹在陆续爆炸，颤巍巍地站起身来，她直着喉咙喊："吴妈！吴妈！"

吴妈匆匆忙忙地跑出来，珮青的脸色使她吓呆了，惊慌地冲过来，她扶住了珮青，问："你怎么了，小姐？"

"我要出去，"珮青喘息着，"我马上要出去！"

"现在吗？"吴妈诧异地瞪着她，"你生病了，小姐，你的手冷得像冰一样！你现在不能出去，已经快十点钟了。"

"我要出去，你别管我！"珮青说，立即打电话叫了一部计程车，"我出去之后再也不回来了！"

"什么！小姐？"吴妈的眼睛瞪得好大好大，"你是真的生病了！你一定在发烧！"

"我没有！"珮青向门口走去，她的步伐歪斜而不稳，

"告诉他我走了！告诉他我不再回来了！告诉他……"她的嘴唇颤抖，"我不破坏他的幸福家庭！"

"小姐！你不能走！小姐！"吴妈追到大门口来，焦灼地喊着，她不敢拦阻珮青，医生曾经警告过不能违拗她，"小姐，这么晚了，你到哪里去呀？"

珮青钻进了计程车，吴妈徒劳地在大门口跳着脚，车子绝尘而去了，留下一股烟尘。吴妈呆站在门口，眼睁睁地望着那条长长的柏油路，嘴里反反复复地喃喃自语："我的好小姐呀！我的好小姐呀！我的好小姐呀！"

梦轩接到珮青电话的时候，正是心中最烦恼的时候，陶思贤又来了，开口就是十万元！正像梦轩所预料的，这成了一个无底洞，他讨厌陶思贤那胸有成竹的笑容，讨厌他假意的恭维，但是，他却不能不敷衍他。这天早上，张经理曾经把最近几个月的账册捧来和他研究，吞吞吐吐地暗示梦轩私人透支了过多的款项，使得公司不得不放弃几笔生意。他正在火头上，陶思贤又来要钱！事业、家庭和爱情，成为互相抵触的三件事，而他的生命就建筑在这三件事上！几个月来，他所面临的重重问题和重重矛盾，使他的神经紧张得即将崩溃！

珮青的电话来的时候，陶思贤脸上立即掠过一个得意的笑，雅婵尖声地叫嚷着，显然刺激了美婵的安宁。这使梦轩愤怒而不安，他生陶思贤的气，他生雅婵的气，他也气珮青多此一举，好好的打什么电话？更给别人破坏的把柄！在气愤、沮丧和仓促之中，他没有考虑到珮青的心理状况。但是，当珮青猝然地挂断了电话，他立即觉得不对了，一连"喂"了好几声，他心中涌起一阵强烈的不安，当时的第一个冲动，是再打过去。可是，他接触到陶思贤的眼光，又接触到美婵窥探而忧愁的眸子，他放下了电话，等一会儿吧，等到夜深人静的时候，他再打电话给她，再向她解释。

深夜，当美婵和孩子们都睡了，他悄悄地披衣下床，拨了一个电话到馨园。铃响了很久，然后才有人来接，是心慌意乱的老吴妈："夏先生，是你吗？不好了，你赶快回来，我们小姐走了！"

"什么？"梦轩心惊肉跳，"你说什么？"

"小姐走掉了，"吴妈哭了起来，"她说她不再回来了，她说她不破坏你的幸福家庭！"

"什么？吴妈，你怎么让她走？"梦轩大叫，"她到哪里去了？什么时候走的？"

"晚上十点多钟，她的脸色很难看，她很伤心的样子，我不知道她到哪里去了！"

梦轩抛下了听筒！慌乱地站起身来，不不，珮青，你怎么可以这样？你能走到哪里去？你对这个世界连一分一毫都不认识！离开我？珮青！你怎么这样傻？不！不！珮青！你一定误会了我！珮青！珮青！他匆忙地穿上衣服，冲出大门，感到如同万箭钻心，百脉翻腾。美婵被惊醒了，追到大门口来，她喊着说："梦轩！半夜三更的，你到哪里去？"

"我有事！"梦轩头也不回地说，发动了汽车。车子如脱弦之箭，立即冲得老远老远。

"他走了!"美婵把头靠在门框上,眼泪立即涌了上来,"这样深更半夜,他还是要去找她!他心里只有她,只有她一个,他会永远离开我了。"

"妈妈!妈妈!"小枫也被惊醒了,揉着惺忪的眼睛摸到门口来,"你在做什么?妈妈,爸爸哪里去了?"

"他走了!他不要我们了!"美婵说,猛然抱住小枫,哇的一声哭了出来,"小枫,小枫,你没有爸爸了!"

小枫呆愣愣地站着,大睁着她那不解人间忧愁的、无邪的眸子,望着这个她所不了解的世界。

第十九章

珮青没有地方可去。

计程车离开了馨园,仓促中,她不加考虑地要司机开到台北车站,在她当时迷迷惘惘的思想里,是要离开台北,到任何一个小乡村里面去躲起来,躲开这段感情,躲开梦轩,躲开她的痛苦和欢乐。可是,当她站在台北车站的大厅里,仰望着那块火车时刻表的大牌子,她就眼花缭乱了。那么多的地名,陌生得不能再陌生,她要到何处去?什么地方可以接受她?可以让她安定下来?躲开!躲开!她躲得开梦轩,躲得开馨园,躲得开台北,但,如何躲开自己?而且,她是那样畏惧那些陌生的地名,她一直像个需要被保护的小鸡,她不是一只能飞闯天下的鹰鹫!陌生的环境,陌生的人,陌生的地名都使她退缩,她不敢去!她什么地方也不敢去!

在候车室里,她呆呆地坐了一个多小时,神志一直是迷迷惘惘的。她无法集中自己的思想,无法安排自己的去向,甚至，到了最后，她竟不太确知自己要做什么。夜慢慢地深了，火车站的警员不住来来回回地在她面前走动，对她投以好奇和研究的眼光。这眼光终于使她坐不下去了，她一向就害怕别人注意她。站起身来，她像梦游般离开了台北车站，走向那灯光灿然的大街。

穿过大街，一条又一条，她不知道自己走了多少路，但是，市区的灯光逐渐减少了，商店纷纷打烊，关起了铁栅和木板门，霓虹灯暗灭无光，行人越来越少，街上只剩下偶然踏过去的一两辆空荡荡的三轮车和几部仍在寻觅夜归客人的计程车。珮青疲倦了，每向前走一步都像是一件艰巨的工作，但她仍然机械化地迈着步子，疲倦，疲倦，疲倦……说不出来有多疲倦，精神上的疲倦加上肉体上的疲倦，那些疲倦比一座山的分量还重，紧压在她每一根神经上。

走到哪里去呢？人生就是这样盲目地行走，你并不能确知哪条路是你该走的，但是，一旦走错了，你这一生都无法弥补。她实在不想走了，她疲倦得要瘫痪，全盘地瘫痪。走到哪里去呢？让我休息下来吧！让我休息下来吧！让我休息下来吧！同一时间，梦轩正在各处疯狂地找寻着珮青，她能到哪里去呢？她无亲无友，是那样一个瑟缩的小动物，她能到什么地方去呢？他连一丝一毫的线索都没有。最后，才灵机一动，想起去查问计程车行，那司机还记得把珮青送到火车站，这使梦轩的血液都冷了。火车站！难道她已离开了台北！追寻到火车站，他问不出结果来，没有一个卖票员能确定是不是有这样一个女人来买过票。终于，他的查询引起了那个警员的注意,带着几分好奇和关切,他问:"是个穿紫衣服的女人吗?"

"是的!是的!"

"瘦瘦的,有对大眼睛,很忧愁的样子?"

"是的,就是她!"梦轩急急地说,"你看到了?"

"她没有买票,也没上火车,在候车室坐了很久,然后就走了。"

"走到哪里去了?"

警员耸了耸肩:"不知道。"

这是最后得到的线索,梦轩驾着汽车,发疯一般地在大街小巷乱撞。珮青,你在哪儿?珮青,你在哪儿?忽然间,他刹住了车,脑子里闪过一个思想:程步云!为什么没有想到他?他像爱护自己的女儿一般爱护珮青,珮青也崇敬他,而且,他是最同情他们,也最关怀他们的朋友。如果珮青要找一个朋友家去住,唯一可能的人就是程步云!他缓缓地开着车子,路边有一个电话亭,他停下车,拨了一个电话到程步云家里。

电话铃把已经熟睡的程步云惊醒了,睡梦迷糊地下了床,他拿起听筒,对面是梦轩焦灼的声音:"程伯伯,珮青有没有去你那儿?"

"你说什么?"程步云的睡意仍浓,"珮青?"

"是的,她走了,有没有到你那里去?"

"珮青走了?"程步云吃了一惊,瞌睡虫全飞到窗外去了。"什么?怎么一回事?"

"那么，她没去你那里了？"梦轩绝望的声音，"珮青一声不响地走了，我不知道是怎么回事，我想我伤了她的心，我太累了。她不该这样离去，她根本没地方可去！我到处都找不到她！我已经急得要发神经病了！"

"慢一点儿，到底是怎么回事？你跟她吵架了？"

"没有，但是我伤了她的心，我知道。她交代吴妈告诉我，说她不破坏我的幸福家庭！我的幸福根本握在她手里，她连这一点都不体会，她误会我……我……"梦轩深吸了一口气，"我不能再说了，我要去找她！"

"喂，喂，梦轩……"程步云喊着，但是，梦轩已经挂断了电话。程步云望着电话发愣，好半天，才摸着沙发坐了下来。电话早已惊动了程太太，她披上衣服，追到客厅里来，问："怎么了？发生了什么事？"

"梦轩的电话，珮青出走了！"程步云说。

"珮青！"程太太惊呼了一声，她是那样地喜欢珮青，那个清清秀秀，不沾一点儿人间烟火味的小女孩，那样沉静温柔，那样与世无争！在目前的社会里，这种典型的女孩何处可寻？

"一定是梦轩欺侮了她！"她直觉地说。

"梦轩不会欺侮她，"程步云说，"梦轩爱她爱得发疯，怎么还会欺侮她？只是他们目前的情况太难处，两个人的滋味都不好受，珮青并不是个没有自尊心的女孩子，她的感情又过分纤细和脆弱……"

"我早就说过，"程太太不平地嚷着，"梦轩根本不该和她同居,他应该干脆和美婵离婚,跟珮青正式结婚!这样的情况本来就太委屈珮青了……"

"如果和美婵离婚,岂不太委屈美婵了?"程步云打断了妻子的话,"梦轩会弄得这么痛苦,就因为他本性善良,因为他还有良心,许多时候,良心也是人的负担!他无法甩掉美婵,他知道美婵需要他……"

"那么,他当初何必招惹珮青呢?"

"别这么说,太太,"程步云深深地注视着妻子,"记得我们相遇的时候,那种无法抵御的、强烈的彼此吸引吗?我们都懂得爱情,别责备爱情!何况,珮青几乎死在范伯南手上,难道你嫁了一个混蛋,就必须跟这个混蛋生活一辈子吗?珮青是被梦轩从死神手里救回来的,他们彼此需要,珮青离开梦轩也活不了的。而梦轩,既不忍抛弃美婵,他除了和珮青同居之外,还有什么办法?"

"这……"程太太为之结舌,半天才叹了口气说,"老天何苦安排这样的相遇和相恋呢!"

"这就是人生哩,"程步云感慨万千,"欢乐和痛苦经常是并存的,上帝造人,造了欢笑,也造了眼泪呀!"

"唉!"程太太又叹了口气,"他们是不该受苦的,他们都是好人……"

"或者,好人比坏人更容易受苦,因为他们有一颗太容易感动的心!"

"你要抹杀是非了!"

"什么是'是非'?是非是人定的,在冥冥中,应该有一个更公正的是非标准！给人类做更公正的裁判！人的是非往往是可笑的，他们会判定佩青的'非'，她是个家庭的破坏者！会判定梦轩的'非'，他有那么好的妻子还移情别恋！但是，陶思贤和范伯南这种人，倒未见得有什么大的'非'。以前，我们认为三妻四妾是理所当然的'是'，现在认为是理所当然的'非'；以前认为包小脚是理所当然的'是'，现在也认为是理所当然的'非'，是非全是人为的……"

程步云的"是非"之论还没有说完，门铃蓦然间响了起来，他从沙发上跳起身，说："准是梦轩！"

走到大门口，他打开了大门，出乎意料地，门外并不是梦轩，而是满身疲倦、满怀怆恻和无奈的佩青！斜靠在门边的水泥柱子上，她已经累得几乎要倒下去，睁着一对大而无神的、楚楚可怜的眸子，她静静地望着程步云，薄薄的嘴唇带着柔弱的战栗，她轻轻地说："程伯伯，我——没有地方可去，我——累了。"

说完，她的身子摇摇欲坠，脸色像一张白纸。程步云立即扶住了她，大声地喊着太太，他们把她扶进了屋里，让她躺倒在沙发上。她的神情惨淡，眼睛无力地合着，手脚冰冷而呼吸柔弱。程步云马上打电话去请他所熟悉的医生，一面倒了一小杯白兰地灌进她的嘴里，希望酒能够振作她的精神。程太太用冷毛巾压在她的额上，不住地低声呼唤她。酒和冷毛巾似乎发生了作用，她张开了眼睛，孤独、无助而迷惘地看看程步云夫妇，解释似的说："我——不能不来，我——太累了，我——要休息一下。"

"是的，是的，我的好孩子！"程太太含着满眶眼泪，一迭连声地说，把她的头揽在她宽阔而温暖的胸前，"我们知道，我们什么都知道，你是太累了，闭上眼睛好好地休息一下吧，这儿和你的家一样。"

梦轩在清晨时分回到了馨园，他已经完全陷在绝望里，整整一夜，他查过了每一家旅舍，跑遍了每一条大街小巷，他找不到珮青。回到馨园，他存着一个万一的想法，希望她会自动回去了。但是，她并没有回去，哭得眼睛肿肿的吴妈却给了他另外一个消息："程先生打过电话来，要你马上打过去！"

他立刻拨了电话，对面，程步云用低低的声音说："你最好马上来，珮青在我这儿！"

"是吗？"他喜极而呼，"她好吗？她没事吧？"

"你来吧！她很软弱，医生刚给她打过针。"

"我马上来！"抛下了电话，他回身就跑。吴妈喘着气追了过来，拉着他的衣服，急急地问："是小姐有消息了吗？"

"是的，是的，她在程先生那儿！"

"哦，好菩萨！"吴妈把头转开，满眼眶的泪水，喃喃地喊，"老天是有眼睛的，老天毕竟是有眼睛的！好菩萨！我的好菩萨小姐呀！"在她喜悦的神志中，实在不知道自己是要叫好菩萨还是叫好小姐了，竟糊里糊涂地冒出一句"好菩萨小姐"来。

梦轩赶到了程步云家里，这一对热情而好心的老夫妻忙了一夜都没有睡，把梦轩迎进客厅，程步云把手放在梦轩的肩上，安慰地说："别担心，她来的时候情况很坏，我们请了医生来，给她注射了镇静剂，她现在已经睡着了。医生说必须避免刺激她，否则她有旧病复发的可能，而且，她身体的底子太差。"

"她很严重是不是？"梦轩敏感地问，他的脸色比珮青好不了多少，眼睛里布满了红丝。

"不要紧张，她没事了，只是很疲倦，"程太太叹口气说，"她走了很多路，几乎走了半个台北市，她是走到我们家门口来的！"

梦轩闭上眼睛，紧蹙了一下眉头，珮青！你多么傻！他的心像被撒下一万支针，说不出来有多么疼。

"她在哪里？我去看她！"他说。

"你何不坐一坐，休息一下？她现在睡得很好，你最好别吵醒她。"程步云说。

"我不吵醒她，我只要坐在她身边。"梦轩固执地说。

"好吧！在这儿！"程步云带他走了进去，那是一间小巧的卧室，原是程步云夫妇为他们要归来的小女儿准备的，但那女儿一直迟迟不归，最近竟来信宣布订婚，说是不回来了。孩子们的羽毛已经丰满，做父母的也管不着了，世间几个儿女能够体谅父母像父母体谅他们一般？

梦轩走了进去，珮青安安静静地躺在床上，长长的睫毛密密地垂着，脸色那样苍白，显得睫毛就特别地黑。梦轩拉了一张椅子，放在床边，坐了下来。他就这样坐着凝视她，深深地望着那张沉睡的脸庞。程步云悄悄地退了出去，为他们合上了房门。让他们静静地在一起吧,这两颗相爱的、受着磨难的心!

时间不知道过去了多久,珮青醒了,闪动着睫毛,她在没有张开眼睛以前,已有某种第六感透过了她的神经,她似乎感应到了什么。慢慢地扬起睫毛,她眼前浮动着一张脸庞,是一个水中的倒影,是一团凝聚的雾气,是一个破碎了又聚拢来的梦。她的眼睛睁大了,安静地望着这张脸庞,微微地掀动嘴唇,她低低地轻唤了一声:

"梦轩。"

梦轩俯下身子,他说不出话来,喉咙紧逼而僵硬。他轻轻地用手抚摸着她的面颊,身子滑到她的床前,在她枕边跪了下来。什么话也没说,他只是用两只手捧着她的脸,眼睛深深深深地注视着她。她的手抬了起来,压在他的手上,他们就这样彼此注视着。然后,当他终于能控制自己的声音了,他才试着对她勉强地微笑,低声地说:"原谅我,珮青。"

她摇摇头,眼睛里漾着泪光。

"是我不好。"她轻声说,"我只是——不知道该怎么办。"

"我知道怎么办,"他说,"我想过了,珮青,我们是分不开的,如果这是不道德的,是犯罪的,反正我们也已经罪孽深重了,我以前的顾虑太多,我不应该让你处在这样的地位,让你受苦受折磨,我已经决定了,珮青,我要和你结婚。"

"梦轩?"她用怀疑的眸子望着他,"你不知道你说什么。"

"我知道,我要和美婵离……"

"嘘!"她用手轻轻地压在他的嘴上,"别说!梦轩,什么都别说！"

"我要说，我要告诉你……"他挣开她的手。

"不！"她在枕上摇着头，"不！梦轩，求你！"她的眼光哀恳而凄凉，"我已经罪孽深重了，别让我的罪孽更重！美婵无辜，孩子无辜，你于心何忍？不！不！不！"她把头扑进了枕头里，哭了起来，"我没有要逼你离婚，我只是不能自已，你不能这样做，你——你……"她泣不成声。

"珮青！珮青！珮青！"他的头埋进她的浓发里，心中绞痛！"世界上谁能了解你，珮青？你是这样善良，这样与世无争！"把她的头从枕头里扶起来，他对她凝视又凝视，然后，他的嘴唇凑了过去，深深地吻住她。她的手臂绕了过来，缠住他的脖子，他们吻进了无数的深情和热爱，也吻进了无数的眼泪和辛酸！

门被推开了，程步云夫妇走了进来，程太太捧着一个托盘，放着两杯牛奶和两份三明治，笑吟吟地说："谈完了吗，情人们？想必你们都饿了，我要强迫你们吃东西了。"

珮青带着几分羞涩和满心的感激，望着程氏夫妇，说："我真抱歉，程伯母……"

"别说，别说！"程太太高兴地笑着，"珮青，请你都请不来呢！你不知道我有多喜欢你！"望着梦轩，她故意做了一个凶相，"梦轩，你再欺侮珮青哦，我可不饶你！"

"不是他。"珮青低低地、怯怯地说。

"瞧你！"程太太笑得更高兴了，"受了他欺侮，还要护着他呢！梦轩，你是哪一辈子修到的！好了，来吧来吧，给我先吃点东西,不许不吃!"

在程太太的热情之下,他们只好坐起来吃东西,珮青坐在床上,披散着一头长发,别有一份柔弱和楚楚动人。程步云坐在一边,目睹面前这一对年轻人,他心中有许许多多的感触。外界的压力和内在的压力对他们都太重了,只怕前途的暗礁还多得很呢,他们能平稳地航行过去吗?叹了口气,他又勉强地笑了笑,语重心长地说:"人们只要彼此相爱,就是有福了,想想看,有多少人一生都不认识爱情呢!"

"或者那种人比我们更幸福,有爱情就有苦恼!"珮青幽幽地说。

"你两者都享受吧!"程步云说,"几个人的生命是没有苦恼的?属于爱情的苦恼还是最美的一种呢!"

"包括犯罪的感觉吗?"珮青望着程步云。

"为什么是犯罪的?"程步云紧紧地盯着珮青,"世界上只有一种爱是犯罪的,就是没有责任感的爱,你们不是,你们的责任感都太强了,所以你们才会痛苦。你们不是犯罪:两颗相爱的心渴求接近不是犯罪。"

"但是,造成对第三者的伤害的时候,就是犯罪。"珮青凄然地说,"总有一天,我们会接受一个公平的审判,判定我们是有罪还是无罪。"

"我知道,"梦轩低沉地说,"我们有罪,我们也无罪。"

是吗?程步云弄不清楚了,人生有许许多多问题,都是弄不清楚的,都是永无答案的。他们是有罪还是无罪?是对的还是错的?谁能审判?不过,无论如何,这儿是两颗善良的心。当审判来临的那一天,但愿那冥冥中的裁判者,能够宽容一些!

珮青和梦轩重新回到了馨园,两人都有一种恍若隔世的感觉。最高兴的是吴妈,不知道该如何表现她的喜悦,她一会儿给男主人煮上一壶咖啡,一会儿又给女主人泡上一杯香片,跑出跑进地忙个不停。珮青和梦轩静静地依偎在沙发里,注视着一波如镜的碧潭水面。阳光闪烁,山影迷离,几点风帆在水上荡漾。梦轩紧揽着珮青,在她耳畔轻轻地说:"你再也不能从我这儿逃出去,你答应我!"

"我逃不出去的,不是吗?"珮青低语,"如果我逃得出去,我早就逃了。"

"最起码,你不能存逃的念头,"梦轩盯着她,"珮青,我告诉你,未来如果是幸福的,我们共用幸福;如果是痛苦的,我们共用痛苦;如果是火坑,我们要跳就一起往里跳!说我自私吧,我们谁也不许逃!"

"如果我逃了,你就不必跳火坑了。"

"是吗?"梦轩用鼻音说,"如果你逃了,你就是安心毁灭我!也毁灭你自己!珮青,用用你的思想,体谅体谅我吧!"

他把她的手捉到自己的胸前,紧压在那儿:"摸摸我的心脏,珮青,你干脆用把刀把它挖出来吧,免得被你凌迟处死!"

"你是残忍的,梦轩,你这样说是残忍的!"

"你比我更残忍呢,珮青!"梦轩说,"知道你跑出去,知道你一个晚上的流浪,你不晓得你让我多心痛!"

他们彼此注视着,然后,珮青投进了他的怀里,把头紧倚在他的胸前,轻喊着说:"让我们重新开始吧!我再也不逃了!永远不逃了!我们重新开始,只管好好地相爱,我不再苦恼自己了!"

第二十章

是的,生活是重新开始了。珮青竭力摆脱尾随着自己的那份忧郁,尽量欢快起来。许多问题她都不再想了,不挑剔,也不苛求。她学着做许多家务事,用来调剂自己的生活,刺绣、洋裁以及烹饪。照着食谱,她做各种小点心和西点给梦轩吃。第一次烤出来的蛋糕像两块发黑的石头,糖太多,发粉又太少,吃到嘴里不知道是什么滋味,她瞪大眼睛望着梦轩,梦轩却吃得津津有味。珮青心里有数,故意问:"好吃吗?"

"唔,"梦轩对她翻翻眼睛,"别有滋味,相当特殊,而且……完全与众不同!"

珮青扑哧一声笑了出来,说:"你知道吗,梦轩?你相当坏!你明知道无法对我说谎,而你又不忍对我坦白,所以就来了这么一套。"

"我是相当坦白的,珮青,"梦轩把她拉到怀里来,"告诉你真话，我从没吃过这么好吃的蛋糕，'甜'极了！"

"糖放得太多了。"

"不是，是'蜜'放得太多了。"梦轩一语双关。

他们相对而笑。

珮青的学习能力相当强，没多久，她的西点手艺已经很好了，色香味俱全。每天晚上，她都要亲手做一些东西给梦轩消夜，因为梦轩又热衷于写作了。她喜欢坐在书桌对面，看着他写，看着他沉思，看着他绕室徘徊。他也喜欢看着她静静地坐在那儿，仿佛她代表了一种灵感，一种思想，一种光源。

他们都在努力维持生活的平静，努力去享受彼此的爱情，也努力在对方面前隐瞒自己的苦恼。白天，当梦轩去上班的时候，伯南变得常常打电话来捣乱了，他并没有什么特别的目的，只是要扰乱珮青的生活，打击她的幸福，破坏她的快乐。珮青很能了解这一点，因此，她一听到是伯南的声音，就立即挂断电话。不过，如果说她的情绪完全不受这些电话的影响，那几乎是不可能的。而且，她还时时刻刻担心，有一天，伯南会直冲到馨园来侮辱她。他是从不仁慈的，他又那么恨她（为什么？人类"恨"的意识往往滋生得那么奇怪！），谁知道他会做些什么？她从没有把伯南打电话来的事告诉梦轩，她不愿增加他的负荷。可是，有一天，当梦轩在馨园的时候，伯南打电话来了。是珮青接的，对方刚"喂"了一声，珮青就猝然地挂断了，她挂得那样急，立刻引起了梦轩的注意，盯着她，他追问："谁的电话？"

"不，不知道，"珮青急急地掩饰，"是别人拨错了号码。"

"是吗？"梦轩继续盯着她，"你问都没问，怎么知道是拨错了号码？"

"反正，是不相干的人，不认得的人。"珮青回避地说。

"我看正相反呢！"梦轩警觉地说，"大概是个很熟的人吧，告诉我，是谁？"

"你怎么那么多疑！"珮青不安地说，"真的是不相干的！"

梦轩把她拉到身边来，深深地注视着她。

"对我说实话，珮青，到底是谁？"

珮青默然不语。

"我们之间不该有秘密吧？珮青，你在隐瞒我，为什么？我要知道这是谁，说吧。"

珮青深吸了口气，低低地说："是伯南。"

"伯南？"梦轩的眉毛在眉心打了一个结，"他打电话来做什么？"

珮青望着脚下的地毯，不说话。

"告诉我，珮青！"梦轩捉住她的手臂，凝视着她，"对我说话，他为什么打电话来？"摇撼着她，他愤怒而焦灼，"他是什么意思？告诉我！"

"你想呢，梦轩？"珮青柔弱地说，"不过是讽刺谩骂和侮辱我而已。"

"原来他常常打电话来，是不是？"梦轩的眼睛里冒着火，语气里带着浓重的火药味，"我不在的时候，他是不是经常打电话来？是不是？"

"梦轩，算了吧！"珮青哀婉地说，"他只是想让我难过，我不理他就算了，别为这事烦心吧！"

"他打过多少次电话来？"梦轩追问。

珮青咬了咬嘴唇，没说话。梦轩已经领悟到次数的频繁了。望着珮青，她那份哀愁和柔弱绞痛了他的心脏，跳起身来，他往屋外就走，珮青一把抓住了他，问："你到哪里去？"

"去找那个混账范伯南！"

"不要，梦轩！"珮青拦住了他，把手放在他的胸前，恳求地说，"何苦呢？你去找他只是自取其辱而已，他不会因为你去了就不再扰我，恐怕还会对我更不利。何况，我们的立足地并不很稳，他可以说出非常难听的话来，而你……"她咽住了，对他凝眸注视，眼光凄恻温柔。半天，才叹口气说："唉！总之一句话，我们相遇，何其太迟！"

一句话道破了问题的症结，梦轩知道她说的是实情，他去找伯南一点儿好处也没有！但是，珮青投到了他怀抱里，还要继续受伯南的气吗？夏梦轩，夏梦轩，你还算个男人吗？他痛苦地把头转开，低沉地说："珮青，我要娶你，我们要结婚。"

"别说傻话，梦轩。"珮青沮丧地低下头去。

"我不是说傻话！"梦轩愤然地掉转头来，满脸被压抑的怒气，"我说我要娶你，我要你有合法的身份和地位！我不是说傻话，我是说……"

"是的，梦轩，我知道，但是……"珮青抬起头来，睫毛掩护下的那对眸子清澈照人，"但是，这里面有多少个但是呀!"

"哦,珮青!"梦轩颓然地把头伏在她的肩上,痛苦地左右转动着,嘴里低低地、窒息地喊,"我怎么办?告诉我,我该怎么办?我能怎么办?"

"你——该怎么办?"珮青幽幽地重复着他的句子,"你该爱那些爱你的人,保护那些需要你的人。不只我一个,还有你的妻子和儿女。"

"我给了你保护吗?我在让你受欺侮。"

"你给了我太多的东西,不只保护。至于欺侮,如果我不当作那是欺侮,又有什么关系?我根本就一笑置之,不放在心里的。"

"你是吗?"他望着她的眼睛。

"我——"她沉吟了一下,然后毅然地把长发掠向脑后,大声说,"我们不谈这件事了,行不行?为了他那样一个电话,我们就这样不开心,那才是傻瓜呢!来吧!梦轩,我想出去走走,我们到碧潭去划划船,好不好?"

他们去了碧潭,但是,这个问题并没有解决,阴影留在两个人的心里。问题?他们的问题又何止这一件?三天后的一个晚上,珮青无意间在梦轩的西装口袋里发现了一件东西,一件她生平没有看过的东西——一张控告珮青妨害家庭的状子!

她正站在卧室的壁橱前面,预备把梦轩丢在床上的西装上衣挂进橱里,这张状子使她震动得那么厉害,以致西服从她手上滑落到地下。她两腿立即软了,再也站不住,顺势就在床沿上坐了下来。捧着那两张薄薄的纸,她一连看了四五次,才弄清楚那上面的意思。美婵控告她!妨害家庭?她浑身战栗,四肢冰冷。自从和梦轩同居以来,她从没有想到过自己是触犯法律的,那么,连法律对她也是不容的了?她是一个罪犯,对的,她再也无从回避这个宣判了:她是一个罪犯!

用手蒙住脸,她呆呆地坐在那儿。脑子里车轮似的转着许多幻象:法院、法官、陪审员、观众、美婵、律师……许许多多的人,众手所指,异口同声,目标都对着她,许珮青!你妨害了别人的家庭!你抢夺了别人的丈夫!你是个罪犯!罪犯!!罪犯!!!多少人在她耳边吼着:罪犯!罪犯!!罪犯!!!她猝然地放下手,从床沿上直跳了起来,不!不!我不是!她要对谁解释?她四面环顾,房间里空无一人,窗帘静静地垂着。她额上冷汗涔涔,那张状子已经滑到地毯上。

好半天,她似乎平静了一些,俯身拾起了那张状子,她再看了一遍。不错,律师出面的诉状,打字打得非常清楚,美婵要控告她!美婵有权控告,不必到法院去,不必听法官的宣判,珮青心里明白,她内心已经被锁上了手铐脚镣——她有罪。她对美婵有罪,她对那两个无辜的孩子有罪,她逃不掉那场审判!不论是在法院中或是冥冥的天庭里,她逃不掉。

但是,这张状子怎么会在梦轩的口袋里?他说服了她,让她不要告,还是——?珮青想不透。美婵是怎样一个女人？她居然会去找律师，或者有人帮助她？对了，她的姐夫，陶思贤。陶思贤？珮青恍恍惚惚的，仿佛有些明白了。梦轩弄到这张状子，一定付出了相当的代价！这两张纸绝不会平白地落进他的手中。噢，梦轩，梦轩，为什么你不告诉我？

收起了那两张纸，珮青竭力稳定住自己的情绪，走进了书房里。梦轩正坐在书桌前面，桌上放着一沓空白的稿纸。但是，他并不在写作，稿纸只是一种掩饰，他在沉思，沉思某个十分使他困扰的问题。桌上的烟灰缸里，已经聚集了无数的烟蒂，他手指间的香烟仍然燃着，一缕烟雾缭绕在空中。看到了珮青，他把自己的思想拉回到眼前，勉强地振作了一下，说："又在忙着做点心？"

"不。"珮青轻声说，在桌子旁边坐了下来，用手托着腮，愣愣地看着梦轩。

"怎么了？"梦轩尽力想提起自己的兴致来，微笑地说，"你的脸色不好，又不舒服了吗？"

"不，"珮青仍然轻轻地说，一瞬也不瞬地看着梦轩，半响，才说，"你在做什么？"

"我？在——构思一篇小说。"

"是吗？"珮青的脸上没有笑容，眉目间有种凝肃和端庄，"你没有，你在想心事，有什么事让你烦恼吗？你说过，我们之间不该有秘密的！"

"秘密？"梦轩不安地抽了一口烟，从烟雾后面看着她，那烟雾遮不住他眉端的重重忧虑，"我没有任何秘密，我只是——在想一件事。"

"什么事?"

"是……"梦轩犹豫地看了看珮青,喷出一口浓浓的烟雾,终于,下决心似的说,"是这样,珮青,我想结束我那个贸易公司,我对经商本来就没有兴趣,如果结束了公司,我就可以专心从事写作。我们离开台北,到台中或者台南去生活,也免得受伯南那些人的骚扰。"

"哦!"珮青"淡淡"地应了一句,却"深深"地注视着他,"这和你的人生哲学不同嘛,想逃避?"

"逃避?"梦轩猛抽着烟,心中的痛苦说不出口。公司不是他一个人的,虽然他拥有绝大多数的股份,但是张经理等人也有股份。他一而再,再而三地付款给陶思贤,使公司的流动资金周转不灵,张经理已经提出抗议。而陶思贤的建筑公司成立了,他不会对梦轩放手,他的敲诈一次比一次厉害,美婵又完全站在陶思贤那边。再下去,公司会拖垮。而且,自从他和珮青同居以后,他拒绝了许多应该赴的应酬,中信局几次招标都失去了,张经理已明白表示,近几个月的业务一泻千丈。一个事业,建立起来非常困难,失败却可以在旦夕之间。公司里的职员,对他也议论纷纷,风言风语,说得十分难听。陶思贤、范伯南,再加上人言可畏!公司的危机和美婵的眼泪,家庭的责任和珮青的爱情……多少的矛盾!多少的冲突!逃避?是的,他想逃避了。忽然间,他觉得自己已壮志全消。只希望有一块小小的安乐土,能容纳他和珮青平平静静地活下去。"逃避?"他忧郁地说,握住珮青放在桌面上的手,那只手那样纤细柔弱,需要一个强者好好地保护啊,"我是想逃避了,这世界上不会有人同情我们,我想带着你走,到一个远远的地方去,让你远离一切的伤害。"

"美婵和孩子们呢?"

"或者,也带他们走。"梦轩咬着烟蒂,"我有一种直觉,你和美婵会彼此喜欢的,你们从没有见过面,说不定你们能够处得很好。"

珮青默默地摇头,低声说:"不会,你又在说梦话了,她恨我,我知道。"

"美婵是不会恨任何人的,你不了解她。"

"是吗?"珮青紧盯着梦轩,脸色悲哀而严肃,"那么,告诉我,这是什么?"她取出了那张状子,送到梦轩的面前。

梦轩惊跳了起来,一把抓住那两张纸,他的脸变了颜色,嚷着说:"珮青!"

珮青闭上了眼睛,用手支住额,费力地把即将迸出眼眶的泪水逼回去。梦轩握住她的手臂,把她揽进怀里,感到五内俱焚,衷心如捣。珮青的头紧倚在他的胸前,用震颤的、不稳定的声音问:"你为什么要瞒我,梦轩?你为什么不告诉我?她根本不容许我存在,是不是?"

"不,不,珮青,"梦轩不知道对她说什么好,"这个不是美婵的意思,这完全是陶思贤捣的鬼!你不要管这件事,好吗?答应我不难过、不伤心,你看,我已经处理掉了,我拿到了这张状子!珮青!你绝不能为这个又伤心!珮青!"

他的解释使情况更坏,因为刚好符合了珮青的猜想,抬起头来,她定定地望着他。他是怎样拿到这张状子的?这是不是第一份？难道——？她愕然地张开了嘴，脑中的思想连贯起来了，瞪大眼睛，她愣愣地说："我明白了，这就是你要结束公司的原因。你一共付给他多少钱？"

"珮青！"梦轩吃了一惊，他没想到她的思想转得这么快，又这样正确地猜透了事情的真相，一时间，他什么话都说不出来。

"这不会是第一次，我知道，梦轩。你一共收买过多少张？原来我们的安宁就靠你这样买来的！"她语气急促，声音里带着泪，"多么贵重的日子，每一天相聚你付出多少代价，梦轩？足以拖垮你的公司，是不是？噢，梦轩，你为什么不告诉我？"

"没有那么严重，珮青，"梦轩急急地说，最迫切的念头是想安慰她，"没有那么严重！真的，珮青。我是付过一点儿钱，有限的一点。"

"你骗我！"珮青悲痛地说，"最起码，已经足以瓦解你的勇气了。"闭了闭眼睛，泪水沿着她的面颊滚落，她抱住了梦轩，把带泪的脸孔贴在他的肩头，哭着说："梦轩，我那么爱你，可是带给你的全是灾难和苦恼！"

梦轩凄然，用面颊倚着她的头发，他沉痛地说："我带给你的何尝不是！"

他们相对凝眸，一时间，都柔肠百折，凄然泪下。

日子就是这样过去的，各种的压力、流言和困难，会合成一个巨大的铁轮，沉重地从他们的爱情生活上碾过去。他们就在这轮下挣扎着，喘息着，相爱着。

这天早上，梦轩去上班的时候，对珮青说："今天我会回来晚一点，我答应带小枫去看电影。"

"不带小竹？"珮青不经意似的问。

"小竹要跟他妈妈到阿姨家去，今天不知道是陶思贤哪一个孩子的生日，小枫不肯去，跟定了我。"

"我觉得，"珮青笑着说，"你是个偏心的爸爸，你比较喜欢小枫，不大喜欢小竹。"

"我都喜欢，不过，好像女儿总是跟父亲亲近些，儿子跟母亲亲近些。"

"谁说的？我认为应该相反才对。"

"主要还是孩子自己，小枫生来就那样亲近我，像个依人的小鸟，娇娇的，甜甜的。小竹呢，一天到晚刀呀，枪呀，炮呀，乒乒乓乓，吵得我头昏脑涨。"

"也难怪你喜欢小枫，她确实惹人疼。"珮青想着那个有张圆圆的脸和一对圆圆的大眼睛的小女孩，感到她上次在馨园门口和她说再见时，留在她面颊上的那一吻依然存在，多可爱的小女孩！她忽然有个想法，抬起眼睛，她望着梦轩说："小竹和他妈妈晚上既然要出去，你把小枫送回家又没人陪她，何不看完电影，干脆带她到这儿来呢！"

"你是说——"梦轩有些犹豫。

"我和你一样喜欢那孩子呢！"珮青说，"你总不反对我和你的女儿接近吧？"

"我？"梦轩扬起了眉毛，"我求之不得呢！"

如果珮青能和孩子们建立起很好的感情,将来的问题也可以减少很多,说不定有一天,大家会住在一起呢!"好吧,那就这样说定了,我晚上带她来。"

"告诉她妈妈一声,最好——留她在这儿过夜。"珮青又追了一句,带着个高兴的笑容,"告诉我,她爱吃什么?我帮她准备,做一点儿小西点,怎样?"

"别把你自己忙坏了,不过是个孩子而已!"梦轩笑着说,托起珮青的下巴,用带笑的眸子凝视着她的眼睛,"我看哦,你在想过妈妈瘾呢!"

"只怕她不肯把我当妈妈,如果肯的话……唉!"她叹了口气,"如果真是我的女儿有多好!"

"你真的那么喜欢她?"

"她身上有你的影子。"

梦轩笑了,吻了吻珮青,他转身走出大门,开车去公司了。

珮青有一个忙碌而期待的日子,她由衷地喜爱着小枫,也渴望着得到小枫的喜爱。那孩子唤起她母性的本能,一整天,她亲自下厨,做小点心,做小包子,炸巧果,忙个不停,倒好像有几百个孩子要来似的。又买了一大堆的糖果、葡萄干、花生米……连吴妈都笑着说:"你这是干吗呀?别说一个女娃娃,我看,一打愣小子也吃不了这么多呢!"

珮青只是笑着,仍然忙得团团转,谁知道小枫爱吃些什么呢?还是多准备一点好,那个糊涂父亲连女儿爱吃什么都说不出来!

午后天气变了，乌云从四面八方聚拢来，到处都是暗沉沉的。四点多钟开始响了一阵干雷，接着，大雨就倾盆而下。这阵雨始终没有停，从下午下到晚上。珮青望着窗子外面发愁，这么坏的天气，她怕梦轩不会带小枫来了。可是，晚餐之后没有多久，她就听到从雨声中传来的汽车马达声，车子停了，梦轩在猛按汽车喇叭。珮青高兴地跳了起来，抓了一件雨衣，就冲进了花园里，不管吴妈在后面直着喉咙喊："我去开门吧！你淋了雨又要生病了！"

开开大门，梦轩在敞开的车门里对她微笑，雨水像小瀑布似的从车顶上、车窗上流下来。小枫的小脑袋伸出来又缩了回去，雨太大，她下不了车。珮青嚷着说："来吧，小枫，我有雨衣，披着雨衣跑几步就到房子里了！"

小枫跳下车子，冲到大门前的雨檐下面，珮青用雨衣裹住她，不顾自己，喊了声："来！我们跑！"

她们一起奔过了大雨如注的花园，在吴妈拿着伞来接以前，已经跑进了屋里。小枫除了鞋子之外，一点儿也没淋到雨，珮青的头发衣服都湿了。梦轩被吴妈的伞接了进来，望着珮青，他摇头不止。

"瞧你，珮青，赶快去换衣服吧，待会儿又会头痛了！"

小枫看看父亲，又看看珮青。她始终不知道珮青就是父亲的"小老婆"。她稚弱天真的童心里，从来没有把她所喜欢的"许阿姨"（虽然只见过一次，对她的印象却十分深刻，孩子对于别人对她的爱总是非常敏感的）和她所仇恨的那个"小老婆"联想到一起。牵着珮青的手，她急急地要告诉她：

"许阿姨,一路上雨好大,爸爸开车的时候,玻璃上面全是水,前面什么都看不见了,差点撞到一辆大卡车上去了,那辆卡车停在路当中,好危险啊!"

"是吗?"珮青望着梦轩,"你就喜欢开快车。"

"唔,"小枫深吸了一口气,"好香,许阿姨,你在煮什么东西?"

"是烤的小西点,我给你烤的呢!小枫,你来看看爱吃什么。"

"得了,珮青!"梦轩推着她,"先去换掉你的湿衣服!"

珮青笑着退进卧室里,换了衣服,她立即跑了出来,把吃的东西一盘一盘地码在桌子上,拉着小枫坐在沙发里,问她要吃什么。梦轩看了一眼,叫着说:"我的天哪,珮青!这够她吃三个月呢!"拍着小枫的肩膀,他说:"看看你许阿姨,一定为你忙了一整天了!"

小枫望着珮青,展开了一个甜甜的笑容,这笑容足以安慰一切的疲劳了。握着小枫的小手,珮青热心地和她谈着话,问她各种问题,小枫也高高兴兴地回答着,这个阿姨是多么地温柔呵!比家里那个亲阿姨好多了!梦轩看她们谈得那么投机,心中有种说不出来的感动的情绪。尤其是珮青的那份热情!这就是珮青,有满腔的热情和满怀的温柔,渴望奉献她自己,为她所爱的人而活着!这就是珮青!

雨还是下得那么大,馨园建筑在山坡上面,居高临下,眺望豪雨下的碧潭,是一片黑暗迷茫,雨把视线遮断了,夜又封锁了一切,水面连灯火的反光都没有。风震动了窗棂,发出格格的响声,树木在风雨中呻吟。窗外的世界,充满了喧嚣杂乱的恐怖,窗内的世界,充满了温柔宁静的和平。小枫跪在窗子前面的沙发里,前额抵着窗玻璃,注视着窗外的风雨,担心地说:"好大的雨呵,爸爸,我们怎么回去?"

"不回去了,就住在许阿姨家里,好吗?"梦轩说。

小枫犹豫了一下,看看珮青,说:"妈妈会着急的!"

"我会给妈妈打电话。"

"你呢,爸爸?也住在这里?"

"是的,你跟许阿姨睡,我睡客厅的沙发,好不好?"

小枫想了想,望着珮青说:"好吗,许阿姨?"

"怎么不好!许阿姨就怕你不肯啊!"珮青喜悦地笑着,拥抱了小枫一下,"你是个多么可爱的小女孩呵!"

小枫很高兴,跳下了沙发,她看到梦轩在对珮青笑,笑得好特别,爸爸也喜欢许阿姨,不是吗?她抬起头,下意识地四面望望。忽然,一件东西吸引了她的注意力,那是放在一张小茶几上的一个镜框,她一直没有注意到这个镜框,现在,她发现了。非常惊奇地,她走过去拿起这个镜框,问:"这是什么?"

那是一张照片,一张珮青和梦轩的合照,珮青的头倚在梦轩的肩上,梦轩的手揽着她,两人十分亲昵。照片下面,还有梦轩题在上面的几行小字,是他们在香槟厅里听过的歌词:"既已相遇,何忍分离,愿年年岁岁永相依!柔情似水,佳期如梦,愿朝朝暮暮心相携!"

小枫当然看不懂这几行字,但是她不会不知道照片里是什么。她张着大大的眼睛,抬起头来看着梦轩和珮青。梦轩变了脸色,和珮青交换了不安的一瞥,他走过来,想分散小枫的注意:"这不是什么,你不过来尝尝许阿姨做的咖喱饺?"

他把镜框从小枫手里拿下来,但是,小枫已经明白了!她不是个愚笨的孩子,她聪明而敏感。继续瞪着她那对黑白分明的大眼睛,她不再笑了,不再高兴了,不再喜悦了,她了解了一切。所谓许阿姨,也就是爸爸的小老婆!她童稚的心灵受到了严重的伤害,她有被欺骗的感觉,她被骗到这儿来,喝她杯子里的水,吃她盘子里的点心,还倚在她的怀里……她被骗了!被骗了!被骗了!许阿姨在她眼睛里不再是个和蔼可亲的阿姨,而是个幻化成温柔面貌的、心肠歹毒的老巫婆!她退后了一步,望着珮青说:"我知道你是谁了!"

珮青十分不安,勉强地笑了笑,她端着一盘点心走到小枫的面前,竭力把声音放得温和:"别管那个了,小枫!来吃一点儿东西,我是谁都没关系,主要的是我喜欢你,对不对,小枫?"

就是这个人!就是这个人破坏了她的家庭!就是这个人让妈妈整天流泪,让爸爸永不回家!就是这个人!阿姨和姨父所说的,魔鬼!狐狸精!现在,她还要装出这一副笑脸来哄她,以为她是一点儿糖果就可以骗倒的!她瞪视着珮青,握紧了拳头,小脸凝结着冰。她眼睛里所流露出来的那一份仇恨使珮青惊慌了,几分钟前,她还是那样一个甜甜蜜蜜的小可人儿！

"来！"珮青声音里微微有些颤抖，几乎在向面前这个孩子祈求，"不吃一点吗，小枫？"

"小枫！"梦轩插了进来，他为珮青难过又难堪，语气就相当严厉，"许阿姨跟你说话！你听到没有？"

梦轩的语气和声音像对小枫的当头一棒，这个对感情的反应十分敏锐的孩子立刻被刺伤了！爸爸一向是她心目里的神，她的偶像，她的朋友，她最最亲爱的人。而现在，为了这个坏女人，他会对她这么凶！眼泪冲进了她的眼眶，她在一刹那间爆发了，举起手来，她一把打掉了珮青手里的盘子，尖声嚷着说："我不吃你的东西！你是个坏女人，你是个狐狸精！我不吃你的东西！我不吃！"

盘子滚到了地下，珮青忙了半天所做的小点心散了一地。她愕然地站着，脸色由红润转为苍白，苍白转为死灰，受惊的眸子大大地睁着，里面含满了畏怯、惊慌、屈辱和不相信。同时，梦轩跳了起来，厉声喊："小枫，你说些什么？你疯了！"

梦轩的声音更加刺激小枫，她一不做，二不休，干脆大喊大骂起来，骂的全是她从雅婵他们那儿听来的话，以及大人们背后的谈论批评。"你是坏女人！坏女人！你抢别人的丈夫！你自己的丈夫不要你，你就抢别人的丈夫！你跟我爸爸睡觉，因为你要我爸爸的钱……"

珮青被击昏了，她完全不相信地看着小枫，软弱地向她伸出手去，似乎在哀求她住口，哀求她原谅，也似乎在向她求救,向她呼援,她的腿发着抖,身子摇摇欲坠。眼睛里没有泪,只有深切的痛苦和悲哀。她嘴里喃喃地、模糊地说:"你……你……小——小枫?"

梦轩从来没有生过这么大的气,他冲过去,一把抓住了小枫,把她没头没脑地摇撼了起来,一面摇,一面大喊着说:"你发疯了!你这个没良心的东西!你道歉!你马上给我道歉!"

"我不!我不!"孩子挣扎着,被父亲弄得发狂了。张开嘴,她大哭起来,一面哭,一面喊,把她从雅婵那儿听来的下流话全喊了出来:"她是个烂污货!是个狐狸精!是个死不要脸的臭婊子!……"

梦轩气得发抖,这是他的女儿?会说出这样的下流话?他忍无可忍,理智离开了他,举起手来,他不经思索地,狠狠地抽了小枫一耳光。

小枫呆住了,不哭了,也不喊了,吓得愣住了。爸爸打她?爸爸会打她?从小起,无论她做错了什么,从没看过父亲对她板一下脸,而现在,父亲会打她?她那对美丽的大眼睛一瞬也不瞬地看着梦轩,小小的身子向后面退。梦轩也被自己的这个举动所惊呆了,他打了小枫!自己如此心爱、如此珍惜的小女儿!平常她被蚊子叮了一口,他都要心疼好半天,而现在,他打了她!珮青同样被梦轩这一个举动所惊吓,在梦轩打小枫的同时,她惊呼了一声:"梦轩!不要!"但是,梦轩打了,接下来,就是三方面的沉默。

室内的空气冻住了,而屋外,大雨仍然在喧嚣着。然后,小枫仰起头来,对她父亲清晰地说:"爸爸!我恨你!我恨你!我恨你们两个!"

说完,她转过头,推开门,向屋外就跑。梦轩大叫了一声:"小枫!你到哪儿去!"

"我要回家!我要去妈妈那儿!"小枫喊着,已经投身于大雨之中了。她那童稚的心灵已经破碎了,伤心伤透了!她要妈妈!她要扑到妈妈怀里去哭诉一切,她跑着,打开了大门,向马路上跑。梦轩和珮青都追了出来,梦轩在发狂地喊:"小枫!你回来!小枫!"

雨非常大,馨园建筑在山坡上,马路的另一边就是陡坡。小枫在风雨和黑暗里看不清路,也顾不得路,她直冲了过去,梦轩眼看着她往坡下冲,立即狂喊了一声:"小——枫!留——神!"但是,来不及了,一声尖叫,小枫沿着山坡,一直滚了下去。

梦轩心中一寒,头脑发昏,连跌带滚,他也冲下了山坡。小枫躺在那儿,软软的、毫无知觉的。她死了?梦轩心脏都几乎停止,扑了过去,他抱起孩子,神志昏乱地、一迭连声地喊:"小枫!小枫!小枫!"

小枫躺在他怀里,静静地合着眼睛。他的心像几百把刀在乱砍着。走上了坡,他要把孩子送到医院去,一直奔向汽车,他除了孩子和车子,什么都看不到。懊悔和悲哀把他撕成几千几万个碎片。珮青追了过来,哭着喊:"她怎么了?梦轩!她怎样了?"

梦轩没有听到,径直来到车边,他打开车门,把孩子放了进去，立即钻进车子，发动了马达。珮青攀着车窗，哀求地喊着："我跟你一起去！你送什么医院？"

"台大医院！"梦轩机械化地说，他心中想着的只有医院，赶快到医院，他要救孩子！他心爱的孩子！他的小珍珠！

珮青不肯走开。"带我去！带我一起去！我不放心！"

"你走开！"梦轩喊着，推开她，车子冲了出去。他要救孩子，除了这一个念头之外，他心里什么都没有。

车子走了，珮青呆呆地站在大雨里，心碎神伤。目睹了这一切，吴妈流着泪跑过来，拉着珮青，劝着说："进去吧！小姐！进去吧！雨这么大，你浑身都湿透了，进去吧！是怎么样，他会打电话来的！"

珮青不动，伫立在那儿像一根木桩，定定地望着汽车消失的方向。雨仍然倾盆地下着。

第二十一章

珮青蜷卧在床上,呆呆愣愣地看着窗子,窗帘在风中摆动,不断地扑打着窗棂,发出单调的、破碎的声响。雨已经从倾盆如注的大雨转为绵绵密密的细雨,那样萧萧瑟瑟的,带着无尽的寒意,从敞开的窗子外一丝丝地飘进屋里来。夜,好长好长,长得似乎永远过不完了。

勉强地睁着那对干枯失神的眼睛,她没有眼泪。眼泪都流完了,她这一生的泪已经太多,多得使她自己厌倦,她不想再流泪了。晚上发生的那一幕仿佛还在目前,又仿佛已经发生了几百年了,但,不论是何时发生的,那每一个细节,每一句言语,都深深刻刻地印在她脑海里,刺在她心灵上,她不会忘记。不会忘记小枫对她所说的话,不会忘记那孩子所表现的仇恨,也不会忘记最后梦轩待她的冷淡。小枫会死吗?这悲剧怎会发生?是了,她是罪魁,她是祸首,是她杀了小枫!

她把头向枕头里埋,想逃避这个念头,可是,她逃不掉,这念头生根般地在她脑子中茁长。她到底做了些什么?她对梦轩做了些什么?她对那个善良无辜的美婵做了些什么?她以为自己没做错事,她以为自己只是追捕一段美丽的爱情……但是,骗人,那只是借口,只是推卸责任的借口!她自私,她狭窄,她罪大恶极!她一无是处!

想想看,在她这段爱情外面,包裹了多多少少的痛苦!她快乐吗?不,她并不快乐。梦轩快乐吗?不,他也不快乐。美婵、小枫、小竹……谁快乐?没有人快乐。她爱梦轩,可是,带给梦轩是一串串的不幸,这样的爱情值得歌颂吗?值得赞美吗?带给自己呢?是侮辱加上侮辱。这就是她和梦轩的爱情!梦轩的公司要被她拖垮了,梦轩的家庭被她破坏了,梦轩心爱的女儿也即将丧生于她手下!这是爱情?这是爱情?这是爱情?她惊跳了起来,忘形地大声说:"不!这不是!你是个刽子手!许珮青,你是个杀人不见血的刽子手!"

不!不!不!不!不!我不是,我不是。她和自己挣扎着,弓起了膝坐在那儿,把头埋在膝上,痛苦地摇着她的头。我不是,我只是想用全心去爱人,爱人也被人爱。我没有料到是这样的局面,我没有料到会造成这样的后果,我只是爱梦轩,一心一意地爱!爱是没有罪的,没有!没有!但是……但是……世界上所有犯罪的人都有一百种理由来原谅自己!如果你没有罪,是谁有罪?

珮青挣扎不出自己的思想,她的头脑昏昏然,眼睛模模糊糊,浑身冷汗淋漓。夜,那么长,仿佛永远过不完了。小枫怎样了？死了吗？上帝保佑那孩子！老天保佑那孩子！如果我有罪，我愿服刑，但是，别祸延无辜！那是多么可爱的一个孩子！她不能死！她不能死！她不能死！上帝保佑她吧！

没有电话，没有人来，室内是一片死寂。梦轩一定已经忘记了她。如果小枫不治，他会后悔，他会恨她，他会想，一切都是因她而造成的，爱情会在残酷的现实下变质，变成漠然，变成陌路，甚至变成仇恨！她恐怖地用手捧住头，喃喃地喊："梦轩！梦轩！我只是爱你！我那么那么爱你！"

没有人听到她的自语，室内就是那样暗沉沉的一片死寂。她抬起头来，茫然四顾，那份沉寂带着浓重的压迫力量对她卷来，她昏乱了，心里充塞了太多太多要迸发出来的感情、思想和意识。她想狂喊，她想呼号，她想痛哭，也想大笑。（笑什么？她不知道，笑这奇异的人生吧！）再也耐不住那份沉寂，她从床上站了起来，摇摇晃晃地走到窗子前面。雨丝细细碎碎地打到她的脸上，潮湿的风窜进了她的衣领，她对窗外的雨迷迷蒙蒙地笑，把头倚在窗棂上，再一次喃喃地说："梦轩，我只是爱你，我那么那么爱你！"

风在呜咽，雨在呜咽，但是，珮青在笑，轻轻地，不能压抑地，痛楚地笑。睡在外面的吴妈听到珮青的声音，立刻推开了门，走了进来。珮青的神情和脸色使她大吃了一惊，她跑过去，惊慌地问："你怎么了，小姐？"

怎么了？她不知道自己怎么了，可是，一切都那么空虚，那么痛楚，那么无奈，又那么恓惶！谁能告诉她，现在的她应该怎么办？应该何去何从？用一只灼热的手抓住吴妈的手腕，她又哭又笑地说："上帝在责罚我，审判过去了，我就要服刑！"伸出她的双手，她凄厉地说，"你看到了吗，吴妈？你看到我手上的血迹了吗？我是一个凶手！告诉你，我是一个凶手！"

"小姐！"吴妈恐怖地瞪大了眼睛，她在珮青的脸上看到了疯狂的阴影，她又将失去理智，她又将变成半年多以前的情形！"小姐，你不是的，你不要胡思乱想吧！"她急急地说，"你在发热，刚刚淋雨淋的，吃一粒感冒药睡觉吧，小姐，别担心小枫，她不会有事的！"

珮青安静了下来，坐进椅子里，她用手捧着焚烧欲裂的头，轻轻地低语："啊，吴妈，我过不下去了，周围的压力太大，我是真的过不下去了。到现在为止，我已经是四面楚歌，走投无路了。谁能给我帮助呢？吴妈，你说！"

吴妈说不出来，小姐的话，她连一半都没有听懂。她只知道小姐在伤心，在难过，这使她也跟着伤心难过起来。走过去，她拍抚着珮青的肩膀，像安慰一个孩子似的，细言细语地说："看开一点啊，小姐，夏先生一定会打电话来的，我保证那位小小姐不会有事的。你别净在这儿伤心，把自己的身子折腾坏了，也没用呀！"

珮青抬起头来，用悲哀的眼光看着吴妈，像是求助，又像解释地说："你知道，吴妈，我要小枫来，完全是因为我喜欢她呀！我是那样地——那样地——希望她快乐呀！"

吴妈的鼻子中冲上一股酸楚，眼眶就发起热来，只有她知道,小姐是多么热心地盼望那位小小姐,怎样忙碌期待了一整天,而现在,造成的是怎样的结果!用袖子擦了擦眼睛,她拍着珮青,一迭连声地说:"是的,是的,是的,小姐,我知道呀!我完全知道呀!"

珮青把她的头埋进吴妈那宽阔的胸怀里,像个孩子般呜咽抽泣了起来。吴妈抱着她,也同样地抽搐着,眼泪汪汪的。好久好久,珮青惊讶地抬起头来,发现自己居然又能哭了,摇摇头,她凄然低语:"我的感情还没有枯竭,所以我的眼泪也不能干涸。人如果希望远离痛苦,除非是……一任自己遗失,而不要妄想追寻!我和梦轩的错误,就在知道有个遗失的自己,却不甘心放弃,而要自找苦恼地去寻觅它!"

黎明慢慢地来临了,窗外的景致由一片绰约的暗影转为清晰。雨,仍旧没有停,绵绵密密地下着。珮青的头倚在椅背上,一心一意地倾听。电话!电话铃毫无动静,四周只有沉寂。小枫一定完了,如果她没事,梦轩应该会打电话来告诉她。沉寂就是最坏的消息!小枫完了!一定完了!她从椅子里站起来,绕着房间急速地走来走去,周围的寂静使她窒息,使她紧张,使她恐惧。

天完全亮了,茶几上一个精致玲珑的音乐小钟,突然响起了清脆悦耳的音乐——《森林水车》。轻快的节拍,跳跃在清晨的空气里。珮青下意识地看了看钟,七点整!梦轩还没有消息,她不能再等了!她无法坐在这冷冰冰的小屋里,再挨过那窒息的一分一秒、一时一刻。抓了一块紫花的纱巾,胡乱地系住了长发,她跑到厨房门口,匆匆忙忙地说:"吴妈！我出去了，我去医院看看小枫到底怎样了！"

"噢，小姐，我正给你弄早餐呢！要去，吃了再去吧！"

"我不吃了，我马上要走，我已经叫了车。"

"噢，小姐！"吴妈追到厨房门口来，本能地想阻止她。但是，珮青已经穿过了花园，走出大门。吴妈再追到大门口，珮青站在计程车前面，回头看了吴妈一眼，再交代了一声："好了，吴妈，我走了。"

风掀起了她的纱巾，细雨扑打在她的脸上，她钻进了车门。计程车驰过积水的街道，溅起许许多多的水珠，一会儿，就消失在通路的尽头了。吴妈倚着门，不知道为什么，觉得心里酸酸的，只是想流泪，好半天，才长叹了一声，喃喃地说了句："好菩萨，保佑保佑吧！"

抬头看看天，她不知道她的好菩萨，是隐藏在雨雾迷蒙的空中，还是在天的哪一个角落里。

珮青直接到了台大医院，下了车，她有些迷糊，梦轩是不是在那儿？出于下意识，她先扫了一眼停车场，果然！梦轩的车子正停在这儿，那么，他还没有离开医院！他也一定在医院里！小枫怎样了？还没有踏进医院，她的心已经狂跳了起来，小枫，小枫，你可不能死，你绝不能死！你的生命才开始，多少岁月等着你去享受！小枫！小枫！如果你没事，我愿付一切代价！一切，一切！只要你没事！只要你没事！我再也不妨害你的家庭！我把你的父亲还给你的母亲！我发誓！小枫，只要你没事！

走进医院，她不知该怎样找寻小枫，从询问处一直问到急诊室,才有一个护士小姐说:"是不是昨天晚上送到医院来的一个小女孩,摔伤的?"

"是的,是的。"珮青说,心脏已经跳到了喉咙口,"她怎样了?"

"没事了,"护士小姐甜甜地笑着,"膝盖脱臼,上了石膏,一个月就可以恢复了。"

珮青闭了闭眼睛,一种狂喜的、感恩的情绪掠过了她,举首向天,她说不出来心中的欣慰,只觉得热泪盈眶,泫然欲泣。好心的护士小姐,安慰而热心地说:"别着急啊,脱臼没有什么大关系的,小孩生长力强,一个月以后又跳跳蹦蹦的了。你可以去住院部查她的病房号码,她好像住的是头等病房。"

珮青立即查到了小枫的病房号码,上了楼,她带着一种自己也不能了解的、悲喜交集的情绪,走向病房的门口。轻轻地推开了门,她对自己说:"我只要吻吻那孩子,我就回去。"

可是,她呆住了。倚着病房的门,她定定地站在那儿,望着病房里的情形。

那是一幅很美的图画,小枫睡在床上,似乎是睡着了,小脸微侧着,向着房门口,依然那样美丽,那样动人。梦轩躺在旁边的一张沙发里,显然是在过度疲倦之后睡着了。有个长得相当动人的女人,正拿着一床毛毯,轻轻地盖向梦轩的身上。不用问,珮青知道这就是美婵!这是她第一次看到美婵,虽然只是一个侧影,她已经敏感到她身上那份善良和深情。她跟跄后退了两步,忽然间发现,她走不进这一道门,永远走不进这一道门,门里,没有她可以立足的地方。

她向后退,向后退,一直向后退……这里有一个美满的家庭:丈夫、妻子和孩子。你去做什么?破坏工作?带给他们更多的灾难和不幸?够了!珮青!你该停止了。顿时间,她觉得悲痛莫名,五内俱伤,千千万万的念头都已烟消云散。望着走廊外雨雾迷蒙的天空,她的满腔热情都被那雨滴所击碎,变成无数无数的小雨点,漫天飘飞。走吧!走吧!她没有别的思想,她的思想已经涣散,已经飘失。走吧!走吧!她向走廊尽头跑去,霎时间,觉得没有眼泪,也无悲哀,她要走,走得远远的,走到天边去。她奔下了楼梯,一级又一级,奔下去,奔下去,把"自己"远远地"遗失"在后面。

病房里,小枫突然从病床上支起了身子,大声喊:"许阿姨!"

梦轩惊跳了起来,望着小枫问:"什么?"

"许阿姨,"小枫说,"刚刚许阿姨在外面。"

"真的?"梦轩看着房门口。

"真的,是许阿姨,"小枫眨动着带泪的眼睛,"我不是真的要骂许阿姨,爸爸。许阿姨生气了,她不进来,她跑走了。"

梦轩一语不发,不祥的预感迅速地对他当头罩下。他追到房门口,一抹紫影子,正掠过楼梯口,轻飘得像一抹云彩。他大喊:"珮青!"追到楼梯口,那紫影子已飘过了楼下的大厅,他追下去,喘着气喊:"珮青!珮青!珮青!"

珮青跑出医院,不经考虑地,她冲向梦轩的汽车,车门没有锁，钻进车子，钥匙还挂在上面，梦轩在匆忙中没有取走钥匙。发动了车子，在细雨纷纷、晨雾茫茫之中，她的车子如箭离弦般飞驰而去。

梦轩追到了医院门口，正好看到车子开走，他站在雨雾中，发狂般地大喊着："珮青！珮青！珮青！"

但是，那茫茫的雨雾吞噬了一切，汽车，以及珮青。

珮青失踪了。

珮青失踪了。

珮青失踪了。

大街、小巷、台北、台中、台南、高雄……珮青在何方？梦轩不再感到生命的意义，也不知道生存的目的，他只是找寻，发狂地找寻，不要命地找寻，大街、小巷、台北、台中、台南、高雄……找寻，找寻，不断地找寻，但是，珮青在何方？

珮青曾经出走过一次，但这次不是出走，而是从地面彻底地消失了。梦轩不再管他的公司，不再管他的儿女，他只要把珮青找回来。整天，他失魂落魄地游荡，大街小巷里搜寻，把自己弄得憔悴、消瘦、苍白得不成人形。美婵哭着去找程步云，表示愿意接纳珮青，共同生活，她一再声明地说："其实，我本来并不怎么反对她的，我知道她也是个好女孩，小枫都告诉我了，她能待小枫那么好，她就是个好女孩，我并不是真的要逼走她呀！我再也不听姐姐、姐夫的话了，只要找到她，我愿意跟她一起生活！如果找不到她，梦轩一定会死掉！"

程步云找着了梦轩，阻止他做徒劳的搜寻，珮青失踪已经整整一星期了。

"你这样盲目寻找是没有用的，梦轩。"程步云说，"报警吧，让警方帮忙寻找，另一方面，你可以在各大报纸上登报。据我想，她失踪已经一星期了，吴妈说她没带多少钱，又没带衣服，她不可能跑到很远的地方去。而这么久她还没有露面，除非……"他有不测的猜想。

"别说出来！"梦轩苍白着脸说，"一个字也别说！她不会的！我一定要找到她，我非找到她不可！"

"梦轩，"程步云对他凄然摇头，"我劝你还是勇敢一点，你身上还有许多责任呢，也别忘了你的妻子和孩子！"

"你不知道，"梦轩痛苦地把头埋在手心里，"我待珮青一点儿都不好，我经常忽略她内心的情绪，那天晚上在大雨里，她攀住车窗说要跟我去医院，我推开她，置之不顾，因为我怨她，怨她使小枫受伤……我经常伤她的心，她是那样善良，那样热情地要奉献她自己，而所有的人都伤她的心，包括我、小枫……我们把她的心伤透了，她才会这样决绝地一走了之。当初她离开范伯南，病得快死的时候，我在她病床前面许诺，我会给她快乐，我会保护她，我会让她认清世界的美丽……但是，我做到了哪一样？我让她痛苦，让她饱受伤害和侮辱，我何曾保护她？我何曾？"眼泪从他指缝里奔流下来，他痛楚地摇着头，"如果我能把她找回，我还可以从头做起，只怕她——不再给我机会了！"

"梦轩，"程步云拍拍他的肩膀，安慰地说，"别这样自责,你对珮青并没有错,你们那么相爱,谁也没有错,苦的是这份人生,这份复杂而不可解的人生!"

"她是那样一个小小的小人儿,"梦轩苦涩地捕捉着珮青的影子,"她连一只蚂蚁都不愿意伤害,带着满腔的热情,一心一意地想好好地爱,好好地生活,可是……为什么大家都不能容她?大家都不给她机会?为什么?"抬起头来,他望着程步云,坚决地说,"我一定要把她找回来!我一定要!我要重新把人生证明给她看!"

可是,珮青在何方?在警察局里报了案,各大报登出了寻人启事,珮青依旧踪迹杳然。程步云也帮忙奔走寻找,老吴妈日日以泪洗面,梦轩不吃不睡,弄得形容枯槁。珮青,珮青,珮青已经从地面隐没了。

深夜,梦轩回到馨园,他每天都抱着一线希望,希望珮青会自己回去,或者,她会倦于流浪,而回到馨园。可是,馨园里一片冷寂。迎接着他的只有老吴妈的眼泪。看着那一屋子的紫色,窗帘、墙纸、被单、桌布……每件东西里都有珮青的影子,那亭亭玉立的一抹浅紫!握紧拳头。他对着窗外的夜风呼号:"珮青!回来吧!请求你回来吧!请求你!珮青!"

老吴妈擦着眼泪走过来,唏嘘地说:"先生,小姐是不会回来了,我知道。那天早上,她走的时候对我说:'好了,吴妈,我走了。'我就心里酸酸的,一个劲儿地直想哭,敢情那时候,我心底就知道,她是不会回来了。她从不跟我说这种话的,她已经跟我告别了,先生,她是不会回来了,我知道。"

梦轩瞪视着吴妈,眼睛里布满了红丝,心神俱碎。整夜,他坐在窗前的椅子里，对着窗外沉思。椅背上搭着一件珮青的衣服，浅紫色，白花边，带着珮青身上常有的那股淡淡的幽香。他把衣服拉进怀里，呆呆地抚弄着那些花边，依稀看到珮青的笑，珮青的泪，珮青那对最会流露感情的眼睛和她那份特有的楚楚可怜。花边柔柔软软的，他的手指轻轻地拨过去，嘴里低声地唤着："珮青，珮青。"

珮青不在。窗外月明如昼，树影依稀。他在月色和树影里都找不到珮青。那朵小菱角花，那颗小小的紫贝壳，而今漂流何方？仰视天际，云淡风轻，他在云里风里也都找不到珮青。摇摇头，他再一次轻轻地呼唤："珮青，珮青。"珮青不在，她在哪里？

她在哪里？第二天午后，珮青失踪的第八天，警局通知梦轩，他们找到了珮青的车子，孤零零地停在海边。车子是空的，马达是冷的，坐垫上有一块紫颜色的纱巾。

梦轩赶到了海边：认出了车子，也认出了纱巾，但是，珮青在哪儿？海岸边岩石耸立，沙滩绵延，浪花在岩石与岩石间翻滚。多么熟悉的地方，也在这儿，梦轩曾从海浪中抢出那粒紫贝壳。他心中若有所悟，却又神志昏沉。沿着海岸，他一步步地走着，没有目的，也无思想，只是一步步地向前走，他的脚踩进了海浪里，仿佛身边倚着一个小小身子，另一双白皙的脚，也在海浪中轻轻地踩过去。他回头望望，身边的海浪滔滔滚滚，无边无际，阳光静静地照着海浪，照着沙滩，他身边一无所有。

海浪涌上来，又退下去，喧嚣呼啸，翻腾汹涌。他继续在海边走来走去。每一阵大浪卷起成千成万的小泡沫，每个小泡沫迎着阳光，幻化出无数深深浅浅的紫色，他凝视着那些水珠，低低地喊："珮青，珮青。"

望向大海，海面那样辽阔，一直通向天边。忽然间，他好像看到珮青了，站在海天遥接的地方，紫衣紫裳，飘飘若仙。亭亭玉立地浮在那儿，像一朵紫色的云彩。他凝眸注视，屏息而立，珮青！他无法呼吸，无法说话，那一抹紫色！那么远那么远。虚虚幻幻地浮在海面。然后，慢慢地，那抹紫色幻散了，消失了，飘然无形。他瞪大了眼睛，在这时候，才发狂般地、撕裂似的大吼了一声："珮青！"

这一声一喊出口，他才发觉那种彻骨彻心的痛楚，不，不，珮青，这太残忍！不不，珮青！他用两手抱住头，痛苦地弯下身子，"珮青，珮青，珮青，珮青，珮青，珮青，珮青……"他一口气喊出无数个珮青，仆倒在沙滩上面。把头埋在沙子里，又发出一串深深沉沉、强劲有力的啜泣呼号："珮青，珮青，珮青，珮青，珮青……"然后，恍惚中，他仿佛听到了珮青的声音，那样哀愁地、无奈地、凄然地说："总有一天，我们要接受一个公平的审判！"

这就是公平的审判吗？这就是那冥冥间的裁判者所做的事吗？他从沙滩上跳了起来，握紧拳头，对着那滔滔滚滚的大海狂叫："这审判太不公平！太不公平！太不公平！"

海风呼啸，海浪喧嚣，没有人答复他。低下头来，他头脑昏沉，神志迷离，四肢疲软无力。沙滩绵亘着，无数无数粒沙子……猛然间，他的眼睛一亮，在那些沙子之中，有一粒紫贝壳,像一颗小星星般嵌在那儿,迎着太阳,发出诱人的反光。

"紫贝壳!"他惊喜地、喃喃地喊。弯腰拾起了那粒紫贝壳,他让它躺在他的手心中,依稀回到那一日,他把她比作一粒紫贝壳……

"你是那只握有紫贝壳的手。"她说。

"你肯让我这样握着吗?"他问。

"是的。"

"永远?"

"永远!"

永远?永远?他一把握紧那粒紫贝壳,握得那么紧,那么紧,似乎怕它飞掉。面向着大海,旧时往日,一幕幕地回到他的眼前,那些和珮青共度的日子,海边的追逐,环岛的旅行,碧潭的月夜,馨园的清晨和黄昏,以及——意大利餐厅的烛光,香槟厅里的共舞和那支深为珮青所喜爱的歌:"既已相遇,何忍分离,愿年年岁岁永相依。柔情似水,佳期如梦,愿朝朝暮暮心相携;良辰难再,美景如烟,此情此梦何时续?春已阑珊,花已飘零,今生今世何凄其!"

良辰难再,美景如烟,此情此梦何时续?梦轩闭上了眼睛,把那粒紫贝壳紧握在胸前,一动也不动地伫立在沙滩上。

落日沉进了海底,暮色慢慢地游来。海浪不断地涌上来,又退下去,滔滔滚滚,无休无止。

——全书完——

（京权）图字：01-2024-1761

图书在版编目（CIP）数据

紫贝壳 / 琼瑶著. -- 北京：作家出版社，2024.10
（琼瑶作品大合集）
ISBN 978-7-5212-2843-4

Ⅰ.①紫… Ⅱ.①琼… Ⅲ.①长篇小说-中国-当代 Ⅳ.①I247.5

中国国家版本馆 CIP 数据核字（2024）第 089044 号

版权所有 © 琼瑶

本书版权经由可人娱乐国际有限公司授权作家出版社出版简体中文版
非经书面同意，不得以任何形式任意重制、转载。

紫贝壳

作　　者：	琼　瑶
责任编辑：	杨兵兵
装帧设计：	棱角视觉　纸方程·于文妍
出版发行：	作家出版社有限公司
社　　址：	北京农展馆南里 10 号　　邮　编：100125
电话传真：	86-10-65067186（发行中心）
	86-10-65004079（总编室）

E-mail: zuojia@zuojia.net.cn
http://www.zuojiachubanshe.com

印　　刷：	河北京平诚乾印刷有限公司
成品尺寸：	142×210
字　　数：	181 千
印　　张：	8.75
版　　次：	2024 年 10 月第 1 版
印　　次：	2024 年 10 月第 1 次印刷
ISBN	978-7-5212-2843-4
定　　价：	39.00 元

作家版图书，版权所有，侵权必究。
作家版图书，印装错误可随时退换。

品琼瑶经典
忆匆匆那年

琼瑶作品大合集

1963	《窗外》	1981	《燃烧吧！火鸟》
1964	《幸运草》	1982	《昨夜之灯》
1964	《六个梦》	1982	《匆匆，太匆匆》
1964	《烟雨蒙蒙》	1984	《失火的天堂》
1964	《菟丝花》	1985	《冰儿》
1964	《几度夕阳红》	1989	《我的故事》
1965	《潮声》	1990	《雪珂》
1965	《船》	1991	《望夫崖》
1966	《紫贝壳》	1992	《青青河边草》
1966	《寒烟翠》	1993	《梅花烙》
1967	《月满西楼》	1993	《鬼丈夫》
1967	《翦翦风》	1993	《水云间》
1969	《彩云飞》	1994	《新月格格》
1969	《庭院深深》	1994	《烟锁重楼》
1970	《星河》	1997	《还珠格格第一部1阴错阳差》
1971	《水灵》	1997	《还珠格格第一部2水深火热》
1971	《白狐》	1997	《还珠格格第一部3真相大白》
1972	《海鸥飞处》	1997	《苍天有泪1无语问苍天》
1973	《心有千千结》	1997	《苍天有泪2爱恨千千万》
1974	《一帘幽梦》	1997	《苍天有泪3人间有天堂》
1974	《浪花》	1999	《还珠格格第二部1风云再起》
1974	《碧云天》	1999	《还珠格格第二部2生死相许》
1975	《女朋友》	1999	《还珠格格第二部3悲喜重重》
1975	《在水一方》	1999	《还珠格格第二部4浪迹天涯》
1976	《秋歌》	1999	《还珠格格第二部5红尘作伴》
1976	《人在天涯》	2003	《还珠格格第三部天上人间1》
1976	《我是一片云》	2003	《还珠格格第三部天上人间2》
1977	《月朦胧鸟朦胧》	2003	《还珠格格第三部天上人间3》
1977	《雁儿在林梢》	2017	《雪花飘落之前——我生命中最后的一课》
1978	《一颗红豆》	2019	《握三下，我爱你——翩然起舞的岁月》
1979	《彩霞满天》	2020	《梅花英雄梦之乱世痴情》
1979	《金盏花》	2020	《梅花英雄梦之英雄有泪》
1980	《梦的衣裳》	2020	《梅花英雄梦之可歌可泣》
1980	《聚散两依依》	2020	《梅花英雄梦之飞雪之盟》
1981	《却上心头》	2020	《梅花英雄梦之生死传奇》
1981	《问斜阳》		